O MARAVILHOSO BISTRÔ FRANCÊS

NINA GEORGE

O MARAVILHOSO BISTRÔ FRANCÊS

tradução de
PETÊ RISSATTI

4ª edição

EDITORA RECORD
RIO DE JANEIRO • SÃO PAULO
2021

CIP-BRASIL. CATALOGAÇÃO NA PUBLICAÇÃO
SINDICATO NACIONAL DOS EDITORES DE LIVROS, RJ

G31m
4ª ed.

George, Nina, 1973-
 O maravilhoso bistrô francês / Nina George; tradução de Petê Rissatti. – 4ª ed. – Rio de Janeiro: Record, 2021.

Tradução de: Die Mondspielerin
Apêndice
ISBN 978-85-01-11113-5

1. Romance alemão. I. Rissatti, Petê. II. Título.

17-44895

CDD: 833
CDU: 821.112.2-3

TÍTULO ORIGINAL:
DIE MONDSPIELERIN

Título original: DIE MONDSPIELERIN, de Nina George
Copyright © 2011 por Nina George
Copyright © 2011 para a edição alemã por Droemer Knaur Verlag
Copyright © da tradução por Editora Record, 2017
Publicado mediante acordo com Ute Körner Literary Agent, Barcelona – www.uklitag.com

Texto revisado segundo o novo Acordo Ortográfico da Língua Portuguesa.

Todos os direitos reservados. Proibida a reprodução, no todo ou em parte, através de quaisquer meios. Os direitos morais da autora foram assegurados.

Direitos exclusivos de publicação em língua portuguesa somente para o Brasil adquiridos pela
EDITORA RECORD LTDA.
Rua Argentina, 171 – Rio de Janeiro, RJ – 20921-380 – Tel.: (21) 2585-2000, que se reserva a propriedade literária desta tradução.

Impresso no Brasil

ISBN 978-85-01-11113-5
Seja um leitor preferencial Record.
Cadastre-se no site www.record.com.br e receba informações sobre nossos lançamentos e nossas promoções.

EDITORA AFILIADA

Atendimento e venda direta ao leitor:
sac@record.com.br

Para Jens,
amante, marido e amigo.

E para Wolfgang George,
20 de março de 1938 † 4 de abril de 2011,
o melhor pai do mundo.

1

Foi a primeira decisão que tomou sozinha, a primeira vez que determinou o que devia ser feito.

Marianne decidiu morrer. Naquele instante. Naquele lugar. Lá embaixo, nas águas do Sena, no fim daquele dia cinza. Não se via uma estrela no céu. A torre Eiffel desaparecia por trás da névoa vaporosa. Paris emitia um ruído, um ruído constante, motos, carros, o ronronar do metrô no ventre da cidade.

A água estava fria, escura e calma. O Sena a transportaria em um leito de liberdade e silêncio até o mar.

Lágrimas corriam por seu rosto, fios perolados de sal. Marianne sorria enquanto chorava. Nunca havia se sentido tão leve. Tão livre. Tão feliz.

— É assunto meu — sussurrou ela. — Assunto meu.

Tirou os sapatos, que já haviam sido consertados várias vezes, comprados quinze anos antes. Em segredo, fora de liquidação, Lothar brigou com ela quando soube. Então, lhe deu um vestido para combinar. Mercadoria de segunda, com desconto por causa de um defeito na costura, um vestido cinza com flores cinza. Era o que usava naquele dia.

O último dia. Quando ainda tinha todos os anos e décadas pela frente, o tempo parecia infinito. Como um livro que espera para ser escrito, assim lhe parecia a vida que ainda estava por vir quando era jovem. Agora, com sessenta anos, as páginas estavam vazias.

O tempo infinito passou como um único dia cinzento.

Ela alinhou os sapatos meticulosamente sobre o banco a seu lado. Em seguida, pensou por um instante e colocou-os no chão. Não queria que o banco ficasse sujo, que uma bela mulher manchasse o vestido e ficasse em apuros.

Tentou tirar a aliança. Não conseguiu. Levou o dedo à boca, e finalmente a aliança deslizou. Por baixo dela, a pele era clara.

Do outro lado da rua que atravessava a Pont Neuf, um homem dormia em um banco. Usava uma camisa com listras finas, como um pescador, e Marianne ficou grata por ele estar de costas.

Ela depositou a aliança ao lado dos sapatos. Alguém a encontraria e poderia viver dela por alguns dias, depois de passá-la adiante. Uma baguete, uma garrafa de *pastis*, um pedaço de toucinho. Algo fresco. Nada do lixo. Talvez até um jornal para aquecer a pessoa.

— Chega de comida vencida — disse ela.

Lothar selecionava as ofertas no encarte do jornal semanal. Como outras pessoas selecionavam programas de TV. Sábado: *Quem quer ser um milionário?* Domingo: *Tatort*, um seriado policial. Segunda: pudim instantâneo com data de validade vencida. Eles comiam o que era selecionado.

Marianne fechou os olhos.

Lothar. Para os amigos, Lotto. Sargento-mor da artilharia, aquele que cuidava do batalhão.

Lothar Messmann, residente em Celle, Alemanha, na última casa de uma rua sem saída. O vilarejo era como uma maquete, e a cerca de treliça havia sido erguida exatamente na curva de retorno da rua. Um homem a quem a velhice fez bem.

Lothar. Amava seu trabalho. Amava seu carro. E amava a televisão. Sempre sentado no sofá, uma bandeja de comida sobre a mesa de mosaico à sua frente, o controle remoto na mão esquerda, o garfo na direita, o volume bem alto, adequado para artilheiros.

— Chega de Lothar — sussurrou Marianne.

Ela cobriu a boca com as mãos. Será que alguém a escutara?

Desabotoou o casaco. Talvez ainda pudesse aquecer alguém, embora o forro tivesse sido remendado tantas vezes que exibia um padrão confuso, multicolorido. Lothar sempre lhe trazia frasquinhos de xampu e kits de costura de hotéis ao voltar das viagens que fazia aos escritórios da empresa em Bonn e Berlim. Linha cinza, preta, branca, vermelha. Enroladas em tubinhos de papelão.

Quem precisa de linha vermelha?, pensou Marianne e começou a dobrar ao meio o casaco marrom-claro. Da mesma forma que dobrava os lenços de Lothar e as toalhas de mão que passava. Ao meio.

Nem uma vez na vida ela havia usado vermelho. "Cor de puta", chiara sua mãe e lhe dera um safanão, quando, aos onze anos, Marianne voltara para casa com um lenço vermelho no pescoço; ela o encontrara na rua, tinha um perfume de flores.

Em Montmartre, passaram por uma mulher agachada no meio-fio. Seu vestido subiu, e ela estava de sapato vermelho. A maquiagem em torno dos olhos injetados pelo choro havia borrado. "É só uma puta bêbada", alguém do grupo da excursão falou. Quando Marianne quis ir até ela, Lothar a segurou. "Não faça um papelão desses, Anninha, a culpa é só dela."

Ele a impediu de ajudar a estranha e conduziu-a para dentro do restaurante onde tinham uma reserva feita pela agência de viagem. Marianne ficou olhando para trás até a guia turística francesa dizer, balançando a cabeça: "*Je connais la chanson* — é sempre a mesma história, e a culpada é ela própria."

Lothar concordou com a cabeça, e Marianne se imaginou lá, *a si mesma*, no meio-fio. Aquele foi o começo, e agora estava ali.

Saiu do restaurante antes mesmo de as entradas serem servidas, pois não aguentava mais ficar sentada, calada. Lothar nem percebeu, envolvido que estava numa conversa que já durava doze horas. Com uma mulher de Burgdorf, uma viúva alegre. A mulher dava gritinhos o tempo todo, "*incroyable!*, incrível!" para tudo que Lothar dizia. Ela usava um sutiã vermelho por baixo da blusa branca.

Em nenhum momento Marianne sentiu ciúmes, apenas cansaço. Simplesmente abandonou o restaurante e começou a perambular até parar no meio da Pont Neuf.

Lothar. Seria fácil botar a culpa nele.

Mas não era assim tão fácil.

— A culpa é sua, Anninha — sibilou Marianne.

Pensou no casamento, em maio, quarenta e um anos antes. Seu pai a observava, apoiado na bengala, enquanto ela esperava em vão, por horas e horas, que seu marido finalmente a chamasse para dançar. "Minha teimosinha", dissera o pai, a voz enfraquecida pelo câncer. Ela estava morrendo de frio no vestido branco fino e não ousava se mexer. Pois tudo aquilo poderia ser um sonho e terminar assim que ela desse um passo em falso.

"Prometa que vai ser feliz?", pedira o pai, e Marianne respondera com um "sim". Tinha dezenove anos.

No fim das contas, aquilo não passou de uma grande mentira.

Seu pai falecera dois dias depois do casamento.

Marianne abriu o casaco dobrado, lançou-o ao chão e o pisoteou com vontade.

— Chega! Agora, chega! Chega de mim!

Pisou uma última vez no casaco e se sentiu ousada. Mas a sensação passou tão rápido quanto surgiu. Ela pegou o casaco do chão e o pendurou no encosto do banco.

A culpa é sua.

Não havia nada mais que ela pudesse tirar. Não tinha uma joia sequer. Nem chapéu. Não tinha nada. Ao lado dos sapatos e da aliança, deixou a bolsa de mão surrada, dentro da qual havia um guia de viagem de Paris, alguns pacotinhos de sal e açúcar, um prendedor de cabelos, sua identidade e uma bolsinha de dinheiro.

Marianne começou a subir no parapeito. Primeiro, pressionou a barriga, em seguida, levantou a perna, e então quase escorregou de volta para trás. O coração palpitou, o pulso acelerou, o arenito áspero ralou seu joelho.

Os dedos do pé encontraram uma fenda no muro, e ela se projetou para o alto. Então, conseguiu. Sentou-se e balançou os pés para além da beirada do parapeito.

Era só inclinar o corpo e se deixar cair, não tinha erro.

Marianne pensou na foz do rio Sena em Honfleur, onde seu corpo passaria depois de todas as eclusas e margens, antes de chegar ao mar. Ela se imaginou rodopiando nas ondas, como se dançasse uma canção que apenas ela e o mar pudessem ouvir. Honfleur. Lá nasceu Erik Satie, e Marianne amava suas músicas, amava qualquer tipo de música, na verdade. A música era como um filme ao qual se assistia de olhos fechados, e, com a música de Satie, ela via o mar, embora nunca tivesse ido a uma praia.

— Eu te amo, Erik. Eu te amo — sussurrou Marianne.

Nunca havia falado isso para outro homem que não Lothar.

Quando foi a última vez que ele dissera que a amava?

Alguma vez ele disse?

Marianne esperou o medo, mas ele não veio.

A morte não é gratuita. Custa a vida.

Quanto custa a minha?

Nada. Nem uma barganha com o diabo. A culpa é sua.

Quando firmou as mãos no parapeito de pedra e escorregou levemente para a frente, Marianne hesitou e pensou na orquídea que achara no lixo, cujos botões não veria abrir depois de um ano cuidando dela e cantando para ela.

Então, impulsionou-se com as duas mãos.

O salto transformou-se em queda, e, na queda, seus braços se ergueram. Enquanto caía ao vento, pensou no seguro de vida que não seria pago em caso de suicídio. Perderiam 124.563 euros. Lothar ficaria furioso.

Mas era uma troca justa.

Com esse pensamento, Marianne bateu no gélido Sena. Uma sensação de alegria louca se transformou em vergonha profunda quando seu vestido florido cinzento subiu até a cabeça. Ela tentou desesperadamente puxar a barra do vestido para baixo, para que ninguém visse suas pernas nuas. Em algum momento, ela desistiu e estendeu os braços, abriu a boca e engoliu água, afundando o máximo possível.

2

Morrer era como boiar.

Marianne relaxou. Era tão bonito. Essa alegria não parava e era possível engoli-la. Ela bebeu tudo.

Viu, papai, promessa é dívida.

Viu uma orquídea, um botão violeta, e tudo era música. Quando uma sombra se inclinou sobre ela, Marianne reconheceu a morte; ela tinha o seu rosto, o de uma garotinha envelhecida, com olhos claros e rabo de cavalo curto e castanho.

Sua boca era morna. Então sua barba a roçou e seus lábios tocaram os dela várias vezes. Marianne sentiu gosto de sopa de cebola e vinho tinto, cigarro e canela.

A morte a sugava, sorvia, estava faminta. Marianne debateu-se.

Duas mãos fortes pressionaram seu tórax. Fraca, ela tentou abrir aqueles dedos frios que quase quebravam seu peito a cada apertão. Um beijo. O frio escorreu em sua garganta.

Marianne arregalou os olhos, a boca se arreganhou, e ela cuspiu água escura. Ergueu o corpo com um gemido, como se buscasse ar, e a dor instalou-se como uma lâmina afiada que retalhava seus pulmões.

E que barulheira! Tudo era tão barulhento!

Onde estava a música? Onde estava a garota? Onde estava a alegria? Ela havia cuspido tudo?

Marianne voltou a deitar no chão duro.

A morte deu um tapa na cara dela.

Ela olhou para cima e viu dois olhos azuis da cor do céu, tossiu e buscou ar. Lânguida, ergueu o braço e deu um tapa fraco na morte. A morte falava com ela num francês rápido, melódico, enquanto a forçava a se sentar.

Marianne lhe deu mais um tapa, e a morte revidou de imediato, não tão forte desta vez.

Não. Na verdade, a morte acariciou sua bochecha. Marianne levou a mão ao rosto.

Como estava sentindo aquilo?

— Como? — Sua voz era de uma rouquidão abafada.

Estava tão frio. E aquele barulho! Marianne olhou para a esquerda. Para a direita. Para as mãos, verdes por causa da grama que segurava. A Pont Neuf pairava a poucos metros dali. Ela estava deitada ao lado de uma tenda na *rive droite*, e Paris retumbava. E não estava morta.

Não. Estava. Morta.

Seu estômago doía, seus pulmões, tudo doía, até os cabelos, que caíam sobre os ombros molhados, cinzentos e pesados. O coração, a cabeça, a alma, a barriga, as bochechas, tudo.

— Não estou morta? — arfou ela, confusa.

O homem com a camisa de pescador sorriu, em seguida o sorriso escondeu-se por trás de uma sombra de irritação. Ele apontou para o rio, bateu com a ponta do dedo na testa e apontou para os pés descalços.

— Por quê? — Ela queria gritar com ele, mas sua voz vacilou em um sussurro rouco. — Por que você fez isso?

O homem estendeu os braços para cima, imitando um salto de cabeça, apontou para Marianne, para o Sena e para si. Deu de ombros, como se dissesse: "O que mais eu poderia fazer?"

— Eu tinha... um motivo. Tinha muitos motivos! O senhor não tinha o direito de tirar a morte de mim. O senhor é Deus? Não, não é, senão eu já estaria morta!

O homem de olhos azuis encarou Marianne sob as sobrancelhas pretas e grossas como se a entendesse, puxou a camisa por cima da cabeça e a torceu.

Nessa hora, seu olhar pairou sobre a marca no seio esquerdo de Marianne, visível através dos botões abertos. Surpreso, ele ergueu as sobrancelhas. Em pânico, ela puxou o tecido do vestido, juntando-o com uma mão sobre o peito. A maldita marca de nascença, um raro problema de pigmentação em forma de chamas, que ela escondera a vida toda embaixo de blusas abotoadas e vestidos fechados até o alto. Só saía para nadar à noite, quando ninguém podia vê-la. A marca de nascença que sua mãe chamava de mancha da bruxa, e Lothar, de coisa do demônio; ele nunca a tocava e sempre fechava os olhos quando ia para cima dela e se aliviava em cinco minutos.

Então, Marianne percebeu as pernas nuas. Desesperada, ela tentou puxar para baixo a barra do vestido que pingava e ao mesmo tempo fechar os botões sobre os seios. Deu um tapa na mão do homem que desejava ajudá-la e se levantou.

Ela alisou o vestido, que pendia molhado, e seguiu com passos incertos até a amurada do cais. Os cabelos cheiravam a água salobra.

Baixo demais para se jogar; ela se machucaria, mas não morreria.

— *Madame!*

O homem tinha uma voz forte. Ele pegou seu braço, mas ela o afastou de novo com um tapa. De olhos fechados, bateu nele com as duas mãos, no rosto, nos braços, mas só atingiu o ar. Então ela o chutou, e ele desviou sem recuar. Aos olhos dos passantes, talvez parecesse que dançavam uma trágica comédia de amor.

— É minha! — Marianne continuou dando chutes, um após o outro. — A morte é minha e de mais ninguém, e o senhor não podia tirá-la de mim.

— *Madame* — repetiu ele e envolveu Marianne com os dois braços, segurando-a com força até que desistisse de chutá-lo e, por fim, exausta, recostasse a cabeça em seu ombro nu.

Ele afastou os cabelos do rosto dela, as pontas dos dedos grossas como palha, cheirando a noites sem dormir e ao rio Sena, a maçãs sobre uma prateleira de madeira banhada de sol.

O homem começou a consolá-la; ela nunca tinha sido consolada com tanta delicadeza.

Marianne desatou a chorar. Escondeu-se nos braços do estranho, que não a soltou nem parou de consolá-la enquanto ela chorava por sua vida, por sua morte.

— *Mais non. Non.* — O homem afastou-a um pouco, ergueu seu queixo e disse: — *Venez avec moi. Venez. On ya va. Allez.*

Ele a puxou consigo. Marianne sentiu-se infinitamente sem forças, e as pedras ásperas machucavam seus pés descalços. O homem não a largou enquanto a levava em direção à Pont Neuf.

Quando entraram na ponte, o estranho afastou com um assobio dois mendigos que se curvavam sobre dois pares de sapatos: um feminino e um masculino, este descombinado; um deles apertava o casaco de Marianne contra o peito, enquanto o outro, com uma boina de lã imunda, fazia careta enquanto mordia a aliança.

Ao se aproximarem, o homem falou alguma coisa para os dois mendigos. O maior mostrou um celular. O menor estendeu a aliança a Marianne e esperou.

Foi então que Marianne começou a tremer; o frio glacial brotava das profundezas do seu corpo e percorria suas veias.

Ela deu um tapa na mão do mendigo, fazendo a aliança voar, e tentou subir no parapeito de novo, mas os três homens agiram ao mesmo tempo e a impediram. Em seus olhos, Marianne só via pena e medo de serem acusados por algo que não lhes dizia respeito.

— Não encostem em mim! — gritou ela.

Nenhum deles a soltou. Contrariada, Marianne foi levada até o banco e se sentou. O homem grande pôs seu casaco pesado sobre os ombros dela, o outro coçou a boina e se ajoelhou para secar os pés de Marianne com a manga do paletó.

Seu salvador estava ao telefone. Os mendigos sentaram-se ao lado dela, segurando suas mãos com calma e firmeza enquanto ela tentava morder o pulso deles. Um dos homens se curvou e depositou a aliança na mão dela.

Marianne encarou o aro dourado e opaco. Ela o carregara por quarenta e um anos, e o tirara apenas uma vez. Ou quase tirara. No aniversário de quarenta anos de casamento. Havia passado o vestido florido cinza e feito o penteado de coque banana que vira numa revista três meses antes, que ela havia tirado de uma caçamba de papel velho. Usara um pouco de perfume Chanel, uma amostra que viera grudada na mesma revista descartada; ele possuía uma fragrância floral, e ela desejou ter um lenço vermelho. Então, abrira a garrafa de champanhe e esperou pelo marido.

— Por que você está assim? — Foi a primeira pergunta de Lothar. Marianne deu uma voltinha e lhe entregou o champanhe.

— A nós — disse ela. — Aos quarenta anos de casados.

Ele deu um gole no champanhe e olhou para a mesa de mosaico atrás da esposa, para a garrafa aberta sobre ela.

— Champanhe caro? Deve ser. Sabe quanto custa?!

— É nosso aniversário de casamento.

— E isso não é motivo para sair esbanjando. Você não pode simplesmente fazer o que quiser com o meu dinheiro.

Naquela época, ela não chorava. Nunca chorava na presença de Lothar. Apenas no chuveiro, onde ele não podia vê-la.

O dinheiro dele. Marianne gostaria de trabalhar para ter o próprio dinheiro. Mas ela havia trabalhado bastante, Deus era testemunha, primeiro no sítio da mãe, em Wendland, depois como parteira junto à sua avó e, por fim, como governanta, até se casar com Lothar e ele proibir que ela cuidasse da casa de estranhos, pois tinha sua casa para cuidar. Marianne era sua faxineira, sua cozinheira, sua jardineira, sua companheira, sua mulherzinha, seu "ponto de apoio", como ele a chamava. Ela passara vinte anos sendo cuidadora da mãe, que morrera no aniversário de quarenta e dois anos da filha. Até então, Marianne saía de casa somente para fazer compras, a pé, pois Lothar a proibia de pegar o carro. Sua mãe fazia as necessidades na cama todo dia. Não conseguia ir ao banheiro sozinha, mas xingava Marianne diariamente. E Lothar quase sempre dormia no quartel ou saía sozinho, mandando para sua mulherzinha cartões-postais das férias e um grande abraço para a *mamushka*.

Marianne deixou a aliança cair. Ao mesmo tempo, ouviu a sirene e fechou os olhos até que o som agudo que vinha das vielas da cidade se aproximasse, parasse diante dela.

Os mendigos se afastaram diante das luzes azuis pulsantes, e, quando dois enfermeiros e uma mulher pequena com uma mala vieram correndo, o homem com a camisa de pescador se aproximou, apontou para o Sena e bateu com o dedo de novo na cabeça.

Acham que sou louca, pensou Marianne.

Ela tentou estampar no rosto aquele sorriso que por décadas exibira para Lothar. "Você fica muito mais bonita quando sorri", dissera ele depois do primeiro encontro.

Lothar fora o primeiro homem que havia lhe dito que era bonita, apesar da marca de nascença e de todo o resto. E ela não estava louca. Não. E não estava morta.

Marianne olhou para o homem que a tirara do Sena sem que ela tivesse pedido. Ele era o louco. Louco o bastante para achar que só era preciso sobreviver para viver.

Ela deixou que os enfermeiros a prendessem na maca. Quando a levantaram e rolaram até as portas abertas da ambulância, o estranho com olhos azuis da cor do céu segurou sua mão. O toque era quente; quente e familiar.

Marianne viu seu reflexo nas grandes pupilas pretas do homem. Viu seus olhos claros, que pareciam cada vez maiores, o nariz, tão pequeno, um rosto em formato de coração e o cabelo cinza-escuro, marrom-acinzentado como madeira morta.

Quando abriu a mão, viu que segurava a aliança.

— Desculpe pelo trabalho — disse ela, mas ele balançou a cabeça.

— *Excusez-moi* — completou ela.

— *Il n'y a pas de quoi* — disse o homem, sério, e levou a mão espalmada ao peito. — *Vous avez compris?*

Marianne sorriu. O que quer que ele tenha dito, devia ter razão.

— *Je m'appelle Eric.*

Ele entregou a bolsa de Marianne à médica.

"Meu nome é Marianne", ela quis dizer, mas deixou para lá. Quando ele contasse a história aos amigos, bastaria dizer que havia tirado uma maluca da água. Para que um nome? Nomes não dizem nada.

Ela pegou mais uma vez a mão de Eric.

— Por favor — disse Marianne. — Por favor, fique com ela.

Eric encarou a aliança que ela lhe devolvera.

Então, as portas se fecharam.

— Eu te odeio, Eric — sussurrou Marianne, e foi como se ainda sentisse os dedos ásperos, mas tão suaves, acariciando seu rosto.

Durante a viagem, as faixas da maca cortaram sua pele. A médica exibiu uma injeção e a enfiou na dobra do braço de Marianne; em seguida, pegou uma segunda agulha com uma borboletinha e a prendeu no dorso da mão de Marianne, para ligá-la à bolsa do medicamento intravenoso.

— Sinto muito por vocês terem tido que sair para me socorrer — sussurrou Marianne e fitou os olhos castanhos da médica, que logo desviou o olhar. — *Je suis allemande* — murmurou ela. Sou alemã.

— *Allemande.* — Com seu sotaque, parecia que dizia "um limão".

A médica estendeu um cobertor sobre ela e começou a ditar alguma coisa. O jovem assistente com barbinha rala no queixo anotou. O tranquilizante forte começou a fazer efeito.

— Sou um limão — murmurou Marianne antes de apagar.

3

Em seu sonho, Marianne estava sentada na Pont Neuf. Ela tirou o relógio de pulso, que não tinha, quebrou o vidro na pedra, arrancou os ponteiros do mostrador e jogou-os no rio.

Agora, o tempo não poderia se intrometer na vida de ninguém. O tempo pararia assim que ela pulasse, e ninguém a impediria de dançar embaixo d'água até chegar ao mar.

Mas, quando pulou, caiu devagar, como se freada por uma resina líquida. Da água saíam corpos, que emergiam enquanto ela caía.

Marianne reconheceu os rostos. Cada um deles. Eram os seus mortos. Aqueles do hospital para pacientes terminais no qual trabalhou depois que a mãe faleceu. As pessoas não os visitavam por medo de se contagiarem com a morte. Marianne segurava as mãos deles quando chegava a hora, e, dessa forma, eles avançavam para o nada. Muitos lutavam, se desesperavam, choramingando. Outros se envergonhavam da morte. Mas todos buscavam o olhar de Marianne e se fixavam nele até seus olhos se apagarem.

Também no sonho, eles buscavam o olhar de Marianne e suas mãos. Vozes que lamentavam cada desejo não realizado, cada passo não dado, cada palavra não falada, principalmente as furiosas. Os pacientes terminais não conseguiam se perdoar pelas coisas que não haviam feito. À beira da morte, todos confessaram a Marianne o que não tinham feito na vida, o que não ousaram arriscar.

Quando Marianne abriu os olhos, viu uma luz clara e brilhante. E Lothar postado à sua frente. Com um terno azul-escuro com botões dourados, parecia que havia acabado de sair de um iate. Ao lado dele, uma mulher vestida de branco.

Um anjo?

Ali também era tudo muito barulhento, máquinas apitavam, pessoas falavam, uma televisão estava ligada. Marianne levou as mãos aos ouvidos.

— Oi — disse ela depois de um tempo.

Lothar encarou Marianne. Ela não conseguia se ver nos olhos do marido. Ele se aproximou e se curvou sobre ela, observando-a mais de perto, como se não tivesse certeza do que via.

— O que foi isso? — perguntou, por fim, o marido.

— Isso o quê?

Ele balançou a cabeça, como se não conseguisse compreender.

— Esse teatro.

— Eu queria me matar.

Lothar apoiou a mão ao lado da cabeça de Marianne.

— Por quê?

Com qual mentira ela poderia começar? "Está tudo bem", quando nada estava bem? Ou: "Não se preocupe", quando ele deveria ter se preocupado.

— Eu... eu...

— Eu, eu — rosnou Lothar. — Esse é mesmo um bom motivo. Eu.

Por que ela não lhe disse? "Não quero mais. Não consigo mais. Prefiro morrer a continuar vivendo com você."

Marianne tentou de novo.

— Eu... eu quero...

Mas travou novamente. A boca parecia cheia de areia.

— Eu queria fazer o que sinto vontade.

Seu marido se sentou.

— Fazer o que sente vontade! Muito bem, e veja o que aconteceu? Olhe para você agora.

Ele riu. Virou-se para a enfermeira, que ainda estava ali e a observava, e riu, e em seguida a enfermeira riu junto, como se estivessem num circo e o palhaço tivesse acabado de tropeçar e cair.

Marianne sentiu o rosto ficar quente. Lothar se sentou na beira da cama e virou as costas para ela. A risada cessou de repente.

— Quando recebi a ligação, saí do restaurante às pressas, no piloto automático. Claro que tive que pagar pela sua refeição. Para o cozinheiro, não interessa se você quis se matar ou não.

Marianne tentou puxar o cobertor para cima. Mas Lothar estava sentado nele, e seus esforços foram em vão. Ela se sentia nua.

— O metrô só funciona até uma da manhã. E ainda chamam isto de metrópole! Precisei pegar um táxi, que custou o mesmo que o ônibus lá de casa até Paris, ida e volta. Entendeu? — Lothar respirava ruidosamente, como se estivesse prestes a gritar. — Você sabe o que fez comigo? Sua intenção é afastar a gente? Ou que eu precise deixar a luz acesa toda noite pra te vigiar?

— Sinto muito — disse Marianne, a voz abafada.

— Ah, você sente muito. E quem você acha que sente mais? Sabe como as pessoas olham para o marido de uma suicida? Isso pode arruinar a vida de um homem! Você não pensou nisso quando resolveu fazer o que sentia vontade. Como se você soubesse o que quer. — Lothar olhou para o relógio. Um Rolex. Em seguida, levantou-se. — O ônibus sai pontualmente às seis. Essa diversão forçada aqui já deu pra mim.

— E... como *eu* volto para casa? — Marianne ouviu sua voz suplicante e sentiu vergonha. Não lhe restara nada, nem mesmo orgulho.

— O seguro paga seu transporte de volta. Um psicólogo virá amanhã pra te acompanhar. Eu perco minha passagem se não for hoje. Você pulou sozinha da ponte, eu viajo sozinho pra casa. Cada um faz o que quer. Tem algum problema com isso?

— Você poderia me dar um abraço? — implorou Marianne.

Lothar saiu sem olhar para trás.

Quando Marianne virou o rosto, topou com o olhar da mulher do leito ao lado. Ela a encarava cheia de pena.

— Ele é meio surdo — explicou Marianne rapidamente. — Ele... só não me ouviu. Não ouviu, entende?

E puxou o cobertor sobre a cabeça.

4

Uma hora depois, a enfermeira Nicolette, o anjo de olhos famintos, puxou energicamente o cobertor da cabeça de Marianne e depositou, com um estrondo, uma bandeja na mesinha ao lado do leito.

Marianne não tocou na comida, que parecia um naco de animal pisoteado depois de morto. O acompanhamento gosmento cheirava a madeira mofada. A manteiga era dura como pedra, a sopa, rala, com três cubinhos de cenoura e uma rodela de cebola. Ela passou a sopa para a vizinha de leito. Quando a mulher tentou fazer um carinho em seu braço, ela o recolheu, assustada.

Agora, ela estava arrastando o suporte de infusão com rodinhas e tentando fechar a curta camisola de hospital, que era aberta e deixava a bunda à mostra. Os pés descalços faziam barulho quando descolavam do chão. Marianne percorreu o corredor até encontrar outro que cruzava com o de sua ala. Na esquina entre os dois ficava a sala com parede de vidro das enfermeiras, onde havia uma televisão ligada.

Nervoso, Nicolas Sarkozy explicava seu descontentamento à nação. Um cigarro fumegava sozinho no cinzeiro. Nicolette ouvia rádio, folheava uma revista e abria uma embalagem de *madeleine*.

Marianne se aproximou. A música... violinos. Acordeão. Clarinetas. Uma gaita de fole. Ela fechou os olhos para assistir a um filme particular.

Viu homens dançando com mulheres belas, uma mesa, crianças e macieiras, o sol que iluminava o mar no horizonte. Viu janelas azuis em antigas casas de arenito com tetos de palha e uma capelinha; os homens tinham os chapéus caídos para trás, sobre a nuca. Ela não conhecia a música, mas teria gostado de tocá-la. O som do acordeão entrou fundo em seu coração.

Marianne sabia tocar acordeão. Começara com um pequeno e, depois, quando os braços já eram compridos o suficiente, passara para um maior. Seu pai lhe dera o instrumento em seu aniversário de quinze anos. A mãe o odiava. "Aprenda a costurar, faz menos barulho." Em algum momento, Lothar jogou fora o acordeão.

Num painel da sala das enfermeiras, uma luz vermelha piscava ritmadamente ao lado do número de um quarto.

Nicolette ergueu os olhos com irritação, avistou Marianne e virou para o outro lado, indiferente a ela.

Marianne esperou até a enfermeira desaparecer para entrar na sala.

Faminta, Marianne pegou o pacote de *madeleines* embaladas individualmente, que estava sobre a mesa, e quase derrubou o azulejo azul que fazia as vezes de prato. Ao ouvir um som de porta se fechando, correu pelo corredor e entrou por uma porta com plaquinha de "escada", quase prendendo o soro ao fechar a porta atrás de si.

Marianne sentou-se no último degrau e respirou fundo. Só então percebeu que ainda carregava as *madeleines* e o azulejo. Ficou atenta a ruídos de passos, mas nada ouviu. Apoiou o azulejo na janela gradeada, estendeu as pernas, os dedos dos pés descalços apontados para o luar, e tirou uma *madeleine* do pacote.

Então, é assim, pensou Marianne. *Estar em Paris é assim.*

Mordeu o bolinho macio e doce e ficou olhando para o pequeno azulejo pintado à mão.

Barcos, um porto. Um céu azul infinito, tão vivo e brilhante que parecia recém-lavado. O pintor conseguiu, em um espaço mínimo, criar uma cena esplendorosa. Marianne tentou ler os nomes dos barcos.

Marlin. Genever. Koakar. E...

Mariann.

O *Mariann* era um barco vermelho gracioso, que flutuava um pouco esquecido a um canto, as velas murchas.

Mariann.

Como era bonito. A música do rádio parecia combinar com aquela cena, tão alegre, tão afetuosa. Ensolarada e livre.

Já na segunda mordida, Marianne chorava tanto que acabou tossindo. Migalhas caíram de sua boca, cuspe e lágrimas misturados.

As coisas que ela não tinha feito. Era isso que os mortos queriam comunicar. As coisas que não foram vividas. Na vida de Marianne só havia o que ela não tinha vivido.

Ela olhou para o tubo enfiado em sua mão e o arrancou de lá. O sangue verteu.

Isso também não vai me matar. Além do mais, estou com a mesma calcinha desde ontem; como vai ser quando me enfiarem no gavetão do necrotério?

Marianne enxugou as lágrimas com o dorso da mão e piscou. Havia chorado mais nas últimas horas do que em décadas; aquilo precisava parar, de nada adiantava.

Olhou de novo para o azulejo e não conseguiu suportar a visão das velas murchas do *Mariann*. Pegou o azulejo e virou-o ao contrário.

Na parte de trás havia uma inscrição: *Port de Kerdruc, Fin.*

Marianne comeu o último pedaço da *madeleine*, mas ainda estava com fome.

Kerdruc. Ela virou o azulejo novamente *e* o cheirou. Não cheirava... a mar?

Nunca estive em um lugar tão bonito.

Marianne tentou imaginar como seria se Lothar e ela estivessem num lugar assim. Mas tudo o que via em sua mente era Lothar diante da mesa de mosaico na sala de estar. Via as revistas antigas do vizinho, que ele arrumava paralelamente à quina da mesa. Bem retas. Ela deveria ter se sentido grata ao marido pela ordem que ele trouxera para sua vida. A última casa no fim da rua sem saída era seu lar.

Marianne acariciou o azulejo.

Será que Lothar vai regar a orquídea?

Ela deu uma risadinha. *Claro que não.*

Kerdruc. Se era à beira-mar, então...

Marianne teve um sobressalto quando a porta se abriu. Nicolette. Furiosa, a enfermeira lhe deu uma bronca e gesticulou energicamente para que ela subisse. Marianne não conseguiu encará-la enquanto seguia de braços cruzados pelo corredor ao seu lado, sendo levada de volta ao quarto sem oferecer resistência.

Habilidosa, Nicolette trocou a bolsa de soro e enfiou dois comprimidos rosados na boca de **Marianne**.

Obediente, ela fingiu que engolia as pílulas com a água esquecida na mesinha ao lado do leito. Sua vizinha gemia durante o sono como um cordeiro lamurioso.

Quando Nicolette apagou a luz e fechou a porta, Marianne cuspiu as pílulas e pegou o azulejo que havia escondido embaixo da camisola, sobre o coração.

Kerdruc. Marianne passou a mão no quadrinho. Absurdo, mas era como se sentisse o vento morno entre os dedos. Ela estremeceu.

Marianne se levantou e caminhou devagar até a janela. O vento assobiava. Houve um estrondo, o céu se partiu, e um raio iluminou o quarto por alguns segundos. A chuva começou a cair e a bater nos vidros das janelas, como pérolas de um colar arrebentado. A luz da lua ampliava as gotas e fazia com que parecessem dançar sobre a terra. Marianne se ajoelhou e correu os dedos pelos cantos da sombra da janela, o brilho da lua recortado da noite e posto a seus pés. O trovão rugiu, como se a tempestade pairasse diretamente sobre o hospital.

Minha mulherzinha que tem medo de trovoadas.

Lothar.

Marianne não tinha medo de trovoadas, mas fingia, por amor a ele, para que ele a provocasse e se sentisse bem com isso. Ela se deixava enredar por essas idiotices o tempo todo.

Olhou para o céu partido em dois e, hesitante, segurou os seios com ambas as mãos. Lothar fora o primeiro e único homem de sua vida; ela saíra da virgindade para o matrimônio quase sem ser beijada direito. Ele havia sido sua família desde que saíra da casa dos pais.

Meu marido não tocou minha alma, muito menos encantou meu corpo. Por que eu permiti que isso acontecesse? Por quê?

Ela foi até o armário onde estava o vestido. O cheiro era de água salobra. Marianne alisou o tecido, encontrou um desodorante e borrifou-o nele; agora, cheirava a rosas e água salobra.

Ela seguiu até a pia, que ficava no meio do quarto. Será que os arquitetos não sabiam do ridículo que era uma mulher se lavando no meio do quarto? Mas, mesmo assim, Marianne se lavou. Quando se sentiu mais limpa, ficou na ponta dos pés para se olhar no espelho.

Não. Não havia nada de orgulho naquele rosto. Nada de dignidade.

Agora sou mais velha do que minha avó chegou a ser. Sempre imaginei que dentro de mim existisse uma velha sábia, aguardando para desabrochar. Primeiro, viria o corpo, depois, o rosto e, por último, o coque na cabeça e uma forma de cheesecake nas mãos.

Marianne baixou os olhos. Não havia uma mulher sábia olhando para ela, apenas uma velha com o rosto enrugado de uma menina, uma mulher não muito mais alta do que era com quatorze anos. E ainda tão gorducha.

Ela riu, amarga.

Sua avó, Nane, que tanto adorava, morrera em uma noite fria de janeiro de 1961. Ela estava voltando da mansão dos Von Haag, onde havia feito um parto domiciliar, escorregara, caíra numa vala, e não tivera forças para sair de lá sozinha. Marianne encontrara a avó morta. Uma expressão de raiva e perplexidade pelo ridículo da situação havia ficado marcada no rosto de Nane.

Marianne ainda carregava alguma culpa em si: naquela noite, não havia acompanhado a avó para ajudar no parto como sempre fazia, pois arrumara outra coisa para fazer.

Ela analisou o próprio rosto. Quanto mais se olhava, mais tinha dificuldade de respirar, mais o horror se instalava. Todo seu ser absorveu aquele horror como um jardim a uma chuva torrencial.

O que devo fazer? A mulher no espelho não tinha resposta. Estava pálida como a morte.

5

A manhã chegou rápido. Pouco antes das seis, os pacientes foram acordados, e, depois de Marianne ter se vestido, levaram-na a uma sala no primeiro andar do hospital. O consultório parecia ser de uma médica com dois filhos: desenhos e fotos da família por todo lado, um mapa da França com bandeirinhas espetadas.

Marianne se levantou e procurou Kerdruc, passando o dedo pelo litoral do país, mas não encontrou lugar algum com esse nome. Então, viu na legenda as abreviaturas dos *departements*: Fin. significava Finistère, território na parte ocidental da França que avançava pelo Atlântico — a Bretanha.

Marianne abaixou com cuidado a maçaneta da porta da sala, mas estava trancada. Sentou-se de novo e encarou a ponta dos pés.

Depois de uma hora, um psicólogo apareceu: um francês magro, alto, com cabelos pretos ondulados e uma loção pós-barba forte demais. Marianne teve a impressão de que ele estava muito nervoso, porque mordia o tempo todo o lábio inferior e lhe lançava olhares tão rápidos que ela quase não conseguia percebê-los.

Folheou algumas páginas em sua prancheta, depois tirou os óculos, sentou-se a um canto da mesa e, pela primeira vez, olhou Marianne com atenção.

— O suicídio não é uma doença — começou ele, falando alemão com um forte sotaque francês.

— Não — concordou Marianne.

— Não. É só a culminação de uma tendência patológica. É a expressão do desespero. Do desespero profundo. — Sua fala era mansa, e ele a fitava com os olhos azul-esverdeados, como se seu único objetivo na vida fosse compreendê-la.

Marianne sentiu um desconforto na nuca. Aquilo era bem esquisito. Ali estava ela, sentada diante de um homem que nutria a ilusão desmedida de que conseguiria entendê-la e ajudá-la, simples assim, só olhando para ela e falando como um representante divino.

— E o suicídio é justificável, também. Possui um significado para aqueles que o almejam. Não é errado a pessoa querer se matar.

— E isso é comprovado cientificamente? — escapou de sua boca.

O psicólogo apenas a encarou.

— Perdão.

— Por que a senhora se desculpou? — perguntou ele.

— Eu... não sei.

— A senhora sabia que pessoas com depressão grave tendem a se irritar facilmente, mas o tempo todo se desculpam e direcionam sua agressividade contra si mesmas e não contra quem a desencadeia?

Ela encarou o homem. Devia ter uns quarenta e poucos anos, e exibia uma aliança no dedo. Como ela gostaria de acreditar que poderia só se deixar levar, se abrir completamente, permitir que ele a consolasse, e então ler sua vida nas expressões faciais do psicólogo.

Ele lhe daria coragem e medicamentos, e ela se curaria desse desejo estúpido.

Suicídio não é doença. Ótimo.

— O senhor sabia que quase todos os sinos de igreja têm badalos grandes demais? — rebateu ela. — A maioria dos tocadores de sino aplica uma força excessiva na hora de puxar a corda, e, depois de uns anos, os sinos soam como tigelas de salada vazias batendo umas nas outras. Eles se desgastam.

— A senhora se sente como um sino?

— Como um sino?...

Eu me sinto como se nunca tivesse estado aqui.

— A senhora não queria mais continuar vivendo do jeito que estava. Por que tentou se matar justamente em Paris?

O jeito como ele diz isso. Como se me culpasse. Ninguém vem a Paris para morrer, todos querem viver e amar aqui, apenas eu sou estúpida e acho que aqui se pode morrer.

— Me pareceu adequado — respondeu Marianne por fim.

Ela conseguiu: cedeu à vontade louca de dizer a verdade.

— Bom. — Ele se levantou. — Eu gostaria de fazer alguns testes com a senhora antes de liberá-la. Venha comigo.

O psicólogo abriu a porta e a manteve aberta para ela. Marianne ficou olhando para os próprios sapatos enquanto seus pés davam um passo após o outro, saindo da sala, passando pelo corredor, por uma porta vai e vem, outra, sempre em frente.

Seu pai fora afinador de sino antes de despencar de uma viga na torre de uma igreja e quebrar quase todos os ossos. A mãe de Marianne passou a vida extremamente ressentida com ele por causa do acidente, pois, naquela época, não era direito um homem deixar sua mulher em uma situação difícil dessas.

Sobre a natureza dos sinos, o pai lhe explicara o seguinte: "O badalo deve beijar o sino, de leve, e seduzi-lo a repicar. Nunca forçá-lo."

O caráter do pai era igual ao de um sino. Quando alguém queria obrigá-lo a reagir, ele teimava em se calar até que o deixassem em paz.

Depois da morte da avó de Marianne, ele resolvera se transferir da casa que compartilhavam e instalar suas coisas no galpão que usava como oficina. Até se casar com Lothar, Marianne era o elo entre os pais, e levava comida para ele na oficina, onde passava seu tempo construindo xilofones de brinquedo. Quando sentava ao lado dele, com frequência Marianne sentia o carinho que o pai nutria por ela; ficava emocionado por ter uma filha que o amava e também que lhe confessava, aos sussurros, o que sonhava para a vida: ora queria ser arqueóloga, ora professora de música, e também queria montar bicicletas para crianças e viver numa casa à beira-mar. Os dois eram sonhadores.

— Você tem muito de seu pai — dizia a mãe.

Marianne não conseguira pensar no pai por décadas. Ele lhe fazia falta. Esse era, talvez, um de seus únicos segredos. Além da promessa de ser feliz.

— Com licença, um instante — disse o psicólogo e acenou para a médica que havia cuidado de Marianne na noite anterior.

Os dois começaram a conversar em francês, olhando de vez em quando para a paciente.

Marianne foi até a janela e virou-se de costas para poder tirar o pequeno azulejo da bolsa e admirá-lo.

Kerdruc. Quando tocou o quadrinho, sentiu uma pontada tão forte no peito que mal conseguiu respirar.

O suicídio possui um significado.

Marianne olhou de novo para o chão.

Não gosto dos meus sapatos.

Com isso, ela saiu andando, empurrou a primeira porta vai e vem, achou uma escada e desceu depressa, virando à direita no fim. Cruzou um corredor ocupado por doentes pálidos sentados em bancos e avistou ao fundo uma porta escancarada que levava para fora. Ar puro, enfim! A tempestade havia lavado o dia, o ar estava ameno e suave. Marianne ignorou as dores da artrose no joelho e começou a correr.

O coração de Marianne foi parar na boca enquanto ela corria pela rua de paralelepípedos, em seguida entrando numa viela, passando por um portal, atravessando o pátio interno de uma casa e saindo do outro lado. Corria sem pensar, alternando os lados da rua.

Ela não sabia quanto tempo aguentaria, mas, quando a dor no baço ficou insuportável, despencou à beira de uma pequena fonte. Deixou a água correr nos pulsos e olhou seu reflexo no espelho d'água. Não dizem que a beleza é um estado da alma? E, se a alma é amada, a mulher se transforma em um ser admirável, por mais comum que possa parecer? O amor muda a alma das mulheres, tornando-as bonitas por um tempo, às vezes para sempre.

Eu teria adorado ser bonita, pensou Marianne. *Só por cinco minutos. Teria sido tão bom se alguém tivesse me amado.*

Ela mergulhou os dedos na água e girou-os devagar. *Queria tanto ter dormido com outro homem, e não só com Lothar. Queria tanto ter usado algo vermelho.*

Queria tanto ter lutado.

Marianne se levantou. Não era tarde demais; ainda poderia terminar o que havia começado, e queria fazer isso logo.

6

Marianne se sentou em um banco no saguão da estação de trem, a Gare du Montparnasse, diante de uma banca de jornal, e olhou o painel de informações de partidas, onde o trem TGV 8715 Atlantique para Quimper era anunciado para as dez e cinco.

Foi acometida por um certo nervosismo.

Quando as letras começaram a rodar no painel de informações, e seu trem foi anunciado na plataforma 7, Marianne se levantou. Seu joelho ainda doía.

Ela havia colocado grande parte de seu dinheiro no balcão do guichê de compra de passagens e apontado para a inscrição do azulejo, mas seu dinheiro dera apenas para ir à Auray; de lá, teria que chegar por conta própria a Pont-Aven e Kerdruc.

Marianne olhou ao redor, temendo que alguém fosse pular sobre ela e prendê-la enquanto andava ao lado do trem que parecia blindado.

A cada passo que dava, Marianne tinha a sensação de algo tomando conta de seu corpo. Como se um ser estranho pedisse passagem, quisesse preenchê-la e remodelá-la. Uma agitação interna fez com que parasse.

O que será isso?

Ela segurou os corrimãos e tentou se erguer pelos degraus altos do trem. No meio do movimento, parou. Ainda podia descer e procurar um telefone, ligar para Lothar e pedir que a buscasse.

Que a impedisse de colocar seu plano em prática.

Mas, tanto faz para onde eu vá. Já estou morta mesmo.

Determinada, ela subiu o último degrau e procurou seu assento, que ficava à janela. Afundou no banco, fechou os olhos e esperou até que o trem partisse da estação. Ninguém se sentou ao seu lado.

Quando ergueu o olhar, Marianne deparou com um rosto sorrindo. Aquela mulher enfrentava seus fracassos, dava para ver — seus olhos grandes e claros reluziam. Quando os olhares se encontraram, Marianne piscou depressa; ela não entendia por que a mulher a olhava daquele jeito.

Ela não havia se reconhecido na janela espelhada.

Quando o fez, por fim, compreendeu o próprio olhar e quis mantê-lo, com aquele leve brilho nos olhos, as bochechas rosadas, e o sol que dançava sobre os cabelos.

Três horas depois, ao descer em Auray, ela respirou fundo; o ar era mais suave e claro que em Paris, menos opressivo. Marianne decidiu comprar um mapa, uma água e então seguir de carona. De algum jeito, chegaria a Kerdruc, mesmo que fosse a pé.

Ao sair do outro lado da estação de trem, viu uma freira sentada no único banco à sombra; estava toda torta, a cabeça muito jogada para trás, e parecia ter se despedido deste mundo sem nem sentir. Marianne olhou ao redor — ninguém parecia notar a mulher. Ela se aproximou devagar.

— *Bonjour?*

A freira não se mexeu.

Marianne tocou seu ombro de leve. A freira roncou. Da boca aberta, uma gota de baba pingou no hábito. Marianne pegou um lenço de papel e limpou o queixo da religiosa com cuidado.

— Então, o que fazemos agora que já nos conhecemos melhor?

A freira soltou um pum baixo e lento.

— Mas que conversa ótima — murmurou Marianne.

As pálpebras da freira piscaram, e ela despertou; a cabeça virou-se mecanicamente da esquerda para a direita, seu olhar finalmente se fixando em Marianne.

— Sabe, isso me acontece também — mentiu Marianne. — Quase sempre durmo melhor em outros lugares que não na minha casa. A senhora vem à estação de trem quando quer dormir de verdade?

A freira tombou para o lado com um suspiro e recostou-se no ombro de Marianne, dormindo de novo.

Marianne não se atreveu a se mover para não acordar a irmã, que soprava em seu ouvido a cada respiração.

O sol fez as sombras se deslocarem. Marianne também fechou os olhos. Era gostoso só ficar ali sentada e deixar a vida e suas sombras passarem.

Em algum momento, um micro-ônibus parou cantando pneus na frente da estação, e Marianne acordou assustada de seu cochilo entorpecido. Um homem de batina desceu, e, atrás dele, saíram uma, duas, três, quatro... quatro freiras, e todos olharam para Marianne e para a freira, que ainda cochilava e babava em seu ombro.

— *Mon Dieu!* — gritou o *père*. Eles cercaram Marianne, ajudaram as duas a se levantarem, sempre murmurando, como se rezassem.

A freira parecia ter dormido tudo de que precisava, concluiu Marianne. Então, o homem de batina verde e branca virou-se para ela, que o escutou educadamente mas não entendeu uma palavra do que ele disse. Marianne tomou fôlego e falou:

— *Je suis allemande. Pardon. Au revoir.*

— *Allemande?* — repetiu o padre. Sorriu em seguida, os dentes tortos como as lápides de um cemitério esquecido no meio de uma floresta. — *Ah! Allemagne! Le football! Ballack! Tu connais Ballack? Et Schweinsteiger!* — Ele ergueu a mão como se segurasse uma bola. — *Ballack!* — repetiu ele e chutou o ar.

— *Oui, Ballack* — repetiu Marianne, confusa, mas ergueu o punho, como o padre, e sorriu, tímida.

O padre continuou sorridente, e as freiras começaram a puxar Marianne e a irmã ainda levemente desorientada em direção ao ônibus.

— Não, não, não — disse Marianne, apressada. — Nossos caminhos se separam aqui. Vão com Deus, e eu vou com... ah, tanto faz. *Au revoir, au revoir.* — Ela acenou mais uma vez e fez menção de se afastar.

Uma jovem freira puxou-a pela manga da camisa.

— Meu nome é Clara. Minha avó era alemã... você consegue me entender?

Marianne fez que sim com a cabeça.

— Queremos agradecer — disse a freira. — Por favor, nos acompanhe até... *comment ça se dit...* o convento.

Marianne reparou como as outras freiras a olhavam de soslaio e davam risadinhas furtivas.

— Mas... eu preciso seguir viagem. Vou ainda hoje para Kerdruc — disse Marianne, puxando o mapa e apontando para o vilarejo na desembocadura do rio Aven.

— *Pas de problème!* Muitos turistas visitam o convento, e os ônibus de viagem os levam para vários lugares, inclusive aqui — explicou Clara, e apontou para a cidade de Pont-Aven, a norte de Kerdruc. — Paul Gauguin viveu lá. Muitos pintores.

As outras freiras já estavam sentadas no ônibus. Marianne hesitou por um instante. Talvez fosse melhor viajar com as freiras do que ficar à beira da estrada.

Ela embarcou.

No pequeno ônibus com assentos de couro surrados, a velha freira se inclinou para a frente.

— *Merci* — disse ela e apertou com carinho o braço de Marianne.

Clara virou-se em seu banco para falar com Marianne.

— *Dominique est...* doente. Sumiu ontem do convento, e não sabe se virar sozinha. Não sabe quem é, onde está, onde é sua casa... *Vous avez compris, madame?* Graças à sua ajuda, tudo bom de novo, *oui*?

Marianne concluiu que Dominique sofria de Alzheimer.

Clara virou-se de novo.

— Qual é o seu nome?

— Meu nome...

— *Je m'appelle...* — corrigiu a freira gentilmente.

— *Je m'appelle Marianne*.

— *Marie-Ann? Nous sommes du couvent de Sainte-Anne-d'Auray! Oh, les voies de Dieu!* — A freira se benzeu.

— O que foi? — perguntou Marianne, confusa, mas Clara explicou para ela, feliz.

— Seu nome é igual ao do nosso convento! Marie e Anne. Rezamos para Sant'Ana, mãe de Maria. Nós somos as *Filles du Saint- -Esprit Ker Anna*, e, para nós, Anna é a origem da santidade feminina. Marie-Ann... você caiu do céu!

E é para lá que vou voltar, querida, pensou Marianne. *Ah, não, ela iria na direção oposta.*

— *Voilà!* — gritou o *père* para trás. — *Sainte-Anne-d'Auray!*

Não precisou dizer mais nada, a vista falou por si.

Uma praça se estendia diante deles, ladeada por cercas vivas do tamanho de casas, por arbustos e hortênsias em flor. A silhueta de uma grande e suntuosa catedral destacava-se diante do céu azul. As folhas vermelhas das árvores balançavam, e Marianne viu fontes, além de ter o vislumbre de uma ponte com degraus. Lembrou-se das fotos da Ponte de Rialto, em Veneza, que a vizinha, Grete Köster, mandara para ela. Uma das poucas mulheres que nunca haviam sucumbido ao charme de Lothar. Ah, Grete...

— *La Santa Scala* — disse Clara, apontando de um lado para o outro. — *L'oratoire, le mémorial, la chapelle de l'Immaculée.*

O ônibus cruzou um portão de entrada e chegou a uma construção austera de três andares. O convento de *Ker Anna*. Clara e *père* Ballack, como Marianne o batizou, levaram-na para a recepção, pediram que lhe trouxessem um chá de hortelã e apressaram-se para a *messe de pèlerins*, a missa dos peregrinos, como Clara explicou.

A caminho do pátio central do convento, Marianne conheceu um padre que parecia mais forte que Ballack. O homem abriu os braços e disse:

— Sou o padre Andreas. Seja muito bem-vinda.

Ele falava alemão.

— Sou de Heidelberg — continuou o padre quando viu a surpresa de Marianne. — Agradeço à senhora em nome do convento por ter cuidado de forma tão abnegada de uma de nossas irmãs. Soube que o prosseguimento da sua viagem está prejudicado por causa de uma falha na prestação de serviços da empresa de ônibus francesa, certo?

— Sim... podemos dizer que sim.

— Posso perguntar o destino e o objetivo da sua viagem?

— Kerdruc. Queria... eu tenho...

— A senhora vai visitar amigos? Ou vive lá?

Marianne não havia pensado em uma desculpa para esse tipo de pergunta.

— Desculpe, que grosseria a minha. Sua viagem é apenas de seu interesse, não do meu... Gostaria que a senhora ficasse conosco esta noite, a refeição no convento é esplêndida, e também temos alojamento para peregrinos e convidados. A senhora salvou a vida da irmã Dominique, por isso não apenas tem a minha gratidão, mas também a da igreja francesa.

E quanto ao papa? Ele não se importa?

— Eu gostaria de seguir viagem — insistiu Marianne.

O *père* refletiu.

— No fim do acesso ao convento há um estacionamento. Transmita ao motorista do ônibus os meus cumprimentos e peça a ele que leve a senhora! *Au revoir, madame.* — Ele fez um gesto de bênção e saiu a toda velocidade para a basílica de Sainte Anne.

— Muito obrigada — murmurou Marianne.

Ela pensou em seu pai, que afinava sinos, ao ouvir o da igreja bater onze vezes. Marianne se deu conta de que seu desejo de ficar sempre ao lado do pai fora o que a impedira de se rebelar contra as críticas morais da mãe. Não queria prejudicar a doce aceitação do pai com suas rebeldias.

Marianne atravessou o pátio do convento perdida em pensamentos sobre o amado pai. Quantas coisas eles compartilharam! Como eram parecidos! Amavam a natureza, a música, e sempre inventavam histórias um para o outro. Ela escutou o zumbido de uma abelha que havia ficado presa nas hortênsias. Virou na esquina do prédio cinza, passou por uma capela de arenito e quase perdeu o fôlego diante do que viu. Que jardim! Pinheiros imensos, lilases, bambus, palmeiras, rosas... um idílio secreto e florido.

Descobriu um banco de pedra na parte de trás do jardim do convento, que era cercado por muros altos.

Como era bonito estar ali. Como era tranquilo.

Ela respirou fundo. Por um momento, teve certeza de que poderia ficar naquele jardim para sempre.

Ah, Lothar.

O que a corroía era a não realização de seu desejo de compartilhar. Essa constatação a atingiu com força. Os dois, o marido e ela, não compartilhavam nada. Nem os mesmos desejos, nem os mesmos sonhos. Tudo o que contava eram as coisas que *ele* desejava.

Uma nuvem clara, quase imperceptível, apenas uma listra de espuma branca no azul profundo, flutuava vários quilômetros acima dela.

"Os cúmulos-nimbos são os dançarinos do céu", Marianne ouvira o pai falar, "e seus irmãos, os estratos-cúmulos, são os elevadores do céu. Os dois não gostam dos nimbos-estratos, os gordos estraga-prazeres. Eles quase não se movem e sempre espalham o mau humor." Seu pai pensara um pouco e então dissera: "Como sua mãe!", e Marianne tinha rido, mas pouco depois se sentira imensamente culpada.

As crianças do hospital gargalharam com a comparação e saíram com Marianne para encontrar os elevadores e as nuvens dançarinas no céu.

O calor fez seu joelho melhorar. Também a queimação nos tornozelos havia cedido. Marianne tirou os sapatos e caminhou descalça pela grama macia e levemente úmida.

Depois de uma hora, quando sentiu que realmente podia ficar ali para sempre, contando nuvens e folhas de grama, Marianne calçou novamente os sapatos entre suspiros. Avançou mais ao fundo no jardim exuberante e fragrante até descobrir um pequeno cemitério cercado por muros brancos.

A areia branca como pérola cobria tudo, os caminhos e os túmulos, como um lago branco brilhante. Os montículos das covas pareciam edredons achatados. Em cada uma das camas de areia branca florescia um ramo de rosas vermelhas e cheirosas.

Como aquele cemitério era bem-cuidado. Parecia que as freiras tinham colocado as irmãs para dormir. Elas só estavam dormindo. Sonhavam, e seus sonhos eram tão suaves como as folhas das roseiras.

Marianne se sentou em um banco de pedra bem gasto.

Onde teria sido o meu lugar para sonhar?

Que buraco seria o meu, que apenas eu poderia preencher?

Todas as crianças que não pari, porque eu não estava no lugar certo. Toda a falta de amor.

Todo o riso que não existiu.

Foram tantas coisas que não fiz. E agora é tarde demais.

Quando ela ergueu os olhos, viu Clara no portão do cemitério. A jovem freira aproximou-se devagar.

— Posso? — perguntou Clara e esperou Marianne assentir para se sentar ao seu lado. Ela pôs as mãos sobre o colo e, como Marianne, observou os túmulos de areia branca. — Sua jornada é difícil. — Não foi uma pergunta, mas uma afirmação.

Marianne ficou olhando para as próprias unhas.

— Você acredita que tudo acaba com a morte, Marie-Ann?

— Espero que sim — sussurrou ela.

— Aqui, na costa bretã, as pessoas pensam diferente. A morte não é algo que está por vir. Mas algo que está ao redor. Aqui. — Clara apontou para o ar. — Lá. — Apontou para as árvores. Então ela se curvou e pegou um pouco de areia branca. — A morte é assim — disse e deixou a areia escorrer da mão esquerda para a direita. — Uma vida chega e faz uma pausa na morte. — Ela deixou a areia fluir da mão direita para o chão. — Uma outra... sai. Ela faz uma viagem, *oui*? Como... a água viaja. Água em um... *moulin*. Um moinho. A morte é aquela breve pausa.

— Mas eu ouvi outra coisa na igreja — observou Marianne.

— A Bretanha é mais antiga que a igreja. Aqui é Armórica, a terra termina no mar, é o fim de todo o mundo. Tão velha quanto a morte.

Marianne olhou para o céu.

— Então, não existe inferno? Nem paraíso lá em cima?

— Aqui, nós temos muitas palavras para medo, para o viver, para o morrer. Às vezes, também usamos a mesma palavra. Às vezes, céu e terra são a mesma. E inferno e paraíso também. Lemos a terra, e nela nós vemos que tudo é igual, a morte, a vida. Apenas fazemos nossa viagem entre uma e outra.

— E é possível ler na terra para onde a viagem leva? Como em um guia de viagem?

Clara não riu.

— *Tiens*. Você precisa ouvir quando a terra falar. As pedras falam de almas que choraram quando as atravessaram. A grama sussurra sobre pessoas que passaram sobre ela. O vento traz os nomes daqueles que você amou. E o mar conhece o nome de todos os mortos.

Marianne imaginou se aquela areia embaixo de seus pés um dia diria: "Aqui esteve Marianne, e, logo depois, morreu."

— Tenho medo da morte — sussurrou ela.

— Não tenha medo — disse Clara, cheia de compaixão. — Não tenha medo. *L'autre monde*, o outro mundo, *oui*, é como este mundo. Ele está no meio do nosso, parece igual, só que não vemos quem caminha pelo *autre monde*. Há fadas lá, e feiticeiros. Deusas. Deuses. Demônios. *Korrigans*, os duendes. E os mortos, que não estão mais entre nós. E ainda assim estão ali, aqui, ao nosso lado, no banco, talvez. Todas as nossas irmãs... — Clara apontou para os túmulos — ...todas as irmãs estão aqui e olham por nós. Só não as vemos. Não tenha medo. Por favor.

Marianne ergueu a cabeça e olhou. Nenhum espírito, só rosas.

— Preciso ir. Preciso terminar minha viagem — forçou-se a dizer.

Com cuidado, afastou a mão de Clara e saiu; cada passo estalava como se andasse sobre neve.

Ela encontrou uma porta pequenina que levava para fora do jardim do convento e se espremeu para passar.

7

Marianne sentiu um cheiro delicioso de pizza enquanto observava um grupo de turistas perambulando pela loja de lembrancinhas religiosas ao lado da pizzaria.

Quando o grupo passou a seu lado, a guia turística virou-se para ela.

— *Allez, allez!* Vamos! *Don't stay too far behind, Ma'am! Salida!* — Marianne olhou ao redor. Mas, não, a mulher estava mesmo falando com ela. — Se quisermos ver Pont-Aven ainda de dia, precisamos nos apressar!

Pont-Aven! Marianne pigarreou.

— Claro! Eu já vou — disse ela e subiu no ônibus de cabeça baixa. O coração palpitava na garganta. Logo alguém a deduraria.

Quando o ônibus saiu devagar para a rodovia, Marianne se sentou rapidamente atrás de um casal com capas de chuva vermelhas e farfalhantes. No assento ao lado, achou um folheto de programação e o ergueu diante do rosto. *Dolmen et Degustation*. Traduzido para o inglês como *Stones and Scones*. "Túmulos e degustação." O programa mencionava uma visita à fábrica de biscoitos Penven, em Pont-Aven. Mas, antes disso, passariam nas rochas de Carnac e provariam ostras em Belon.

Marianne abriu seu mapa: pelo menos Carnac ficava à beira-mar, ou seja, quase na direção correta.

Ela tentou se fazer invisível. Sentia-se uma passageira clandestina, o que realmente era.

Depois de meia hora, o ônibus finalmente estacionou aos solavancos diante de um campo cercado por rochas.

— Os alinhamentos de Menec em Carnac — a mulher no assento diante dela leu de um guia de viagem. — Com oito mil anos ou mais, essas pedras já estavam aqui antes de os celtas virem da Terra Escura. A lenda conta que este seria um exército inimigo que teria sido transformado em pedra pelas fadas de Armórica.

Marianne olhava como que hipnotizada para os estranhos narizes de granito. Assim também eram muitas pessoas por baixo da pele, pensou ela: granito bretão transformado em gente.

O ônibus continuou, deixando os guerreiros de pedra e indo em direção a Lorient. Pegou uma via expressa, saiu dela em Quimperlé e seguiu para Riec-sur-Belon. Marianne abriu de novo o mapa. O rio Belon era separado do Aven por um pontal. Kerdruc ficava à beira do Aven, que se estendia aos poucos e, junto com o Belon, desaguava no Atlântico em Port Manec'h.

Ela tirou o azulejo da bolsa.

Por favor, pensou. *Por favor, que tenha pelo menos metade desta beleza.*

O ônibus seguia agora por uma estrada serpenteante sobre a qual árvores frondosas e cobertas de heras formavam um verdadeiro telhado. Ele se embrenhava entre campos e alamedas, e aqui e ali se via uma casa de granito com janelas coloridas e arbustos de hortênsias rosadas e azuis. Em determinado momento, ele parou em um declive rodeado por bosques, de onde Marianne avistou, na base da ladeira, a fachada de uma mansão, e, atrás dela, água e barcos.

— *Voilà, le Château de Belon!* Desde 1864, o mais famoso restaurante de ostras, *huître*, do mundo! — explicou a guia.

Marianne ficou para trás, no fundo do grupo de turistas; à direita, longas mesas de madeira estavam dispostas em um terraço natural, sob as folhagens, com uma vista de beleza exuberante para uma curva do rio ladeada de árvores. E, para além da curva, ela viu: o mar!

Ele brilhava. Estrelinhas dançantes sobre as ondas. Que lindo.

Dois jovens loiros com aventais emborrachados esperavam os convidados. Ao lado da dupla havia um homem; ele lembrou Marianne do jovem Alain Delon, exceto que este usava brincos, braceletes de couro e uma bota de motoqueiro.

O homem enfiou a ponta de algo parecido com um abridor de lata enorme em uma ostra fechada, virou o punho e a partiu ao meio. Então, levou-a aos lábios e virou-se, dizendo um *"Bon"* aos companheiros. Começou a selecionar outras ostras de um cesto cinza, batendo uma contra a outra de tempos em tempos, como se tentasse ouvir algo. Em seguida, jogava-as num cesto trançado de vime forrado com folhas de alga brilhantes, suculentas como espinafre fresco.

A guia fez uma apresentação sobre as ostras, que Marianne ouviu sem prestar atenção; a visão do rio com seus barcos balançando gentilmente até o mar era inebriante demais. Ela ouviu apenas fragmentos, algo sobre pequenas larvas e um berçário submarino.

— *Des plates ou des creuses?* — disse uma voz atrás dela. O homem que era a cara do Alain Delon.

Ele tagarelava ao abrir uma das ostras redondas e lisas, e depois uma das longas, com concha rústica, encrustada. Estalou como um galho pequeno, quebradiço.

Alain estendeu a Marianne a concha mais redonda e lisa.

— *Calibre numéro un, madame!*

As mãos dela tremiam. Marianne olhou para dentro da concha e voltou a olhar para o jovem. Era atraente, mas não parecia ter consciência disso. Olhos azul-escuros, nos quais havia carinho e saudade. Um olhar que denunciava noites insatisfatórias.

Não vou conseguir.

Ela nunca havia comido ostra. Marianne flagrou de novo o olhar do homem, que a encarava com um sorrisinho nos lábios sensuais.

Ele fez que sim com a cabeça, como se dissesse *Coma.*

Marianne imitou o movimento que Alain havia feito antes com a ostra. Levou-a à boca, pôs a cabeça para trás, sugou.

Tinha o gosto da neblina fina da água do mar, de nozes, de algo parecido com marisco, e o aroma era a concentração de tudo em que ela pensava quando via o mar diante de si: espuma, ondas, marés, águas-vivas, sal, corais e peixes trombando uns nos outros. Vastidão e infinitude.

— Mar — disse ela, nostálgica. — É possível comer o mar!

— *Ya. Ar Mor.* — O mar, concordou ele com uma risada gutural. Então raspou com a faca de ostras o restante do músculo e devolveu para ela a concha.

Ar Mor. Cada ostra era como o mar. Aquele mar, pensou consigo o jovem, que cada um leva no coração, amplo e livre, louco ou suave, azul-claro ou preto. Uma ostra não era apenas uma iguaria. Uma ostra era a chave para o sonho do mar que cada um abrigava no íntimo. Aqueles que não quisessem se lançar em seu abraço, que temiam a extensão de seu horizonte e suas profundezas, sua paixão, sua imprevisibilidade, nunca encontrariam prazer em uma ostra. Teriam nojo. Assim como sentiam nojo do amor, da paixão e da vida, da morte e de tudo o que o mar significava.

— *Merci* — disse Marianne. As pontas dos dedos deles se tocaram quando Alain pegou a concha da mão dela.

Você tem idade para ser meu filho, pensou Marianne de repente. Eu adoraria ter tido um filho como você. Nós teríamos dançado ao som de óperas. Eu teria lhe dado amor para que você também pudesse amar.

Quando se sentou com seu prato e o copo cheio de moscatel, embaixo das faias sobre a baía, com o mar tão próximo, comendo ostra atrás de ostra e bebendo, Marianne pensou na morte.

Será que a morte não era algo absoluto, como dissera Clara? Seria a morte mesmo como este lado do mundo, só que com fadas e demônios?

Um pardal pousou na mesa de Marianne e roubou sua manteiga.

8

Quanto mais o ônibus se aproximava de Pont-Aven, mais Marianne desejava que ele diminuísse a velocidade. Tinha medo de descer ao lado da cabine telefônica mais próxima e implorar a Lothar que a levasse para casa.

Quando o ônibus parou na fábrica de biscoitos, Marianne separou-se discretamente do grupo. Atravessou Pont-Aven sem se dar conta do seu charme; um vilarejo pitoresco, cheio de galerias, creperias e casas que pareciam ser do século XVIII. Ali, o passado lançava as fundações sob o presente. Marianne seguiu o rio que se enroscava pelo vilarejo até chegar à floresta da vila dos artistas, depois do Hotel Mimosa.

Seis vírgula três quilômetros até Kerdruc, indicava uma plaquinha, apontando a trilha GR34. Mais seis mil metros. Talvez doze mil passos. Isso era nada.

Marianne costumava andar muito em Celle. Ela se sentia como um passarinho que voava sem parar, catando uma coisa ali, outra acolá. Lothar nunca a deixava pegar o carro. "Muito pouca experiência na direção", dizia ele, lacônico, e "Você não vai conseguir uma vaga para estacionar". Ele nunca fazia compras de mercado, e ficaria perdido entre as prateleiras, pensou ela, um comandante vagando entre latas, absorventes e saquinhos de chá.

Mais uma vez, ela tapou a boca com a mão. Como eram horríveis seus pensamentos.

O ar cheirava a lama e a solo quente de floresta. Ela sentiu o aroma suave de cogumelos. Conseguiria estar à beira-mar até o crepúsculo e ir dormir com o sol?

Nada se ouvia além do zumbido de insetos, do tagarelar de um tentilhão, do estalar e farfalhar tímido de folhas balançantes. Nada. Seus passos eram o único ruído humano na trilha serpenteante da floresta às margens do Aven, que agora era tão estreito quanto os ombros de um homem. Como um corredor cada vez mais longo que leva a um cômodo desconhecido.

Em todos os lugares floresciam dedaleiras-vermelhas. *Digitalis*. A planta que podia fazer parar o coração.

Talvez eu devesse mastigar uma dessas, pensou Marianne. Mas então pensou nas crianças. Nenhuma criança deveria ter de encontrar uma pessoa morta no mato.

Ela passou por árvores altas e antigas, que deixavam chegar pouca luz à trilha coberta pela névoa verde. Depois de um outeiro, Marianne chegou a uma rua estreita que seguia até uma ponte de pedra estendida sobre um braço de rio seco, no meio do qual se erguia uma casa sem janelas.

Moulin à marée.

Embora o sol ainda brilhasse, começou a chover, e a água fez o ar faiscar. Marianne fez de conta que esse brilho dourado era o véu que separava este mundo do além. No meio da ponte, Marianne ergueu a mão e a deslizou pelo véu. A chuva era muito suave, muito morna. Ela imaginou que fadas e gigantes estavam passando pela ponte e rindo de sua mão enfiada no mundo dos mortos.

Ela não fazia ideia de que o mundo podia ser tão encantador e tão louco. Nenhum edifício. Nenhuma construção nova. Nenhuma autoestrada. Apenas pássaros que faziam seus ninhos em palmeiras, glicínias, peônias, mimosas, as encostas com a vegetação alta. Havia o céu, as pedras e outros mundos para além daquela precipitação dourada.

Uma terra assim deve moldar os seres humanos, pensou Marianne, *não ao contrário; deve torná-los orgulhosos e teimosos, passionais e ao mesmo tempo tímidos, moldá-los como faz com pedras e troncos.*

Marianne correu, e a terra deserta puxava seus braços e pernas. Ela parecia ouvir sussurros vindos do fundo da floresta; pensou em Clara e nas histórias que esta terra contava apenas àqueles que estivessem prontos para ouvi-las. Marianne tentou ouvir, mas não conseguiu entender o que o vento e a grama, as árvores e as encostas de granito tinham a lhe dizer.

A chuva parou quando ela saiu da floresta, e a trilha GR34 acabou ao lado de uma lata de lixo reciclável, própria para garrafas de vidro, perto de um pequeno estacionamento de cascalho.

Ela olhou ao redor. Uma rua sem faixa no meio, campos amarelo--ouro. À esquerda, um povoado.

Marianne se sentiu entorpecida por tanto ar puro e pela caminhada. A brisa leve que soprava tinha um cheiro magnetizado e poeirento que anunciava uma tempestade.

O joelho de Marianne latejava.

Ela passou pelas hortênsias de todas as cores, ignorou-as, assim como as *chaumières*, as casas de arenito bretãs com as janelas coloridas, seus jardins com figueiras em flor, oleandros olorosos e as algas sussurrantes ao vento.

Seguiu sozinha a estreita rua do vilarejo.

Ao final de uma pequena colina, Marianne fez uma curva à esquerda, rodeando uma casa branca de três andares — e então, em um silencioso domingo de junho, ela chegou.

Ao porto de Kerdruc.

9

O porto de Kerdruc tinha um cais quadrado, um quebra-mar que chegava até o Aven e outro que se estendia pelo rio em direção à nascente. Barcos a remo aninhavam-se nele, lado a lado, como colheres coloridas em uma gaveta de talheres. Casas com telhado de palha aconchegavam-se nas encostas, como flores brancas contra o verde luxuriante dos pinheiros e dos prados de carriços. Dezenas de lanchas, enfileiradas em um cabo de ancoragem entre boias vermelhas, balançavam como pedras da lua brancas em um colar feito à mão, correndo pela desembocadura do Aven. Eles dançavam com a maré salgada, que invadia a água doce do rio.

Ali, onde água e céu, azul e dourado, florestas tranquilas e penhascos íngremes se encontravam, começava o mar.

O restaurante embaixo da casa branca de três andares, o Ar Mor, tinha um terraço de madeira com marquise vermelha e branca e um portão de madeira azul. A pousada ao lado, o *Auberge d'Ar Mor*, era uma casa romântica de granito, cuja entrada era cheia de folhas e hortênsias floridas.

Do outro lado do Aven, na *rive gauche*, havia um pequeno porto de cais curto, barcos de pescadores gorduchos e um bar com a marquise verde. E nem uma pessoa sequer.

Só se ouvia o gorgolejar dos beijos da maré e do rio, além do bater irregular dos cabos de aço nos mastros dos barcos e o choro baixo de uma mulher.

A mulher era Marianne, e ela chorava sem tirar os olhos de tudo aquilo — Kerdruc era insuportavelmente linda. Todos os lugares onde ela estivera em seus sessenta anos eram horríveis.

A sensação de estar finalmente em casa se intensificou. Ela sentiu o cheiro do sal e da água fresca. O ar era transparente como vidro, um tapete brilhante de seda azul e dourada sobre o rio. E como cheirava bem!

No brilho claro daquela beleza, todos os horrores do passado foram iluminados sem piedade. Toda chateação engolida, todo revide reprimido, todo gesto de rejeição. Marianne lamentava tudo aquilo, e esse lamento profundo fez com que se arrependesse de suas covardias.

Um gato laranja e branco pulou de uma árvore e sentou-se atrás dela. Como Marianne não parava de tremer, chorando aos soluços, o gato se levantou, circundou-a, sentou-se de novo e a encarou.

— O que foi? — perguntou Marianne, enxugando as lágrimas.

O gato deu três passos até ela e deitou a cabeça na mão aberta de Marianne, esfregando-se nela e ronronando. Marianne acariciou o queixo do laranjinha. As sombras das árvores e das casas ficaram mais longas; a seda da água, mais brilhante. Kerdruc escureceu. Marianne contou quanto dinheiro ainda tinha. Para um táxi até o mar talvez bastasse, ou para uma refeição e algo para beber, mas não para um quarto.

Ela respirou bem fundo. Tinha sido um dia longo. O estrondo de um trovão veio em seguida. O gato saiu assustado de suas mãos e saltou para longe. Logo, as primeiras gotas de chuva, afiadas como pregos, pintavam o asfalto de preto.

Os cabos de aço estalaram com mais força, e a água ficou cinza e agitada. A chuva espumava sobre as ondas. Os barcos no cais espremiam-se uns contra os outros, como ovelhas com frio. A porta de uma cabine vibrava forte com o vento.

Marianne correu até o prédio da capitania e puxou a porta: fechada. Correu até a entrada do restaurante: fechado. Ela bateu com força. A chuva agora também vinha de baixo; as gotas batiam tão forte no chão que acabavam ricocheteando. A água corria pelo pescoço de Marianne, nas mangas, encharcava seus sapatos. Ela puxou o casaco sobre a cabeça e correu de volta para o cais.

O gato começou a correr em direção ao quebra-mar. Parecia prestes a se jogar no rio. Marianne saiu depressa atrás dele.

— Não faça isso — gritou ela, desesperada, mas ele se preparou para o salto... e aterrissou no último barco que estava preso ao quebra-mar.

Marianne conseguiu subir a bordo escalando atrás dele pela amurada sacolejante, escorregou no assoalho molhado, abriu a porta para se enfiar na cabine, desceu a escada e puxou a porta com tudo para fechá-la. Logo a chuva soava apenas como grãos de areia escorrendo. Debaixo do barco, um leve rumorejar.

O gato se aboletou na cama. Ela começou a tirar as roupas molhadas. Quando percebeu que até a calcinha estava encharcada, lavou tudo no pequeno banheiro da cabine. Em seguida, enrolou-se em um cobertor ao lado do gato e fechou a cortina.

Marianne se encolheu para se aquecer. O gato laranja e branco se aninhou na dobra do braço dela e ronronou.

O sacolejar do barco, o bater baixinho da chuva e a escuridão à sua volta a acalmaram.

Só vou descansar um pouquinho, pensou Marianne. *Só um pouquinho.*

Ela sonhou com as rochas enfileiradas de Carnac. Cada pedra tinha o rosto perplexo de Lothar. Só Marianne podia libertá-lo com um beijo, e ela procurou, durante muito tempo, pela mais bela rocha de Lothar. Então decidiu que preferia voar dali em cima de uma ostra. A ostra era quente e balançava sobre as nuvens. O mar lá embaixo era verde, e pequenas luzes se revolviam nas ondas.

E foi uma luz que a acordou. Marianne precisou de um tempo para entender onde estava. A claridade do dia que passava pela escotilha indicava que havia dormido mais do que planejara. Enrolou o cobertor com firmeza no corpo nu, prendendo-o com um nó, abriu com cuidado a porta da cabine — e despertou em um sonho.

Estava sozinha em um pequeno barco branco, e ao seu redor não havia nada além de água.

10

Um grito fez com que ela tomasse um susto.

Ao lado do barco, mais ou menos a vinte metros de distância, um homem surgiu das ondas — os cabelos brancos, o bigode espesso, olhos grandes e pretos. Marianne tentou se equilibrar por alguns segundos, balançando os braços, mas acabou caindo de bordo com um: "Ai!"

Ela afundou como uma pedra. Quando o primeiro gole de água queimou em sua garganta, ela arregalou os olhos.

Não! Não!

Ela se debateu, e o nó do cobertor se desfez, afastando-se de seu corpo. Num esforço final, Marianne emergiu da onda e respirou o ar salvador.

— Socorro — gritou, fraca, uma onda salgada abafando seu grito.

— *Madame!* — gritou o homem.

Ela o chutou em pânico e acertou uma parte sensível. O homem berrou e afundou.

— Desculpe — sibilou Marianne, tentando pegar a escada de corda do barco.

O homem ressurgiu ao lado dela. Nesse momento, Marianne lutou para subir a escada. Cobrindo sua nudez com as duas mãos, profundamente envergonhada, correu para a cabine e se trancou.

Simon não conseguia entender. Uma mulher? Em seu barco? Nua?

— Oi? — berrou o bretão. — A senhora está aí? Vou contar até dez e depois entro. Se a senhora ainda não estiver decente... quer dizer... eu tenho quase setenta anos e preciso de óculos... ou seja, na verdade, a senhora não tem com o que se preocupar.

Nada.

Simon concluiu que ainda devia estar bêbado.

Não via a hora de tomar um café forte com uma dose de *calvados*. Nada melhor para espantar a ressaca do que continuar bebendo de manhã aquilo que havia entornado na noite anterior.

E então iria atrás daquela noiva-pirata. Os olhos dela podiam matar um homem — olhos tão claros, como o verde fresco das macieiras na primavera. A garota não era jovenzinha, mas, de alguma forma, ainda era uma garota. Como ela ficou assustada.

Um pescador experiente não nadava contra a força do mar, ele se deixava levar. A água estava fria, quatorze, quinze graus, mas Simon esticou o corpo naquela frieza e deixou que ela corresse por sua pele.

Melhor assim. Muito melhor.

Decidido, ele subiu as escadas do barco, vestiu rapidamente a calça, alisou a camisa azul grande demais sobre o torso bronzeado e içou a âncora como de costume.

Marianne o observava pela escotilha. Não tinha entendido nada que o grisalho havia gritado da água, seu idioma era muito gutural; um idioma que nunca tinha ouvido.

Ela sentiu o roncar do motor do barco sob os pés. O que o homem faria agora? Ele a botaria para andar na prancha?

Com mãos trêmulas, ela arrumou os cabelos, segurou a bolsa em uma das mãos e uma faca de pão na outra e abriu a porta da cabine.

— *Bonjour, Monsieur* — disse Marianne com o máximo de dignidade possível.

Simon a ignorou até eles saírem da correnteza na qual os navios-tanques cruzavam. Quando chegaram ao lugar em que ele costumava parar, de onde era possível ver o arquipélago das ilhas Glénan, ele desligou o motor e examinou a estranha. Simon riu da pequena faca na mão da mulher, virou a garrafa térmica, serviu o café com *calvados* em uma xícara e estendeu-a para ela.

— *Merci* — disse Marianne e deu uma bela golada, mas não contava com o álcool e começou a tossir.

— *Petra zo ganeoc'h?* — tentou Simon novamente. Do que a senhora precisa?

— *Je suis allemande* — explicou Marianne, gaguejando. Teve um pequeno soluço. — E... eu *m'appelle* Marianne.

Ele cumprimentou Marianne com um rápido aperto de mão e disse:

— *Je suis breizh. M'appelle Simon.*

E ligou novamente o motor.

Ótimo, estava tudo esclarecido, Simon suspirou aliviado. Ele era bretão, ela era alemã, *un point, c'est tout.*

Marianne observou a água ondulada que corria ao redor do barco. Preta e turquesa, cinza-claro e azul-royal. Clara tinha razão: quando os olhos se estreitam, tudo tem a mesma cor; o céu, que se choca com a água no horizonte, e a terra, para a qual ela seguia agora com cada vez mais velocidade.

Lá embaixo, pensou Marianne. *Era para lá que eu queria ter ido. Por que não fiz isso? Não fui covarde o suficiente? Ou não fui corajosa o suficiente?*

Ela estava confusa.

Virou-se para Simon. O rosto dela refletia o medo e a dúvida.

O pescador não sabia o que aquela mulher temia; ela estava sempre alerta, como se esperasse um golpe. E, ao mesmo tempo, seu olhar era ávido pela amplidão que os cercava; ela bebia com os olhos, como alguém morrendo de sede. *Está tudo bem, garota. Não precisa ter medo de mim.* Simon gostava de gente que amava o mar tanto quanto ele.

Simon passava semanas no mar com alguma frequência, pois os arrastões de retranca de arraia e bacalhau seguiam de Concarneau até o mar da Islândia, e depois até a Terra Nova. Por causa disso, ele era obrigado a lidar com apenas água e céu por semanas.

Simon pensou em Colette. Ela era uma das poucas coisas de que ele gostava em terra firme. Tinha roubado algumas flores para o aniversário da dona da galeria de Pont-Aven e as entregaria mais tarde, no Ar Mor. Depois de ter dado um rumo para aquela fada do mar — quem sabe, talvez ela fosse uma alma perambulante a caminho de Avalon e apenas havia se perdido e caído em seu *Gwen II.*

Mulheres. Tudo era tão difícil com elas. Como o mar. Imprevisíveis.

Simon se lembrou das palavras que o pai dizia quando ele reclamava do mar cruel, selvagem, imprevisível: "Aprenda a amá-lo, meu garoto. Aprenda a amar o que você faz, não importa o quê, assim não terá nenhum problema. Você vai sofrer, mas então vai sentir, e, quando sentir, então estará vivendo. As dificuldades são necessárias para viver; sem elas, você morre!"

A encrenca de vestido diante dele olhava para o mar. Simon reconheceu a saudade no olhar de Marianne, incandescente, ansiando por viajar.

Ele acenou para Marianne se aproximar. Hesitante, ela se levantou, e ele a levou até o timão, ficou atrás dela e a ajudou com cuidado a navegar; já haviam deixado a desembocadura do Aven para trás, e o porto de Kerdruc aproximava-se cada vez mais rápido.

11

Paul dirigiu até Kerdruc. Era sempre melhor curar a ressaca no porto e deixar que a noite fosse arrancada do corpo pelo vento e pelo sol. Simon tinha deixado café, leite e *galettes* mornas na mesa da cozinha para ele naquela manhã, além de uma garrafa de Père Magloire. Uma das galinhas havia subido na mesa e chocava seu ovo.

Apesar disso, após um breve cochilo no sofá de Simon, Paul sentia como se tivesse sido arrastado de costas sobre uma cerca viva. Talvez conseguisse convencer Simon a deixá-lo ajudar na lojinha da fazenda. Agora que seu amigo não se lançava mais ao mar profissionalmente, havia transformado sua peixaria em Kerbuan em um minimercado e vivia na cozinha, junto com as galinhas. Simon vendia de tudo aos turistas ingênuos. Mel de ovo de abelha, por exemplo, resistente ao inverno, coletado de abelhas nos Pireneus de flores que floresciam nas encostas glaciares. Claro. Os turistas não precisavam saber que aquele, na verdade, era o aromático *miel de sarrasin*, o mel do trigo--sarraceno de Ar Goat. Ou o esquema de Simon com as sementes de menir — um saquinho de papel com migalhas de granito, que eram raspadas de qualquer reparo na parede de casa, estampado com um desenho dos campos de megálitos de Carnac. "Nas primeiras centenas de anos, os menires crescem muito devagar", explicava Simon aos visitantes crédulos. Mas ajudaria se eles utilizassem a boa e velha terra celta da Bretanha como adubo. Então, vendia também para os turistas um punhado de terra de seu jardim com os pedacinhos de pedra.

E o melhor da loja de Simon era que, no verão, vinham muitas mulheres, que achavam tudo *"oh, so nice"* e "lindo". Usavam vestidinhos curtos e torciam para fisgar um pescador bretão para fazer como no romance *A pele do desejo*. Simon não gostava de conversar com todas aquelas turistas, muitas delas parisienses arrogantes, e não gostava da ideia de virar seu brinquedinho salgado de mar. Mas, para Paul, não havia melhor maneira de curar-se de uma mulher do que com outra mulher. Ou pelo menos juntar tantas quanto fosse possível em um lugar só.

Ele estacionou ao lado do Citröen amassado de Simon, que estava com a frente virada para o terraço do Ar Mor, e não, como sempre, para o lado da água, como se não quisesse arriscar parar por acidente na bacia de Kerdruc. Quando o ex-legionário desceu, Laurine virou-se sorridente para ele.

— *Bonjour,* Monsieur Paul — gritou a jovem garçonete do Ar Mor e se virou para o rio.

Paul se pôs ao lado dela.

— Qual é o problema?

Ele também olhou para a desembocadura do Aven, mas a única coisa que conseguia ver era o *Gwen II*, que vinha bufando até o cais.

— Ali! — gritou Laurine.

Ela pulava empolgada para lá e para cá, e isso deixou Paul zonzo. No *Gwen II* estava Simon, como sempre. E ao lado de Simon...

— Ali! — repetiu Laurine. — Urru!

— Uma mulher? — perguntou Paul.

Como Simon conseguiu tempo de encontrar uma mulher e fazer uma excursão de barco com ela entre sete e meia da manhã e o *dijani*? Traidor! Os dois não haviam jurado na noite anterior que as mulheres não ocupariam mais uma parte substancial de suas vidas? Ou, pelo menos, não uma parte grande demais?

Simon preferiu percorrer os últimos metros no comando. Tinha gostado de cheirar os cabelos encharcados de água do mar de Marianne. *Alguém tinha que inventar e vender xampu com cheiro de mar,* pensou ele. Mais tarde, conversaria com Paul para darem um jeito de botar o mar em um frasco de xampu.

Então, Simon viu Laurine no cais e, atrás dela, Paul, com cara de legume curtido no vinagre.

Marianne foi até a amurada enquanto Simon aportava. Kerdruc. Aquela visão fez seu coração se apertar, e ela sentiu como se, depois de uma longa viagem pelo mar, estivesse voltando para casa.

Que loucura. Que loucura, pare de pensar uma loucura dessas!

— Bom dia, Monsieur Simon! — gritou Laurine.

Simon achava que Laurine poderia ter sido modelo. Certa vez, ele havia sugerido isso a ela, que poderia ir para Paris e Milão e ficar rica. Ela o encarara cheia de surpresa. "Rica? Mas para quê?", e estava falando sério. A garota de vinte e três anos tinha o corpo de uma mulher adulta, mas o espírito ainda era o de uma criança, simples demais para mentir e ingênua demais para desconfiar.

De maneira desajeitada, Simon ajudou Marianne a sair do barco.

— Não vou beber nunca mais — disse ele para Paul quando desceu do *Gwen II* e amarrou a corda em uma estaca com destreza.

— Eu também não — mentiu Paul e encarou Marianne com curiosidade e um sorriso charmoso.

— Paul, esta é Mariann. Ela é alemã.

— *Allemande, hum?* — disse Paul e tomou a mão de Marianne para beijá-la com uma delicadeza insinuante. — *Tsvái ruláden, bíte.*

Assustada, ela puxou a mão.

Simon deu uma cotovelada de leve no amigo.

— Para com isso. Ela é tímida.

Paul voltou a falar bretão.

— Pensei que a gente tinha chegado a um acordo sobre as mulheres. Grande amigo você é, eu mal virei as costas e...

— Ah, para com isso. Eu estava nadando, quando de repente ela saiu nua da cabine...

— Nua?!

— E o gato também.

— E aí? Vocês...?

— Quase me afogou.

— O gato...?

— Eu só queria salvar a garota e, *garz*, ela caiu na água!

— Não entendi.

— Então, nem pergunte.

— Já tomou café? — quis saber Paul.

— Vamos jogar *tavla* e beber um *kafe* — respondeu Simon. — Quem perder fica no caixa da loja hoje.

Marianne ficou o tempo todo perdida, parada ao lado dos homens, os pés muito juntos, a bolsinha apertada junto ao corpo. Sentiu-se desprotegida. O careca brutamontes e o grisalho monossilábico, que a encontrou no mar, falavam sobre ela, dava para perceber, e Marianne se esforçou para abrir um sorriso relaxado. O gato enrolou-se em suas pernas, e sua presença a acalmou. Ela pigarreou.

— Desculpem, eu... — Sua cabeça esvaziara. Ruído branco. Nem uma palavra sequer.

Laurine inclinou-se para lhe dar três beijos no rosto, alternando entre a bochecha esquerda e a direita.

— *Bonjour, madame.* Laurine — disse ela, sorrindo.

— Marianne Lanz — respondeu Marianne, tímida. Ainda estava se sentindo um gato molhado e provavelmente tinha exatamente esse cheiro.

— Mariann? É um nome bonito mesmo. Que bom que a senhora está aqui! Fez uma boa viagem?

Marianne não entendeu uma palavra. Então, Laurine a pegou pela mão enquanto Simon e Paul começavam a botar almofadas e cadeiras de madeira no terraço. Eles se movimentavam com a morosidade treinada dos homens mais velhos.

— *Kenavo* — gritou Simon para Marianne, o bretão para "Até mais".

Laurine estava muito empolgada. E, como sempre, quando ficava empolgada, sussurrava.

— Vou levá-la agora para conhecer o cozinheiro. Ele se chama Jeanremy. Vai ficar tão feliz! Ele precisa tanto de ajuda. Jeanremy! Jeanremy!

Quando Laurine entrou na cozinha do Ar Mor puxando Marianne, esta parou, ansiosa, na entrada.

— Eu...perdão, mas...

Ninguém a ouvia. Ninguém.

Somente quando o homem a viu, puxou para trás o lenço na cabeça e sorriu para ela, foi que o constrangimento de Marianne transformou-se em uma espécie de alívio. Era ele!

"O que o senhor é? Aspirante a Hells Angels?", perguntara Madame Ecollier dois verões antes, quando Jeanremy descera de sua moto e se aproximara para fazer um teste na cozinha: jeans pretos, camisa vermelha, botas com tachinhas. Usava brincos e tinha uma tatuagem na nuca, embaixo dos cachos escuros. Carregava sua faca preferida enfiada em uma bainha, que pendia do cinto como um revólver. Cada bracelete de couro simbolizava uma das cozinhas nas quais havia trabalhado nos últimos treze anos, desde seu décimo sexto aniversário.

Madame Ecollier aprovara os trajes de pirata. "Preferia que o senhor tivesse mais cara de Louis de Funès que de Alain Delon. *Tant pis*, só preciso que cozinhe e não fique de olho nas clientes. Nem mexa com as funcionárias. Nem com álcool, a não ser que seja para preparar uma *casserole. Bon bouillonner,* Perrig."

Marianne o achou maravilhoso.

— *Bonjour* — disse ela, num tom quase inaudível.

— *Bonjour, madame* — respondeu Jeanremy Perrig, o homem que lhe serviu a primeira ostra de sua vida. Ele deu a volta na ilha de cozinha de aço inoxidável. — Que bom vê-la de novo. Espero que tenha gostado das ostras.

— É a nova cozinheira — sussurrou Laurine, ofegante. — Mariann Lance!

— Tem certeza?

— *Oui* — arfou Laurine. — Monsieur Simon a encontrou no mar. No meio do mar.

Jeanremy fitou Marianne. No meio do mar?

Ele se lembrava dela no dia anterior, no restaurante de ostras. Perdida e ainda assim cheia de vontade de encontrar algo muito específico. A expressão confusa ainda estava em seus olhos, por mais que tentasse disfarçá-la com um sorriso frágil. Só depois de um tempo Jeanremy olhou para Laurine.

Laurine, pensou ele, *minha gatinha, o que você fez comigo?* Precisou se forçar a tirar os olhos dela.

Desconfortável, Marianne esperava que alguém lhe explicasse por que ela estava ali, aguardando. Observou, furtiva, Laurine e Jeanremy, que se olhavam como se esperassem que o outro dissesse algo.

Finalmente, Laurine virou as costas e saiu.

Jeanremy ficou olhando para o nada. Então, bateu com a mão espalmada na mesa, furioso consigo mesmo. Marianne tomou um susto e viu como o cozinheiro puxou a mão, que sangrava. Ela deixou a bolsa cair. Na cozinha do hospital havia uma caixa de primeiros socorros pendurada em um lugar totalmente oculto, atrás da porta, onde ninguém a via, porque a porta ficava o tempo todo aberta. E estava no mesmo lugar ali. Ela pegou gaze, compressa e esparadrapo do armário, segurou a mão de Jeanremy com cuidado e examinou o ferimento: um corte fundo, reto, na tampa do dedão. Jeanremy fechou os olhos. Ela puxou para trás o lenço vermelho que havia escorregado para a testa dele.

Marianne pousou a mão esquerda na palma da mão ferida de Jeanremy. Ela conseguia sentir a dor dele. Em sua mão. Em seu braço.

— Não é grave — murmurou ela.

Jeanremy relaxou, respirou fundo, enquanto ela o enfaixava com destreza. Marianne fez carinho na cabeça dele, como teria feito com um menininho. Embora aquele menino tivesse pelo menos um palmo de altura a mais que ela.

— *Merci beaucoup, madame* — sussurrou o cozinheiro.

Marianne virou a maior das panelas vazias e fez um gesto para Jeanremy se sentar nela, acomodando-se diante dele em uma menor. Seu braço formigava. Fez três tentativas de começar a falar.

— Muito bem. Não sei por que estou aqui — disse ela, por fim, e se recostou na parede fria de azulejos. — *Je m'appelle Marianne Lanz. Bonjour. Je suis allemande.* — Ela pensou um pouco. Não lhe ocorreu mais nenhuma palavra francesa útil. — Muito bem... *au revoir.* — Ela se levantou de novo.

E, de repente, a tampa da panela com o *court-bouillon* começou a dançar no fogão, o caldo se derramou em fervura e se espalhou com chiados sobre as chamas.

Instintivamente, Marianne foi até a panela, desligou o gás e ergueu a tampa.

— Caldo de legumes? — Ela pegou uma colher, tirou um pouco do caldo e deixou que ele escorresse por sua língua. — Olha... sem querer ofender o senhor, mas... — Ela achou o pote de sal marinho de Guérande, sacudiu-o e disse: — Ui.

— Ui. *Oui*. Laurine. Ui — rosnou Jeanremy. Ele estava zonzo.

— Laurine Ui?

Ele balançou a cabeça e deu uma batidinha no lado do coração.

— Ah, por causa de Laurine o senhor exagerou no sal...

Um cozinheiro apaixonado. A receita para a ruína de uma cozinha.

Marianne olhou ao redor. Na despensa, ela encontrou o que procurava: batatas cruas. Rapidamente, começou a descascar dez batatas e a cortá-las em cubinhos, e depois jogou-as no *court-bouillon*.

Jeanremy observava Marianne e esperava.

Após cinco minutos, Marianne despejou um pouco do caldo em um prato. Quando ele experimentou, olhou para Marianne, surpreso.

— O amido. É só o amido das batatas — murmurou ela, tímida. — O senhor vai tirá-las em vinte minutos, e, se ainda tiver muito sal, então pode colocar cinco ovos cozidos no caldo. Aí não tem mais ui. Tchau para o ui. E para mim também.

— *Bien cuit*, Madame Lance.

Uma ideia se formou na cabeça do cozinheiro.

— O que está acontecendo aqui?

A mulher de preto tinha uma voz forte e uma postura empertigada, o que fez Marianne supor que ela era a chefe ali. Ereta como uma estátua, o rosto castigado por intempéries de sessenta e cinco anos de vida.

— *Bonjour, madame* — apressou-se em dizer Marianne. Estava a ponto de fazer uma reverência.

Geneviève Ecollier ignorou Marianne e fixou o olhar em Jeanremy. Ele parecia um boi prestes a ser abatido.

— Jeanremy! — A voz veio como um tiro. A mão que segurava o prato tremeu e derramou um pouco de caldo. — Seu bretão cabeça oca, o que você me aprontou de novo com o caldo?

A mulher mandou que ele botasse o caldo de cenouras, chalotas, alho-poró, alho, aipo, ervas, água e noz-moscada no prato. No fim de semana anterior, os clientes tinham voltado a reclamar, e, embora Geneviève não levasse a sério aqueles parisienses, não conseguia suportar quando eles tinham razão. Ela havia provado o atum do *thon à la concarnoise* depois de limpar a mesa e, sim: o molho faria a água do mar ficar com inveja de tanto sal.

O *court-bouillon* era a alma da cozinha bretã. Lagostins floresciam no caldo, caranguejos afogavam-se com prazer; nele era possível cozinhar pato sem pele ou legumes à perfeição. A cada passagem, o caldo ficava mais forte, e podia ser utilizado por três dias. Era a base de molhos, e uma dose de *court-bouillon* peneirado podia transformar um cozido de peixe medíocre em um prato digno de um pequeno banquete.

Contanto que essa base não ficasse salgada demais, mas era isso o que Perrig vinha fazendo nas últimas semanas com certa regularidade. Oito litros de *court-bouillon* que podiam ser despejados no mar para envenenar os peixes! Geneviève provou o caldo.

Mon Dieu, graças às fadas! Desta vez, ele se controlou.

Por sorte, Jeanremy conseguiu segurar o prato que Madame Geneviève lançou para ele como um disco. Em seguida, explicou que Madame Lance havia sido a responsável por impedir que o restaurante só pudesse servir bife com fritas hoje.

— A senhora é a cozinheira que vinha para a entrevista? — quis saber Geneviève, agora voltando-se de forma mais amigável para Marianne. *Por favor, que seja a senhora*, pensou ela, *por favor*.

Jeanremy respondeu por Marianne quando percebeu que ela não havia entendido nada.

— Não é ela.

— Não? Quem é ela, então?

Jeanremy sorriu para Marianne. Alguma coisa no rosto da mulher pedia permissão para ir embora. E outra coisa, que talvez ela nem soubesse que estava lá, queria ficar.

— Ela veio do mar.

Madame Geneviève Ecollier encarou Marianne. Suas mãos pareciam ser acostumadas ao trabalho. Não parecia ser coquete, nem ligar muito para se embelezar toda. Também não desviava o olhar quando a encaravam, como a maioria das pessoas — algo que Geneviève Ecollier não conseguia suportar. Marianne começou a se sentir constrangida. Ela queria ficar invisível naquele instante.

— Tudo bem — decidiu Geneviève, mais calma. — Já que você aparentemente se machucou, Jeanremy, vai precisar de ajuda de qualquer maneira. Do mar, do céu ou sei lá de onde. Dê para ela um contrato por temporada. Peça para Laurine lhe mostrar o Quarto da Concha, na pousada. Veremos no que vai dar — disse Geneviève. E então, com um rápido meneio de cabeça para Marianne, acrescentou: — *Bienvenue.*

— *Au revoir* — respondeu ela, educada.

Madame Geneviève berrou com Jeanremy.

— E ensine francês para ela!

Jeanremy virou-se para Marianne todo feliz.

— A senhora já comeu?

12

— Eu classifico as mulheres em três categorias — disse Paul, puxando um pelo maior da sobrancelha. Ele pegou o copinho de aguardente da mesa de madeira e tomou de um gole só. Em seguida, deixou o copo vazio ao lado dos outros no tabuleiro de gamão entre Simon e ele.

— Você sempre faz isso. — Simon fez uma careta quando o *lambig* queimou sua garganta. — Posso ser apenas um pescador idiota, mas isso não é motivo para você ficar me dando sermão o tempo todo.

Simon apenas fez que sim com a cabeça quando Laurine ergueu quatro dedos inquisitivos de mais uma rodada da porta do salão.

Paul continuou falando:

— *Alors*. Veja bem. A primeira categoria é a das *femmes fatales*. São excitantes, mas não fazem nenhuma distinção entre mim, você ou outra pessoa. São perigosas. Nunca se apaixone por elas, ou vai acabar de coração partido. Entendeu?

— Hum. Olha só, eu vou ganhar esta partida.

— A segunda categoria é a das amigáveis, com quem você pode se casar. Você vai ficar entediado, mas nunca correrá perigo. Elas querem bem a você e não enxergam nenhum outro, nunca. Em algum momento, elas ficam tristes e param de viver, porque passaram a vida só olhando na sua direção, e você não olha mais para elas direito.

— Ã-rã. E em que categoria estaria, por acaso, a mulher do mar? Mariann?

Laurine trouxe mais quatro copos de aguardente.

— Peraí. E então vêm as mulheres por quem você vive — disse Paul, baixinho. — Essas são especiais. Elas dão sentido a tudo o que você já fez ou não fez. Você as ama, e elas se tornam tudo que você tem na vida. Você acorda para amá-las, dorme para amá-las, come para amá-las, vive para amá-las, morre para amá-las. Você esquece aonde quer ir, as promessas que fez, e até que é casado.

Ele pensou em Rozenn, a quem amou tanto que tudo fazia sentido. E pensou no homem por quem ela o abandonou. O moleque. Dezessete anos mais novo que Paul. Dezessete!

— Mas você não está mais casado com Rozenn, Paul.

— Não fui eu quem quis assim.

Não. Foi Rozenn quem quis assim. Algumas semanas depois de ela ter se tornado avó de gêmeos, jogou tudo para cima e se apaixonou por um quase adolescente.

Simon pensou no mar. Ele o escolhera, e o mar sempre lhe dava as boas-vindas. Podia se embrenhar nas ondas, como teria feito no calor das mulheres, e mergulhar nele como no corpo de uma amante.

— Vocês já foram bem longe com isso hoje, *n'est-ce pas?*

Uma voz áspera, grave e rouca, precedida por um odor de cigarro e pelo aroma do Chanel nº 5. Saltos altos se aproximavam estalando, pernas com meias de seda legítimas, um *tailleur* preto elegante, luvas amarelas, um chapéu preto.

Colette Rohan.

Colette ofereceu a bochecha finamente esculpida para os três *bisous* e beijou o ar ao lado de Simon enquanto ele fechava os olhos e encostava seu rosto suavemente no dela. *Sempre tão rápido*, pensou Simon. Paul se levantou, puxou para si a excêntrica dona de galeria, cumprimentou-a com três beijos sonoros, sentou-se de novo, jogou os dados e empurrou os copos vazios de aguardente sobre o tabuleiro de gamão.

Simon ficou em silêncio e observou Colette. Sua boca ficou seca, e ele ouviu o mar marulhando em seus ouvidos.

— Madame? — chamou Laurine, soprando a franja de lado.

— O de sempre, *ma petite belle* — disse a galerista e sentou-se à mesa ao lado de Paul e Simon, cruzando as pernas graciosamente e esperando Laurine lhe servir um copo de água e um Bellini.

— Laurine, que dia é hoje? — perguntou Paul.

— Segunda-feira, Monsieur Paul. Os senhores vêm toda segunda-feira, de manhã e à noite. Nos outros dias vêm apenas à tarde, e por isso eu sei que hoje é segunda.

— E é aniversário da Madame Colette — completou Paul.

— Ooooh! — disse Laurine.

Colette deu um gole no Bellini. Depois pediu a Simon que acendesse seu cigarro. Ela só conseguia fumar bebendo algo, sempre fora assim, com dezesseis, com trinta e seis e, agora, com sessenta e seis.

Sessenta e seis.

Colette bufou.

Simon pigarreou, inseguro, e, um tanto desajeitado, vasculhou sua velha bolsa de marinheiro à procura de algo. Por fim, tirou dela um pacote mal embrulhado e o empurrou para Colette.

— Para mim? Simon, *mon primitif!* Um presente! — Animada, ela rasgou o papel. — Ai! — sibilou ela. Algo a havia espetado.

Paul deu uma sonora gargalhada.

— Flores de cardo — confirmou Colette com a voz rouca e tragou com intensidade o cigarro.

— Elas lembram você — gaguejou Simon.

— *Mon primitif*, você sempre me surpreende. Há duas semanas aquele cinzeiro extremamente original na forma de um... o que era mesmo?

— Meio caranguejo.

— Uma semana antes, a libélula azul morta...

— Pensei que uma mulher como você poderia fazer alguma coisa com ela. Um broche, talvez.

— ...e hoje, essas flores de cardo tão comoventes.

— Bolotas de cardo.

— Homens já me presentearam com buquês de flores que fizeram as coroas do enterro da Lady Di parecerem um ramalhete de prímulas. Ganhei broches de diamante, e teve um que queria me agradar com uma cobertura em Saint Germain, mas eu disse não, eu, uma tontinha. Que coisa chata é o orgulho. Mas, realmente, Simon, nenhum homem jamais me deu presentes como os seus.

— De nada — disse ele. — E feliz aniversário.

Quando ouviu Paul rir, Simon teve a sensação de que tinha algo errado com a felicidade de Colette, embora o vaso amarelo na qual ele havia colocado os cardos combinasse com as luvas amarelas de couro da galerista. Disso ele já sabia, Colette amava amarelo, aquele *jaune* característico bretão.

— *Mon petit primitif*, isso é... não tenho nem palavras — disse.

Ela tirou os óculos escuros.

Havia passado a noite anterior chorando ao ler as cartas de amor de homens dos quais ela não conseguia mais se lembrar. Mas aquelas pessoas ali podiam ver suas marcas de choro, porque todas as lágrimas que uma mulher chora durante a vida — de paixão, saudade, felicidade, emoção, fúria, amor e dor —, todos os fiordes de águas agitadas, eram aliviadas pelo olhar dos amigos.

— Sabe, bolotas de cardo... são raras — balbuciou Simon. — Assim como você, Colette, não é fácil encontrar uma igual.

Colette segurou o rosto de Simon com ambas as mãos.

Ela observou as olheiras profundas sob os olhos do homem, nas quais era possível esconder uma moeda de um centavo, depois o beijou de leve no canto da boca, sentindo o bigode crespo. Tinha cheiro de sol e mar.

— Ah... — começou Paul. — A romena chegou.

— Que romena, *mon cher*? — perguntou Colette, suavemente.

— A nova cozinheira. Simon pescou a mulher do mar hoje, mas, na verdade, ela é alemã.

— Ah, tá. *D'accord* — respondeu Colette, confusa.

— Sidonie e Marieclaude estão vindo! — disse Simon.

— Até que enfim. Gostaria de, finalmente, começar a me embebedar nos meus sessenta e seis anos — suspirou Colette.

Sessenta e seis. Como se envelhece rápido. Sidonie era sua amiga mais antiga, desde... é mesmo, desde quando? Elas se conheceram quando Colette voltara de seus estudos em Paris para uma festa de 14 de julho e encontrara Sidonie com um grupo de jovens de Kerdruc, Névez, Port Manec'h e das fazendas ao redor. Colette observara com curiosidade a moça de dezoito anos, com seu *bigouden*, traje típico bretão, e chapéu alto. Ao seu lado, Colette se sentiu madura com seus vinte e cinco anos.

Sidonie, que era escultora, não se casara de novo depois da morte prematura do marido Hervé e reformara sozinha a velha casa de pedra em Kerambail, pouco antes de Kerdruc. Colette amava o sorriso da amiga. Ela trabalhava sorrindo, calava-se sorrindo, esculpia granito, basalto e arenito sorrindo. Quando ria, parecia uma mariposa de maio, redonda e amistosa.

E, depois de se sentar à mesa com Simon, Paul e Colette, Sidonie ria da história que Marieclaude, cabeleireira em Pont-Aven, contava.

— Na verdade, na verdade, aquela louca que mora na floresta dá os melhores cortes de carne aos gatos e cachorros... em porcelana chinesa! — Marieclaude imitava tão bem Madame Bouvet que Colette chegou a engasgar com o Bellini. — Aquela Bouvet é a essência das católicas de rabo preso.

Marieclaude fez carinho em seu cãozinho, Loupine. Tinha ouvido aquela história em primeira mão e a repassava com grande avidez. A cabeleireira estava satisfeita consigo mesma, principalmente com sua ideia de apimentar um pouco a história com criatividade e fazer Emile Goichon correr como um maluco pelado atrás de Madame Bouvet com a matilha de cães.

"Pega, Madame Pompadour!", teria berrado ele, e o vira-lata teria avançado no avental da mão de vaca.

— Você disse rabo preso? — perguntou Colette à cabeleireira.

— Não, ela disse rabo grande — insistiu Paul.

— Não foi rabo largo? — quis saber Simon.

— *Mon primitif*, por favor, o que é rabo preso? — perguntou de novo Colette.

— Pergunte a Paul, ele conhece bem — respondeu Simon.

— Onde está Yann? Ele poderia pintar alguns rabos para nós, e assim teríamos como avaliar. — Paul deu uma risadinha.

— Não fale assim do meu pintor preferido — ralhou Colette.

Ela havia planejado uma grande exposição da obra de Yann Gamé em Paris. O único problema era que ele não sabia de nada. Não queria saber de nada — preferia desenhar seus azulejinhos, era de enlouquecer!

O homem precisava pintar grandes quadros!

Mas tinha pavor de grandeza.

Ou simplesmente não tinha ainda uma motivação. Será que lhe faltava uma musa? O mar, uma mulher, uma religião. Para muitos, servia até mesmo um bolinho, como aconteceu com Proust e suas *madeleines*.

— Vocês falam como adolescentes! — reclamou Marieclaude.

— E você fala como minha falecida avó — retrucou Colette. — Como está sua filha? Seu netinho já nasceu? — Colette encaixou o próximo Galoise na piteira de marfim depois de tirar o filtro.

— Meu Deus! Ontem mesmo eu ainda tinha a idade de Claudine, hoje já virei avó. Bem, serei daqui a dois meses.

— Ela te disse quem é o pai da criança? — Colette soprou uma argola de fumaça.

— Eu tentei dar uma olhada no diário dela. Mas não consegui abrir o cadeado. — Marieclaude fez um muxoxo.

Simon observava Colette. Sua boca revelava sensualidade. O mosaico da testa refletia sua tendência a duvidar, sem renegar nenhuma convicção estabelecida com afinco. Tudo em seu rosto tinha um ar aristocrático.

Ela era tão bonita.

— Enfim, *mon primitif*, você conhece uma moça boa que possa dar uma mãozinha para Emile e Pascale? O Parkinson dele não melhora, e a... como se chama o que Pascale tem? Demência? Quando a pessoa esquece tudo? Os dois estão sozinhos lá na floresta.

— Como assim? Eles têm um milhão de vira-latas de três pernas e gatos com uma orelha só. Não dá para ficar sozinho assim. Ainda ganham uma legião de pulgas grátis — disse Marieclaude e verificou a situação de seus cachos ruivos cuidadosamente enrolados.

— E lêndeas — completou Paul.

— E piolhos — acrescentou Marieclaude.

— Os Goichon talvez tenham sido amaldiçoados — disse Sidonie.

— Pelo rabo preso? — perguntou Simon.

— E lá vamos nós de novo — reclamou Marieclaude.

— Nós somos velhos. Nós podemos — disse Colette, seca.

— Eu não sou velha — corrigiu a cabeleireira, ríspida, e acertou os cachinhos. — Eu só vivi um pouco mais que os outros.

— Sabem o que é mais trágico na expectativa de vida mais alta? — perguntou Paul, sério para variar. Todos olharam para ele à espera da conclusão. — É que se tem mais tempo para ficar infeliz.

13

— Laurine!

O queixo de Geneviève Ecollier estendeu-se como um gurupés. A caneca que Jeanremy dera para Marianne tremeu nas mãos dela.

A garçonete se aproximou do balcão da cozinha com cuidado.

— Não ponha o peito tão para a frente, menina, pois hoje vamos receber vários *kilhogs*. Um dia, um desses galos franceses vai convencê-la a passear no barco dele, e no ano seguinte nem vai mais lembrar quem você é.

Laurine cobriu os seios com os braços, e seu rosto adquiriu um tom rosado.

A garçonete era sempre convidada por um dono de iate parisiense para beber champanhe em seu barco. Ela não sabia como iria dizer não para ele mais uma vez, pois o homem reclamava que suas rejeições o deixavam muito infeliz, tanto que, infelizmente, nas próximas semanas, ele teria de ir comer do outro lado do rio, no Rozbras, para se curar da dor de cotovelo.

E aquilo seria ruim para Madame Geneviève, pois na outra margem do Aven ficava seu maior concorrente, que competia com ela pela fome e pelas carteiras dos donos de iate, que deixavam seus barcos entre os dois pequenos portos de Kerdruc e Rozbras sem nunca lançar âncora.

Laurine não sabia como resolver aquele dilema. Se ela fosse, logo conquistaria uma fama indesejada. Se não fosse, logo Madame Geneviève e o Ar Mor não teriam mais clientes, pois todos começariam a frequentar o restaurante de Alain Poitier e o *bar tabac* em Rozbras para comer *moules frites à la crème*.

— Laurine! Pare de sonhar acordada! As especialidades do dia são: Atum à moda dos pescadores de Concarneau, *cotriade, huîtres de Belon, moules marinières, noix de Saint-Jacques Ar Mor au naturel,* gratinada ou com molho de conhaque. Resumindo: nosso cozinheiro com excesso de testosterona voltou à forma. Anote, senão você vai se esquecer de tudo, menina.

Marianne gostava da voz de Madame Ecollier; era tão forte e espessa quanto o café que Jeanremy preparou para acompanhar seu pequeno café da manhã: uma omelete de queijo deliciosa.

Laurine obedeceu, anotando todas as palavras em seu bloquinho pautado.

— Como assim, com excesso de tes...toste... tostetarona? — perguntou ela.

— Viciado em sal — respondeu Madame Geneviève, curta e grossa, e voltou o olhar de francoatiradora para Jeanremy. — Seria bom que você banisse essa dama de uma vez por todas da sua cabeça!

— Que dama? — perguntou Jeanremy, desconfiado.

— A que fez você esvaziar o saleiro no caldo!

— Jeanremy pôs sal demais por causa de uma mulher? — perguntou Laurine.

— Está apaixonado. Cozinheiros apaixonados usam sal demais.

— E os infelizes?

— Conhaque demais.

— Por quem Jeanremy está apaixonado? — perguntou Laurine.

— Ora, isso não importa! *Allez, allez*, ao trabalho, Laurine! Por favor, mostre a Madame Mariann o Quarto da Concha, na pousada.

Geneviève Ecollier sorriu para Marianne. Sim. Talvez aquela mulher, que por acaso havia sido jogada naquele fim de mundo, tivesse vindo para atender às suas preces dos últimos meses. E não é que os acasos podiam ser ajudas do destino?

Jeanremy entregou para Marianne uma trouxa de roupas brancas e um papel. Marianne ficou parada, encarando tudo aquilo. Jeanremy apontou para um valor no meio: 892 euros, e a quantidade de horas ao lado parecia ser o horário de trabalho semanal, seis horas, todos os dias, menos terça e quarta-feira. O alojamento estava incluído no pacote.

Ela olhou de novo para as roupas. Uniforme de cozinha, bem parecido com o que usava na escola de economia doméstica. Jeanremy olhou para ela como se implorasse.

Marianne se sentiu suja e maltrapilha em sua roupa velha. O uniforme branco ainda cheirava a sabão, e ela sentia falta de esfregar a pele no banho e de se enfiar em roupas brancas e limpas.

E esse foi o único motivo pelo qual assinou seu nome de solteira na linha pontilhada.

— *Bon* — disse Jeanremy, aliviado. Então lhe entregou uma touca de cozinheira, que tinha o formato de uma boina francesa.

Marianne pôs a trouxa embaixo do braço e seguiu Laurine pelo pequeno pátio até a entrada lateral da pousada. Despercebido, o gato branco e laranja correu atrás delas e passou pela porta.

Jeanremy arrumava as compras feitas no mercado de peixes em Concarneau, embalando arraias, solhas e atuns em caixas de isopor cheias de gelo picado. As caranguejolas estalavam as patinhas. Madame Geneviève verificava suas contas.

— O que acha de eu reabrir o hotel, *kerginan?* — perguntou ela com indiferença fingida.

— Acho ótimo — respondeu ele. — Mas por que a senhora está perguntando isso justamente agora?

Geneviève Ecollier suspirou. Em seguida, respondeu baixinho:

— Essa mulher do mar... Mariann. Sabe de quem ela me lembra? De mim mesma. De mim mesma, quando tenho medo.

Jeanremy meneou a cabeça. Às vezes, era possível ver no rosto de estranhos os próprios sonhos e também as próprias dúvidas.

Ele pôs o prato com omelete diante de Geneviève, temperado com manjericão-roxo. Em formato de coração.

— *Mon Dieu*, Jeanremy. Quer me dizer alguma coisa com isso?

— Claro: *bon appétit*.

Ela comeu em silêncio e deixou o prato na pia.

— Como sempre. Não me estrague o *foñs* de novo, ouviu?

O *foñs*. E a vida. Tudo pode se estragar tão facilmente.

O jovem cozinheiro tentava não pensar em Laurine. Mas era tão difícil quanto tentar não respirar. Inspirava: Laurine. Expirava: Laurine.

Quando ela estava por perto, ele trocava colher por faca. Simplesmente ficava desorientado.

Ele nunca seria capaz de enfeitiçá-la, como costumava fazer com outras mulheres, seduzindo-as aos poucos para a sua cama por meio de petiscos cada vez mais viciantes: um pedacinho de caranguejola com creme de aspargo aqui, o melhor *croissant* de presunto e queijo do mundo ali. Uma *coquille Saint Jacques* com uma colher de chá de conhaque aveludado e creme batido, servido na própria concha, era, aos olhos de Jeanremy, mais romântica que todas as rosas bacará do planeta. Jeanremy sabia por que ela era diferente de todas as mulheres que vieram antes: ele se apaixonara. E seus sentimentos eram verdadeiros, profundos e puros. Bem, não tão puros: era óbvio que queria dormir com Laurine. Mas queria, principalmente, estar com ela. Todos os dias. Todas as noites.

Para Jeanremy, era um mistério o fato de ele ter passado dois anos respirando ao lado de Laurine sem tê-la beijado ainda.

14

Laurine seguia à frente de Marianne pela pousada. Na escadaria, havia um tapete vermelho, as paredes eram cobertas com um tecido claro e caro, e de toda janela era possível ver a água.

Enquanto Marianne observava a graciosa Laurine, compreendeu por que havia homens que eram magicamente atraídos a sofrer pelas mulheres. Especialmente quando elas sofriam por outro homem. Sim, para muitos homens talvez não houvesse nada mais erótico do que querer curar as dores provocadas por um rival. Era um esforço egoísta, masoquista, sádico, e os deixava cegos para a realidade de uma dor de amor.

Nunca um homem quis me consolar assim, pensou ela. Por um lado, era uma pena.

Por outro lado, Lothar não consolara Marianne nem quando descobriram um nódulo em seu seio e por muito tempo não se sabia se era maligno. Seu medo dava medo em Lothar, assim Marianne não falava sobre o assunto para não o deixar agitado. "Eu quero viver, entende?", gritava o marido com ela. "Isso está me deixando para baixo!"

Pouco depois disso veio o dia no qual a amante de Lothar, Sybille, surgira diante de Marianne e a acordara da ilusão de que um casamento, uma casa no fim da rua e uma fonte dentro de casa era tudo de que as mulheres precisavam.

Depois do caso com Sybille, Lothar quis retomar a rotina o mais rápido possível. "Eu disse que sinto muito, o que mais posso fazer?" Com isso, o assunto estava encerrado para ele.

Depois de alguns anos, a dor cedera. O tempo trouxera consolo para Marianne. Assim como o fato de que Lothar mantinha em segredo seus outros casos; pelo menos até se tornar muito difícil continuar mentindo. Então, ele começou a deixar indícios, na esperança de que Marianne fosse fazer um grande escândalo e o liberasse. Mas Marianne nunca lhe fez esse favor.

No fim do corredor, no terceiro andar, havia três degraus que levavam a um corredorzinho que se abria à direita para um banheiro grande de ladrilhos brancos e azuis: uma banheira com pés de leão, um espelho dourado e mármore branco nas paredes. Então Laurine girou a maçaneta da última porta, decorada com uma vieira de são Tiago. Quando a porta se abriu, Marianne piscou, surpresa. O sol de junho refletiu diretamente em seus olhos.

Laurine sorriu quando Marianne pisou no quarto, boquiaberta. Ela mesma ficava assim sempre que entrava no Quarto da Concha. Era o menor do hotel, mas o mais bonito. Piso de tábuas de barco polidas, tapetes claros e macios, um baú com pátina diante da cama francesa, um grande espelho redondo em uma parede, um armário rústico em um canto, sob o telhado pontudo. Um biombo delicado separava uma cômoda com espelho, e logo adiante havia um mancebo revestido de seda. O gato passou em disparada pelas mulheres e subiu na cama.

No entanto, o mais inebriante era a vista da alta janela de batente, que se estendia até o mar.

Marianne precisou sentar-se por um momento na cama.

Um quarto inteiro só para mim?

Laurine abriu bem a janela, e a luz do sol inundou o quarto. Em seguida, desceu pela escada.

Marianne deixou-se cair na cama, que não era muito macia nem muito dura, e os cobertores eram brancos e estavam frios. Deitada, ela tirou o azulejo da bolsinha, deixando-o no pequeno armário branco ao lado da cama, avistando, assim, a Kerdruc pintada no azulejo e a não pintada, a verdadeira. O pintor estivera exatamente ali.

Ela não conseguia se decidir qual Kerdruc encantava mais. Enfeitiçava mais.

Para Marianne, era como se tivessem lhe dado um presente, mas ela não sabia por que — e nem se devia — aceitar.

O gato se aninhou na curva de seu braço. A pousada estava silenciosa, mas não aquele silêncio mortífero que Marianne percebia em casa com frequência, como uma ameaça. Ali havia um silêncio vivo.

Marianne pensou nas mulheres que conhecera até hoje, e em como tentaram lhe explicar a vida. Falaram muitas coisas em suas pausas; era o silêncio entre as palavras que emocionava Marianne.

"Eu tenho direito ao amor!", diziam as mães das crianças no hospital infantil. Aquilo soava como: "Eu tenho direito a me relacionar socialmente." Falavam da habilidade de lidar com os conflitos que um homem devia ter. E depois disso ficavam em silêncio.

Eu não conheço o amor, pensou Marianne. *Não sei que preço vale pagar pelo amor. Ou o que os homens pensam sobre ele. Sobre ele e sobre a capacidade de lidar com conflitos.*

Para Lothar, lidar com conflitos significava se recusar categoricamente a entrar em um conflito.

Marianne viu uma teia de aranha sobre a cômoda com espelho. Pensou na vizinha, Grete Köster, e em seu amor platônico pelo cabeleireiro do bairro.

Doze anos antes, num dia quente de agosto, Grete dissera para Marianne enquanto bebiam um cálice de xerez da adega de Grete: "Como a vida é hipócrita. Quando jovens, tínhamos que manter as pernas fechadas para não 'levar fama'. Quando casadas, ficávamos sob suspeita se nos divertíamos muito. E mesmo antes de chegarmos aos quarenta, já éramos consideradas velhas demais. Existe alguma idade certa para as mulheres e para aquilo que elas têm lá embaixo? Não quero criar teias de aranha!"

Na época, Marianne não soubera o que dizer. Nunca havia olhado para o que tinha entre as pernas e, por isso, não tinha muito o que dizer sobre teias de aranha.

Lá embaixo era uma zona inexplorada, tão pouco utilizada quanto seu coração.

Marianne se levantou e foi tomar um banho quente. Em seguida, enrolou-se numa toalha macia, saiu do quarto e seguiu descalça pelos tapetes empoeirados da pousada.

Ela contou vinte e cinco quartos nos três andares, e em cada um havia lençóis cobrindo os móveis. Sobre várias camas pairava um romântico dossel. Todos os quartos tinham acesso à sacada de madeira que circundava o hotel. Era um lugar maravilhoso, como se feito para os amantes.

Nas portas dos banheiros havia uma placa em vários idiomas. "Pedimos a nossos hóspedes que não joguem cigarros no vaso sanitário. Cigarros molhados são difíceis de reacender."

Uma grande porta no fim de um amplo corredor levava ao restaurante da pousada.

Quando Marianne a abriu, viu-se diante de uma enorme pintura. Homens e mulheres numa praia, alguns se curvando contra o vento, outros se deixando levar por ele. Marianne girou para observar a imagem aparentemente sem fim. Uma igreja robusta à beira-mar, algumas mulheres colhiam algas.

Ela havia voltado a um tempo em que Marianne Lanz ainda não existia. Um tempo em que sua avó ainda devia ser criança e não sabia que um dia encontraria um homem de quem Marianne herdaria os olhos tricolores.

Um homem cujo nome ela nunca revelaria.

Tudo o que Marianne sabia sobre o pai de seu pai era que ele tinha a mesma marca que ela: três chamas ligadas por uma roda de fogo no lado do coração. Quando subiu de novo as escadas, reparou numa porta camuflada num piso intermediário. Quando a abriu, entrou em um quarto escuro. As sombras se materializaram, pouco a pouco, na penumbra.

Vestidos. Vestidos de verão, vestidos de noite. Vestidos que uma mulher usava quando encontrava um homem.

Cada vestido, uma lembrança. Das noites em que foram levados para o amor, para a briga, para o prazer, e agora estão pendurados em um sarcófago de ébano.

Quando Marianne cheirou a manga de um lindo vestido vermelho, ela se assustou. Estava recém-lavado. *Lembranças recém-lavadas?*

Marianne voltou para o andar de cima e sentou-se na cama, inquieta. Olhou ao redor do quarto e pensou o que significaria para ela ficar ali. Marianne desejou ser uma mulher que pudesse viver sozinha e também consolar a si mesma quando surgissem caroços na vida e no peito.

Um quarto inteiro só para mim.

Uma noite. Uma única noite. Ela experimentaria só por uma noite como era ser uma mulher que tinha um quarto inteiro apenas para si.

Então, vestiu o uniforme branco e, hesitante, pôs a touca na cabeça. Marianne se sentia só um pouquinho apreensiva quanto a cozinhar no Ar Mor. Aquela cozinha era quase tão velha quanto ela: as duas se entenderiam.

15

Jeanremy estava diante do fogão, na cozinha do Ar Mor, com a mão ferida enganchada no cós da calça jeans.

Ele entregou a Marianne um *bol* de café com leite e um *croissant*, e ela o imitou: enfiou o pãozinho no café, curvou-se sobre a xícara, comeu e não se preocupou com as migalhas que caíam na bebida. Do rádio brotavam canções que Marianne tinha ouvido nos anos setenta, dos carros de estranhos que passavam pela rua. "Born to Be Wild", "These Boots Are Made for Walking".

Jeanremy dançava ao lavar legumes com uma velocidade impressionante, apesar da mão machucada.

— *Ai faund mi ai bréndiniu bóquis of métchis* — cantava ele. — *Áriu rédi, Bâts?* — Marianne nunca tinha visto um homem dançar daquele jeito. Esperava que não a tirasse para dançar. — Estava aqui pensando como ensinar vocabulário para a senhora, Madame Mariann — comentou Jeanremy, dançando. — *Pour le vocabulaire, vous comprenez? Il faut apprendre des mots français et breizh pour tous les... trucs.*

— *Trucs?*

— *Oui, les trucs. C'est un truc, cela aussi.* — Cheio de energia, ele apontou para a mesa, a faca, a alface: tudo era *truc*.

— Trecos?

Jeanremy meneou a cabeça.

— *Ya. Trêcos.*

Ele apontou para um bloquinho de pedidos e fez um gesto de quem estava escrevendo. Marianne pegou uma caneta, seguiu Jeanremy pela cozinha e foi arrancando as folhas perfuradas conforme ia precisando.

O cozinheiro ditava para ela a palavra, e ela a botava no papel como ouvia: frigô, fenétre, táble. Por fim, Marianne colou os papéis sobre todos os *trucs*, até a cozinha estar completamente decorada com pedacinhos de papel laranja. Em seguida, foram ver a despensa e os peixes.

Jeanremy mudou o idioma para o bretão. Amava aquela língua ríspida que parecia tanto com o galês. *Kig*: carne. *Piz bihan*: ervilhas. *Brezel*: cavala. *Konikl*: coelho. *Triñschin*: azedinha. *Tomm-tomm*: atenção, muito quente! Marianne escrevia, escrevia, e Jeanremy sorria. Ele tinha menos tempo para pensar em Laurine agora que havia começado a se ocupar com Marianne, que tinha algo de faminta dentro de si.

Marianne absorvia tudo como se fosse um lago profundo, queria tocar e cheirar todas as coisas. A forma como manuseou os alimentos dentro do frigorífico! Não deu tapinhas neles, e sim os levantou como flores frágeis para cheirá-los. Seus dedos pareciam mergulhar na alma das comidas.

Quando olhava para Marianne e para seu rosto em formato de coração decorado com grandes olhos, Jeanremy era inundado de luz, e isso preenchia o vazio melancólico que tomava conta dele quando pensava em sua adoração infinita pela garçonete. Era como se a confiança o permeasse, e ele queria fazer planos.

Ele dava aulas a Marianne sobre como a comida era importante e sobre seus efeitos na alma, mesmo sabendo que ela pouco entendia. Contava como amava fazer compras e como a arte culinária maior começava com a caça aos produtos melhores e mais frescos.

Nos dias de folga da baixa temporada, ele perambulava pelas destilarias, pelas fazendas de mariscos e pelos rios Aven, Belon ou pela Baía de Morbihan para achar os aposentados pacientes que pescavam peixes selvagens. Esses homens ainda compreendiam o ritmo da natureza bretã e sabiam que precisavam ser pontuais de acordo com os ditames da lua e das marés. Todo dia, as marés baixa e alta chegavam um pouco mais cedo, dois minutos, quatro minutos; eles precisavam ficar atentos como raposas para não perder o momento em que os peixes mordiam melhor as iscas.

Quando os primeiros pedidos de *steak* chegaram, Jeanremy acenou para Marianne se aproximar.

— Nesta cozinha, não existe nenhuma *kig* com faixas torradas na pele da carne. Ela é uma vítima de tortura da cozinha das donas de casa e dos churrascos! Uma selvageria! Está vendo aqui? Uma frigideira oval. Um pouco de *amann*, manteiga. Fogo médio, não *tomm-tomm* demais. Na frigideira estreita, a manteiga fica pertinho da *kig* em vez de se espalhar e se meter a besta com as chalotas até queimá-las. *Compris?*

Marianne prestava atenção, fascinada.

Jeanremy não batia na carne, ele a acariciava. Em seguida, passou o bife da frigideira para um prato quente e enfiou-o na grelha de três andares a oitenta graus, deixou cozinhar um pouco e depois descansar mais um minuto em um prato aquecido antes de arrumar os acompanhamentos.

— *Voilà*. Com qualquer outro jeito de preparo, a *kig bevin* simplesmente morre. Ou seja, se a senhora até este momento só jogava a carne na grelha: pode parar com isso. Atreva-se a fazer isso uma vez sequer e eu a mato. — Ele fez um movimento rápido de mão diante da garganta.

Marianne ficou vermelha.

Ele pegou uma tábua com os tentáculos de lula e a deixou no chão, perto da entrada traseira, à sombra. Poucos segundos depois, o gato branco e laranja saiu de seu esconderijo ao lado das ervas e temperos da cozinha e mordiscou a pequena iguaria que Jeanremy havia lhe dado, deixando o traseiro esquentar ao sol enquanto comia.

Em seguida, Jeanremy jogou os oito quilos de champignons que Marianne havia lavado na panela alta com água fervente. Ele os ferveria até reduzi-los a meio litro de *foñs*. Uma colherada desse caldo em um molho era um dos motivos secretos que explicavam o fato de seus pratos terem muito mais sabor do que os de outros *chefs*.

Madame Geneviève e Laurine não paravam de entrar na cozinha e prender pedidos no balcão.

Agora, o jovem cozinheiro dava suas instruções apenas em monossílabos. *"Non"*, *"Ya"*, *"Attention, tomm-tomm!"*. Então, apontou para a bacia com as lagostas e as caranguejolas.

— Escolha um *tourteau*, Mariann — gritou Jeanremy e apontou para a água da qual as lagostas e as *kranked* espiavam com os olhos na ponta das antenas. Ele apontou para uma panela e para o relógio. — Jogue no *fumet de poisson*, o caldo de peixe, por *pemzek* minutos.

— Na água fervendo, pobrezinha?! Mas...

— *Allez, allez!*

— Prefiro não fazer isso.

Impaciente, Jeanremy tirou um caranguejo do aquário.

Quando ia mergulhá-lo na água, o bicho tentou fugir do vapor.

De repente, Marianne pegou o cozinheiro pelo braço.

— Jeanremy, por favor, não. Não... desse jeito. — Sua voz implorava.

Eles se encararam por um tempo. Jeanremy foi o primeiro a baixar os olhos.

Marianne respirou fundo, pegou a caranguejola com cuidado e a deixou sobre a mesa de aço polido. O animalzinho andou um pouco, enquanto ela procurava entre os frascos ao lado do balcão até encontrar o vinagre de maçã e despejar um pouquinho na boca da caranguejola. Suas patolas passaram a bater cada vez mais devagar sobre o tampo da mesa, até que, de repente, pararam.

— Parece estranho, mas é possível matar animais de uma forma humana — explicou Marianne ao desconfiado Jeanremy, que ainda estava com as mãos erguidas no meio da cozinha. — Vinagre, entende? Sonífero. — Ela pôs as mãos espalmadas e juntas no rosto, inclinou a cabeça e fechou os olhos.

Marianne levou a caranguejola para a água fervente.

— Agora você vai tomar um banhinho, viu... Não vai doer nada.

Jeanremy observou que o caranguejo não tentou fugir do vapor quente como outros que haviam feito a passagem final antes dele.

Depois que Marianne, com orientação do cozinheiro, cortou o caranguejo e preparou um molho de cebola, alho, manteiga, *crème fraîche* e ervas, Jeanremy flambou o molho com *calvados*, deglaceou-o com Muscadet e provou um pedacinho da carne da patola.

Tinha algo diferente.

Uma diferença mínima.

Tinha gosto de... mar.

Com seu pequeno truque com o vinagre, Marianne devolveu o gosto de mar ao caranguejo.

— Belo truque, Joana d'Arc dos frutos do mar — disse Jeanremy. — *Allez*. Vamos continuar, senão vai ter uma revolução lá fora.

Depois de uma hora, Marianne sentiu como se nunca tivesse feito outra coisa na vida que não se movimentar dentro de uma cozinha bretã entre chamas sibilantes e panelas reluzentes.

Quando a loucura passou, Jeanremy serviu para eles Muscadet em copos de água, desfiou uma lagosta e chamou Marianne para uma pausa-jantar no pátio ensolarado atrás do restaurante.

O sol dançava com as folhas das árvores, o vento trazia os aromas de alecrim e lavanda.

— A senhora é uma boa *keginerez* — disse Jeanremy. *Yar-mat*.

Marianne nunca havia bebido vinho de dia, muito menos acompanhado de lagosta. Ela estreitou os olhos para Jeanremy, e quando ele comeu com as mãos, sem cerimônia, ela fez o mesmo.

Por um segundo delicioso, a vida pareceu melhor do que nunca.

No final do seu turno, Jeanremy deu a Marianne um adiantamento de salário, pois o dia seguinte era de folga no Ar Mor. Ela subiu para o Quarto da Concha, tomou um banho e se entregou ao cansaço do corpo. O gato se sentou na beirada da banheira e se limpou. Agora, ela estava deitada na cama e observava as notas de dinheiro que havia recostado no azulejo.

Um dinheiro seu, apenas seu.

Marianne girou o corpo e se deu conta de que estava bem perto da beirada esquerda da cama. Como se o corpo de Lothar ainda exigisse o maior espaço ao lado dela. Ela se moveu para o meio e, com uma certa hesitação, estendeu os braços.

O gato deu um salto habilidoso e se ajeitou com todo conforto entre as panturrilhas dela. *Ele precisa de um nome*, pensou Marianne enquanto o acariciava. Mas... se ela lhe desse um nome, a partir de amanhã não haveria ninguém mais para chamá-lo pelo nome. Com cuidado, ela se levantou de novo. Queria ver como era Kerdruc ao escurecer. Ela apagou a luz e abriu a janela.

Marianne ouviu apenas o gorgolejar do rio, o bater leve dos fios de aço nos mastros dos barcos, o cricrilar dos grilos. Primeiro, parecia que as cores estavam ficando mais fortes, como se florescessem mais uma vez no ocaso azulado. Então elas começaram a se dissolver e se partir em inúmeras nuances.

Uma sombra caminhava em direção ao quebra-mar. Como se tivesse sido flagrada, Marianne se afastou da janela. Viu Madame Geneviève Ecollier parar no cais e erguer uma taça de champanhe. Seu corpo inteiro irradiava desafio — desafio e raiva. Era como espreitar dentro de um diário vivo.

Geneviève brindou na direção de Rozbras. A outra margem do rio parecia mais arrumada, sofisticada e cara, como a maquete de um vilarejo — assim pareceu a Marianne, que seguiu o olhar da dona do restaurante. Kerdruc, ao contrário, era uma antiguidade desordenada, desgastada pelo tempo. De repente, ela soube que Geneviève escondia os vestidos porque odiava as lembranças que se entranhavam nos tecidos. E, ainda assim, não conseguia se livrar deles.

Geneviève Ecollier bebeu o champanhe em três goles, depois jogou a taça no rio.

Confusa, Marianne voltou para a cama, deslizou para o meio do colchão com um sorriso quase imperceptível e, depois de segundos, caiu em um sono doce como melaço.

Seu último pensamento foi tão fugaz que ela quase não conseguiu registrá-lo.

Foi um dia lindo.

16

Marianne despertou antes de o sol nascer. Não conseguia se lembrar de quando tivera um sono tão profundo e revigorante; sentia-se segura e protegida. Olhou pela janela e sentiu o cheiro do mar.

Quando passou pela recepção deserta, tirou de um *display*, por impulso, um dos cartões-postais antigos e já desbotados pelo tempo, no qual se via a pousada. Eles já estavam com a postagem paga.

Marianne escreveu o endereço de Grete, sua vizinha em Celle, em uma linha fina. Então, hesitou. Queria agradecer pelo apoio que Grete Köster lhe dera, por sua risada, por suas pantufas de marabu e pela vida da qual ela pôde participar quando Grete lhe enviava cartões do mundo inteiro em viagens para esquecer seu amor pelo cabeleireiro.

Ele era casado e, durante os vinte anos nos quais dormiu com Grete, todas as noites voltou para sua mulher. Duas semanas depois de a esposa morrer, ele também se foi. Grete ficou indignada. "Tinha tanto remorso que acabou indo atrás dela até na morte!"

"Obrigada. Por tudo. E por você ser do jeito que é", escreveu Marianne. Enfiou o cartão no bolso do casaco.

Ela encontrou a placa para o *sentier côtier* a menos de cem metros do lado esquerdo da rua principal do vilarejo, e uma caixa de correio ao lado dela, na qual enfiou o cartão-postal.

Ficou claro que aquele seria seu último sinal de vida.

Seis quilômetros até Port Manec'h. De lá, os rios Belon e Aven fluíam juntos para dentro do Atlântico. Doze mil passos até o fim.

Marianne passou por uma velha *chaumière* de granito com as janelas bem caídas, uma casa tão velha quanto o tempo, antes de entrar na estreita trilha que saía de Kerdruc e adentrava a floresta escura. Árvores como arcadas de catedrais, paredes cobertas de mato e hera se curvavam sobre o caminho estreito. O cheiro da floresta se misturava com o perfume peculiar de algas, sal e água do mar.

Uma floresta que cheira a mar.

O caminho se estreitou ainda mais. Líquenes e poças lamacentas competiam com as curvas apertadas. No fim de uma descida, Marianne encontrou o primeiro braço do Aven. Um filete de água dividia o fundo enlameado do rio, e o *sentier* serpenteava por uma subida, passando por uma encosta da altura de uma casa e coberta de líquenes.

Era com uma selva: apenas céu, árvores, água, terra e o fogo do sol cada vez mais alto sobre ela.

Inspirou fundo. E expirou fundo.

Marianne gritou. Era como se não tivesse nenhum controle sobre o tempo que duraria o grito. Gritou ao expirar, ao inspirar. Sua vida inteira jazia em fragmentos dentro desse grito, e Marianne gritou e cuspiu todos eles. Sua alma cuspia sangue incolor.

Quando seguiu em frente, parecia que algo havia saído de cima de suas costas. Algo com unhas afiadas que cravavam nela. O medo. O medo havia saltado de banda, um animal horrendo com olhos vermelhos, e agora corria pelos arbustos para tomar de assalto outras costas, farfalhando e estalando galhos no fundo da floresta verde.

Nunca tinha me dado conta de que estou viva, pensou.

A cheia empurrou água fresca e salgada para dentro do braço do rio, e o cheiro da floresta mudou.

Seu corpo compartilhava o tempo com os movimentos do rio, e Marianne não se sentia mais alheia a este pedacinho de terra, como se tivesse se misturado a ela e dissolvido as fronteiras incontroláveis entre ser humano e matéria.

Suor se acumulou na base de suas costas. Ela sentia o corpo mais que nunca, a forma como os músculos repuxavam com o esforço nada familiar. Ela queria andar, se movimentar, trabalhar.

Então, o aroma a atingiu. Aquele aroma único!

Bem abaixo dela, sob encostas claras e atemporais, o mar batia na costa. Marianne conseguia cheirá-lo. Ouvi-lo. Sentiu o gosto do sal nos lábios e se apaixonou perdidamente pela vista daquele mar. Como a luz dançava sobre ele.

Marianne seguiu o caminho aduaneiro centenário pela costa íngreme que seguia para o norte. Esperava que ele logo a levasse diretamente a uma parte com água para que pudesse finalmente mergulhar as mãos nessa amplidão infinita e perfumada.

Marianne cantava, e as ondas ditavam o ritmo. Batiam na costa atrás dela, em uma praia estreita de areia branca e um pouco íngreme entre encostas cheias de plantas, algas, urzes, flores silvestres e giestas.

Ela foi em direção ao mar enquanto cantava "Hijo de la luna" para ele, uma das canções mais belas que conhecia — cheia de saudade e dor: uma cigana implora à lua que lhe traga um homem, mas a lua exige como pagamento o primogênito da mulher!

A mulher encontra seu amado, a criança nasce. Clara como a pele de um arminho, os olhos cinzentos. O cigano acha que a mulher o traiu, a apunhala e abandona a criança no alto de um monte. Quando a criança chora, a lua se encolhe até virar uma lâmina de foice que sirva de berço para a criança. A mãe e a lua foram tão criticadas: quem promete o filho não nascido em troca de um homem não merece o amor de uma criança. E a lua não tem direito à maternidade, pois o que ela faria com um ser de carne e osso?

O que você queria com a criança, lua?

Mas ninguém culpou o homem que matou a mulher por vaidade, por medo, por orgulho estúpido.

É sempre assim, pensou Marianne enquanto a espuma subia pelo vestido. *Ninguém culpa os homens. É a mulher quem tem culpa. Quando ele não a ama, quando ela é fraca demais para ir embora, quando ela tem um filho, mas não uma aliança. Somos o sexo que culpa a si mesmo. Lothar matou o amor e a vida, e eu não consegui culpá-lo! O que você queria com meu amor? Diga! O que queria com ele?!*

Os sentimentos e pensamentos de Marianne chegavam até seus lábios, mas não passavam daí. Por que nunca ousou se abrir para o marido? Por que não exigiu: Conheça meu corpo! Respeite meu coração!

Ela se culpou em voz alta pela covardia. Quando se calou, ouviu apenas o murmurejar do mar. Deu mais dois passos, e a água subiu até a panturrilha. Mergulhou mais fundo na dor fria até senti-la ao redor da barriga. As ondas salgadas espirravam no rosto. O mar era como um organismo vivo, a espuma como leite borbulhante, as patas de água avançando sobre Marianne.

— Chega de mim — sussurrou ela.

Mais um passo. As patas bateram mais forte nela. Ela sentiu como o sangue pulsava, como ela respirava, como o vento se prendia aos cabelos e o sol aquecia a pele. Marianne pensou no Quarto da Concha, no gato entre as panturrilhas, pensou em Jeanremy.

Aquele seria o último dia em que veria o mar, em que sentiria o mar. Ao avistar o horizonte infinito, sentiu uma imensidão desconhecida. A última vez que ouviria a própria voz. Mas era para ser assim.

Quem disse?

Espuma salgada espirrou no rosto.

Sim, quem disse?

Não cabia a ela, e somente a ela, fazer o que bem entendesse? Podia fazer aquilo agora mesmo! Tinha o poder de decidir a qualquer hora quando terminar com tudo. Marianne virou o corpo para absorver a beleza rústica da irregular costa litorânea.

Amanhã.

Marianne virou de novo e andou com passos difíceis até a praia.

Amanhã.

17

Yann Gamé gostava de observar Pascale Goichon — o que provavelmente se devia ao fato de que os dois eram artistas que não viam seu trabalho como trabalho, mas como prazer. As mãos de Pascale tinham um jeito de dar forma à argila que só era superado pelo modo como organizava seu *jardin* ou pela forma como cozinhava. Isso quando se lembrava da receita. Pascale era uma pessoa cheia de vida, e às vezes era quase insuportável para o pintor ver sua velha amiga se esquecendo de tudo. Emile, o marido de Pascale, e Yann se conheceram na noite em que Emile e ela se apaixonaram, mais ou menos cinquenta anos antes.

Ele fez carinho em Merline, a cadela labrador branca como neve. Fora a primeira que Pascale adotara; desde então, cães e gatos de rua povoavam o terreno em número cada vez maior.

De seu lugar no terraço, Yann via Madame Pompadour, que caçava um beija-flor. Pascale batizava os cães e as cadelas com o nome de amantes do rei. Os gatos tinham todos nomes de frutas e legumes. Ao sol, ao lado dele, estavam deitados, confortáveis, Mirabelle e *petit choux*, repolhinho.

— "Muso"? Você quer saber se Emile é meu "muso"? — repetiu Pascale. Era como se todas as sardas sob sua franja, que no passado era ruiva e agora tinha um tom leitoso de branco, zombassem de Yann. — Eu trabalho com sentimentos.

Suas esculturas quase sempre eram de casais estendendo as mãos uns para os outros, e só às vezes sua paixão se concretizava e eles se abraçavam. Com frequência eram apenas milímetros que separavam as figuras que imploravam por beijos, condenadas para sempre àquela ânsia.

— Tudo em ordem com Emile e a perna? — perguntou Yann.

Era uma loucura: Emile, aquele urso de homem, cujo cérebro aos poucos estava se desconectando do corpo. Primeiro fora o pé, que começara a ter espasmos, depois a perna. A metade esquerda inteira do corpo tremia e fazia o que queria quando Emile não se lembrava de tomar seus remédios.

— Com os azulejos também está tudo em ordem? — Pascale devolveu a pergunta.

— *Ya*, está tudo em ordem — mentiu Yann.

Tudo em ordem, tudo como sempre, ele dava aulas de pintura a pintores medíocres, visitava Pascale e Emile duas vezes na semana, almoçava às segundas-feiras no Ar Mor, pintava azulejos comuns o restante da semana e esperava que o verão virasse outono.

— A ordem é fatal para gente como nós — disse Pascale. — Então, o que está acontecendo?

Ele devia ter imaginado que não escaparia assim tão facilmente. Tirou os óculos para não ter que olhar para Pascale. Era difícil, para ele, admitir o que o desesperava cada vez mais, dia após dia.

— A arte... sempre foi tudo o que eu tive, Pascale. E, agora, tenho sessenta anos e percebo que ela não me basta. Minha vida é vazia. Uma tela vazia.

— Ah, desce da cruz porque pode ter alguém precisando da madeira. E o que é a arte, Yann Gamé? A arte é um músculo que a gente exercita. Tanto faz se ela pinta azulejos, se monta homenzinhos estranhos — Pascale apontou para a escultura de argila diante dela — ou se encadeia fileiras de palavras. A arte é, Yann.

Ela revirou os olhos, deu de ombros e apontou para o chão e para o mundo, tudo ao mesmo tempo.

— Ela é. Pronto. A questão é o que você sente. Você se sente sozinho? Eu vou lhe dizer uma coisa, Yann Gamé: o que lhe falta é amor. Lembra-se do amor? Esse sentimento que faz as pessoas cometerem tolices ou se transformarem em heróis? Nenhuma arte neste mundo vai amá-lo, Yann. Você bota tudo que tem na arte, mas ela não lhe dá nada em troca. Nadica de nada.

Yann amou Pascale por esses trinta segundos, por essa bronca. Era possível que a amiga se perdesse naquela conversa a qualquer momento e perguntasse a Yann quem diabos ele era. E cambalearia até a cozinha e não reconheceria nada: a mesa não seria mesa, o açúcar não seria açúcar, seu marido não seria seu marido.

A arte. O amor. Yann não se sentia um artista. Ele era um *artisan*. Artesão. Havia um pouco de arte na palavra, era suficiente. E o amor? O amor fora sempre como uma grande tela; ele não sabia como devia preenchê-la, não havia para ele nenhuma imagem desse sentimento. Era o elemento que faltava.

Ele pensou em como Colette Rohan sempre tentava convencê-lo a pintar quadros maiores, quadros mesmo, e não apenas azulejos. A galerista o comparava com Gauguin, Sérusier e Pierre de Belay, e acabara lhe sugerindo que pintasse mulheres. Mulheres nuas.

Mulheres nuas em Pont-Aven? Eles estavam na província, não em Paris!

— Colette Rohan quer fazer orgias — disse Yann, suspirando. — Grandes telas com grandes mulheres nuas.

— Bah! — Pascale bufou. — É problema de Colette se ela vê você entre os grandes. Mas, quem sabe, talvez um de seus azulejinhos tenha engrandecido a vida de outras pessoas?

— Você acredita mesmo nisso?

— É bonito imaginar. — Sonhadora, ela sorriu para o amigo. — Me prometa uma coisa, Yann?

— Não — disse o pintor. — Não gosto de promessas. Diga o que posso fazer por você, e um sim da minha parte basta.

— Você vai se apaixonar de novo?

Merline, que estava esparramada aos pés de Yann, deu um pulo, ganindo, pois ele beliscou a orelha da cachorra.

— Sim ou não?

— Não posso prometer que vou me apaixonar!

— Por que não? Seu bretão miolo mole e míope! É a melhor coisa que poderia acontecer com você, se apaixonar. A comida fica mais gostosa, o mundo, mais bonito e os quadros ficam prontos mais rápido. Não seja tão covarde. Apaixone-se. Arregale os olhos, abra o coração, pare de ser tão tímido e recluso e comece a se comportar como um idiota.

— Por que preciso me tornar um idiota?

— Quanto maior for a sua disposição a se passar por idiota, maior a chance de você se apaixonar. Faça isso! Do contrário, logo vai ficar velho e morrer mais rápido do que merece.

Sim, Pascale, a mestra da paixão. Yann sabia muito bem que Pascale, quando jovem, deixava os rapazes malucos. Como comissária, ela conhecera homens de todo o mundo. Yann ficava mais feliz por esses homens do que por seu amigo, Emile. Os outros provavelmente conheceram uma das mulheres mais excitantes de suas vidas. Mas Pascale amava apenas Emile. Às vezes, o amor tem umas facetas estranhas.

O amor. Esse sentimento que aumenta de tamanho diante da morte — por exemplo, durante uma turbulência no avião. Quando acaba, você sofre de abstinência. Tem a cabeça e o coração amputados.

Até os trinta anos, Yann sofrera dessa abstinência de seu primeiro grande amor. A cada ano, pensar em Renée doía menos, e ele levara séculos para finalmente ficar furioso com ela, com suas traições, que para ela eram tão naturais e necessárias como respirar. Começou a perdoar Renée.

Mas será que esse outro amor existia de verdade, o eterno, dourado, diário? *Toujours l'amour,* assim se chamavam os vinhos tintos dos quais não se esperava nada de especial.

Desgraça, pensou o pintor. *É o que me falta, o amor. Ser amado. Um rosto que olha para você e sorri porque você está lá. A mão que busca a sua durante o sono. Alguém com quem eu esteja por completo. Alguém cujo rosto eu gostaria de ver por último antes de cair no sono eterno. Alguém que seja meu lar.*

— Muito bem — disse Yann depois de um tempo. Ele pôs os óculos de volta.

Yann Gamé teve vontade de pintar alguma coisa que nunca tinha visto. Teve vontade de pintar o rosto de uma mulher que o amasse. Não conseguia imaginar como seria essa mulher que faria algo tão estúpido quanto se apaixonar por um pintor míope.

Quando ele piscou, Pascale o encarou, inquieta e desesperada.

— Quem diabos é o senhor? — perguntou ela.

— Eu estou pintando a senhora — respondeu ele e tentou esconder a dor que sentia pela confusão da amiga com palavras alegres.

— Claro, *mon cœur*, Monsieur Gamé está fazendo seu retrato —
completou Emile.

Ele havia voltado das compras, o que o deixava exausto desde que
o Sr. Parkinson havia se mudado para a casa deles e agora vivia sob
o mesmo teto com o casal e a Madame De Mência.

Pascale começou a chorar.

— Madame Bouvet grita comigo toda hora, pois faço tudo errado.

Emile deslizou uma mecha dos cabelos da mulher para trás da
orelha. Ela já havia passado dos setenta, mas a cada dia parecia mais
jovem, seu rosto como o de uma menina, seus olhos claros como
a água. Ninguém diria que, já há um bom tempo, aqueles olhos às
vezes viam o mundo diferente do que era. E, naquele exato instante,
eles estavam vendo o passado, a sexta empregada, que ficara desesperada e inquieta com as mudanças de humor de Pascale. No dia seguinte, chegaria Madame Roche, a número sete. Emile esperava que
ela fosse de outro calibre.

— Você gosta de mim? — Pascale perguntou ao marido.

Ele se sentou ao lado dela e segurou suas mãos.

Emile fez que sim com a cabeça.

— Eu te amo.

Pascale olhou para o marido por um segundo, surpresa.

— Oh! O papai sabe disso?

Emile fez que sim com a cabeça de novo.

— Não gosto de mulheres que gritam — afirmou Pascale com
firmeza e pousou a mão no joelho de Emile para se apoiar e se levantar.

Quando ela entrou na cozinha e viu o cesto com as compras, levou
a mão à cabeça como um pássaro assustado.

— Eu preciso arrumar as coisas! — disse ela aos homens.

Pascale pegou o chapéu de palha que ficava pendurado ao lado
da geladeira, foi até a torneira, pôs o chapéu embaixo e começou a
limpar as manchas das vidraças com o chapéu molhado. Emile manquejou até ela, pousou a mão no antebraço nu da mulher.

— *Mon cœur* — sussurrou ele, pois não tinha força para mais que isso.

Pascale virou-se para o marido.

— Ah, sim — disse ela, sorridente. — Como eu sou mesmo tão boba, não é?

E pôs o chapéu na cabeça, a água escorrendo à esquerda e à direita pelas têmporas e pelas bochechas. Em seguida, pegou a bucha e esfregou-a no vidro, no mesmo ritmo em que cantarolava. Era a *Ode à paz.*

Yann olhou para Emile, que deu de ombros e acompanhou o cantarolar de Pascale.

Devagar, o casal começou a dançar pela cozinha.

Sim, ele existia, aquele amor do dia a dia, *toujours l'amour,* e ele tirava a amargura da dor.

18

E, no dia seguinte, o tal amanhã não chegou. Nem no próximo.

Por onze dias, Marianne acordou pouco antes do nascer do sol e atravessou a floresta enevoada até o mar.

A cada dia ela ficou mais forte, e o cansaço da vida se afastou.

O sol começava a dourar sua pele, e o mar deixava seus olhos cada vez mais claros. Seu joelho doía apenas de vez em quando. A cada manhã ela entrava nas ondas espumantes de pés descalços, mas o ímpeto de se entregar a elas era sempre lavado por uma rebeldia inexplicável.

Uma vez foi o pão preto que Jeanremy queria assar de qualquer jeito durante sua aula de francês, outra vez ela prometera acompanhá-lo ao mercado orgânico em Trégunc. Então houve o concerto semanal de quarta-feira, ao qual Laurine queria levá-la em sua noite de folga.

E, além disso, como já estariam lá, podiam também ver a ilha em frente a Raguenez, no pontal norte da Plage Tahiti, aonde poderiam ir a pé na maré baixa. Ali, os dois amantes do romance de Benoîte Groult, *A pele do desejo*, dormiram juntos pela primeira vez.

— Posso dar uma palavrinha com você? — perguntou Marianne a Jeanremy na décima segunda noite.

Ele estava amarrando uma massa em sacos de linho e jogando no guisado borbulhante de *kig ha farz*, um ensopado tradicional de carne com ovos, rabada, acém, carne de porco curada, couve-lombarda e aipo.

Marianne empurrou os pedaços de couve-flor para o lado. A *kaolenn-fleur* vinha de um campo bem ao lado do mar. Em seguida, ela leu na pequena caderneta de pedidos que servia como caderno de exercícios.

— Essa bobagem. Com você e Laurine. Pare com isso. Mande flores para ela todos os dias. Seja um homem e não um... *triñschin*.

— Azedinha?! — repetiu Jeanremy, irritado, enquanto ditava as tarefas a Marianne. — *Premièrement*: misturar o sangue de porco com *bleud*, *sukr*, *rezin*, *holen*, *pebr* e um pouco de *chokolad*. As gêmeas de Paul fazem aniversário amanhã e pediram chouriço de sangue doce, *silzig*.

Marianne recomeçou.

— Jeanremy. *Silzig* não. Laurine!

— *Deuxièmement*: limpar os *morgazen,* os polvos. Tirar a pelinha, as pontas, o bico e as ventosas.

Jeanremy estendeu a mão, e Marianne rapidamente entregou para ele a tigela com rolhas de vinho, que ele jogou na panela de tubos de polvos limpos — a cortiça neutralizava as proteínas que os deixavam tão borrachudos e dava uma maciez inigualável à carne branca.

— E as flores? — insistiu Marianne, suplicante.

— Além disso, as *patatez* precisam ser descascadas!

— Escreva uma carta de amor para ela, *ya?*

Jeanremy fugiu para a despensa.

— Madame! Amanhã começam as grandes férias de verão, e depois de amanhã metade de Paris estará na Bretanha. Os vilarejos sonolentos vão se transformar em colmeias inquietas; veranistas vão zanzar por aqui, famintos, à procura de *moules e homard*. Não vamos ter um dia de folga até fim de agosto. Quando eu vou ter tempo de escrever cartas?

— À noite? — E depois, mais suave: — Seu *triñschinzinho*.

Madame Geneviève sorria atrás do balcão enquanto ouvia as palavras de Marianne. Ela inspecionava o estoque de garrafas, os talheres polidos, os copos e os galheteiros de sal e pimenta.

Geneviève agradecia a todas as deusas bretãs por aquela mulher. Marianne havia limpado a pousada, lavado e passado toneladas de roupas de cama, fronhas, toalhas de mesa e cortinas. Ela tinha dado vida à pousada.

Geneviève examinou os botões de seu vestido preto e prendeu os cabelos para trás até as têmporas doerem. O acaso acertou em cheio. Essa Marianne tinha um coração tão grande que um tanque de guerra podia fazer manobras dentro dele. A dona da pousada queria ter um coração com tanto espaço assim.

Sim, houve uma ocasião em que isso aconteceu. Houve aquele homem, aquele amor, aquela nudez da existência que roubou a importância de todos os outros. O coração se enchia até explodir e ficava grande o suficiente para abrigar o mundo inteiro.

Mas, então, o destino jogou toda sua ira sobre ela. Geneviève respirou fundo e saiu do restaurante para ir até o cais do porto. Jardineiros estavam no terraço transplantando mudas para vasos de cerâmica e tirando o mato da entrada da pousada.

Laurine estava abraçada a uma vassoura com a qual deveria varrer o terraço do Ar Mor.

— *Mon amour*, ah, *mon amour* — sussurrava ela para a vassoura —, *je t'aime*, durma comigo, agora, já. — Então, de olhos fechados, começou a dançar com a vassoura.

— Laurine!

Assustada, a jovem soltou a vassoura, que caiu com um estrondo sobre as tábuas enceradas. Sob a franja, o rosto se avermelhou.

— O que deu em você? Está sonhando acordada?!

— Sim, madame. Eu sonhei que a vassoura era meu amado, e estávamos nus, e ele...

— *Silence!* — esbravejou Geneviève.

Laurine pegou a vassoura do chão e a apertou contra o corpo.

— Vá para casa se quiser sonhar!

— Mas lá não tem ninguém.

— Aqui também não tem ninguém.

A garota deixava Geneviève perplexa. A natureza a criara para deixar infeliz uma legião de homens, mas o que ela fazia? Deixava a si mesma infeliz.

Madame Geneviève arrancou a vassoura da mão de Laurine.

Nesse momento, um velho Renault passou pela rampa que levava ao porto.

Geneviève ficou pálida e segurou a vassoura com força. Do Renault desceu um homem alto, magro, de jeans e com as mangas da camisa enroladas. Devia ter sido bonito na juventude, e sua beleza havia se transformado em expressividade, virilidade e intensidade.

— Esse não é ...? — começou Laurine, os olhos se arregalando.

— É. Vá para a cozinha. Agora — ordenou Madame Geneviève.

Laurine obedeceu.

— O que você quer aqui? — perguntou Geneviève Ecollier ao homem, que se aproximou dela como um animal nervoso: com cautela.

— Vim ver onde meus clientes vão dormir no futuro — disse ele, a voz tão grave quanto um acorde em ré maior. — Parece que a pousada vai abrir em breve, não?

— Agora você já viu, *kenavo*.

— Genoveva... por favor. — Seu olhar suplicante desviou-se do rosto impassível da mulher.

Madame Geneviève apertou a vassoura contra o corpo e entrou no Ar Mor com as costas eretas e a cabeça erguida.

— Genoveva — gritou Alain para ela.

Carinhoso.

Suplicante.

Marianne recuou do canto ao lado da entrada dos fundos. Não queria espionar e se apressou em levar o ramo de tomilho da horta para Jeanremy.

— Você disse alguma coisa bonita para Laurine hoje? — perguntou ela casualmente.

Jeanremy estendeu para Marianne um balde de mariscos e fez um gesto para que ela retirasse as barbas dos *meskl*.

— Eu disse que ela está bonita.

— Não disse nada, *triñschin*.

Jeanremy grunhiu algo incompreensível enquanto mexia a panela com mexilhões já limpos e fervendo com Muscadet, manteiga e chalotas.

— Havia um homem lá fora. Você o conhece?

— Hum — rosnou Jeanremy. — Alain Poitier. Lá da outra margem. Rozbras. É o nosso concorrente.

Ele pôs os mexilhões em um prato, retirou os que estavam fechados, passou o caldo cozido em uma peneira para uma panela menor e salpicou com farinha. Marianne entregou açafrão, creme de leite e *crème fraîche* a Jeanremy, que acrescentou tudo ao caldo de mexilhão.

Então, ela pensou no que havia acabado de observar.

Nada é tão frio quanto um coração que antes ardia.

Alain Poitier não era apenas a concorrência, pensou ela. Era o homem que moldara o rosto de Geneviève para que ele apenas mostrasse emoções na calada da noite, nunca diante de testemunhas.

Marianne ficou se perguntando que outro rosto ela poderia ter tido se tivesse conseguido fazer com que seu marido a amasse, a respeitasse ou pelo menos lhe desse uma única flor.

95

19

Algumas semanas depois, durante seu passeio matutino ao mar, Marianne recitou todas as formas que havia aprendido nesse meio-tempo de se referir à cor cinza. Triste, cores de arminho, sorriso esburacado, indefinido, radicular. Os bretões tinham centenas de nomes para o cinza do céu e da água. Aquela terra faria qualquer um desejar continuar andando para sempre e se esquecer das horas; depois, onde o carro estava e, por fim, se esquecer da vida e nunca mais voltar.

Marianne não se cansava de explorar os caminhos de Finistère, andar pelas florestas fechadas e ao longo das praias, se perder pelas campinas cheias de flores silvestres à beira das encostas róseas.

As estradas eram estreitas e serpenteantes, e as casas de granito, antigas e à prova de tempestade. As janelas, em sua maioria, ficavam voltadas para a terra, e não para o mar.

Quando quase já havia passado o vilarejo de Kerambail, antes de Kerdruc, ela avistou um menir se estendendo de um trigal dourado; os talos moviam-se contra ele como ondas ao vento inquieto vindo do ocidente. Marianne lembrou-se do que Paul lhe contara sobre aquelas pedras encantadas da altura de homens: no Natal, os menires caminhavam até a praia perto da meia-noite para beber do mar. Nos buracos que deixavam para trás havia tesouros escondidos. Era preciso ser rápido para erguê-los, do contrário, a pessoa ficava enterrada sob a pedra depois da décima segunda badalada do sino.

Quando Marianne se aproximou de Kerdruc, vindo da floresta a oeste, ouviu o tiro. Ele ecoou no ouvido por um tempo e, depois, fez-se um silêncio mortal, horrendo.

Quando ouviu o estalo curto e forte vindo da cozinha, Emile Goichon soube que havia perdido mais uma empregada.

Ele tirou o último fósforo da caixa, esfregou-o sobre a superfície áspera e levou-o com a mão trêmula até o conhaque de maçã bretão.

A porta da biblioteca bateu contra a prateleira que continha a coleção completa de Montesquieu.

A chama do fósforo se apagou.

— É um absurdo! Ela tentou me dar um tiro!

— Era meu último fósforo.

— E eu só fiz um pudim de ameixas, monsieur, e disse para ela: Madame Pascale, pode me passar a canela, por favor? E o que ela faz? Ela tenta me acertar como um cachorro sarnento!

— Como eu vou tomar o *lambig* agora?

— Como o senhor consegue aguentar, monsieur, todos esses animais imundos, pulguentos, esses vira-latas de três pernas e gatos de um olho só, comendo do bom e do melhor, monsieur, *c'est dégoûtant!*

— A senhora tem um fósforo, Madame Roche? — Ele olhou para a fonte daquele escândalo vociferante. *Em mulheres jovens, a beleza substitui o intelecto; nas velhas, o intelecto a beleza.* Mas, para Madame Roche, o nada substituía apenas outro nada.

— É uma heresia o que acontece nesta casa, heresia!

— A piedade vem do desejo de ter importância no mundo a qualquer preço — comentou Emile.

A boca de Madame Roche se fechou num estalo, como uma ratoeira. Nem uma gota de afeto turvou seus olhos castanhos e afiados.

— Eu me demito — disse ela, e somente isso.

— *Bon courage*, madame! Vá com Deus. Mande lembranças para Ele e diga que pode passar aqui em casa a hora que quiser.

Emile esperou até que a fechadura da pesada porta de carvalho na frente da casa estalasse e os passos curtos e apressados se afastassem pelo cascalho. Um ruído familiar.

Ele se ergueu da antiga poltrona de couro e manquejou pelo longo corredor e pela sala de estar com lareira. Viu sobre o aparador a tigela com creme alvejada. Ao lado do pote de açúcar, via-se o cabo da pistola.

Emile encontrou o telefone na lata de pão, o pão no armário de roupas de cama, os lenços limpos empilhados na geladeira. Não encontrou nenhum fósforo.

Pascale estava sentada na despensa, as pernas puxadas perto do corpo, balançando para a frente e para trás. Com esforço, Emile se sentou no chão frio de pedra ao lado da mulher. Uma vida se passara desde que conhecera Pascale. Ele a vira jovem em flor, presenciara os vinte anos até o ápice de sua força e beleza feminina e desfrutara cada fase. Emile conhecera todas as mulheres que ela fora.

Ele pensou na faca afiada na cozinha. Não desligaria o fornecimento de gás do forno e também não trancaria a porta da casa. Não desonraria Pascale, protegendo-a da vida e da morte.

A morte, *Ankou*, era uma coisa estranha. Emile sempre esperou ficar tão cheio da vida quando chegasse a hora que, para ele, o pensamento em *Ankou*, à qual todos os caminhos levavam, pesaria menos.

Mas não. Emile queria viver mais do que nunca! Ficava furioso com os sinais da decadência, o frio agudo da casa na floresta, a força em declínio, o Parkinson. Que destino infeliz! Mal o espírito amadurecia, o corpo começava a fenecer. Ele beijou a mulher atrás da orelha, do jeito que ela gostava. Ela deu uma risadinha. Em seguida, ele se levantou com dificuldade e procurou um disco de Maria Callas. Sua voz era uma das poucas coisas que conseguiam penetrar a mente de Pascale quando ela se retraía em si mesma com aquela profundidade.

Marianne estacou, extremamente assustada. Uma mulher raivosa veio ao seu encontro na trilha da floresta, pisando duro, murmurando para si mesma seu destempero e fúria. Não lançou um olhar sequer para Marianne.

Naquele instante, ela ouviu uma ópera vindo da floresta. Hesitante, Marianne seguiu a música. Depois de atravessar uma clareira, chegou a uma propriedade maravilhosa com árvores frondosas imensas, um terraço com piso de lajotas rodeado de trepadeiras, janelas arredondadas... mas, em todo canto da horta malcuidada, as alfaces cresciam descontroladas e as roseiras se sufocavam com ervas daninhas.

Em seguida, Marianne percebeu os inúmeros gatos sobre as árvores ou nas sombras frias, e cães que se estiravam em um canto da entrada de cascalho.

Ela deu a volta na casa enquanto a voz de Maria Callas se erguia, espiralando-se nas alturas.

— Olá? Tem alguém em casa? — gritou Marianne, mais alto que a ária.

Uma mulher se aproximou dela. Nas mãos, uma bandeja com pequenos pratos.

— *Bonjour*. Sou sua comissária de bordo neste voo da Lufthansa de Roma a Frankfurt. — A estranha sorria para Marianne. — Por favor, mantenham os cintos afivelados durante todo o voo.

Ela deixou os pratos com tartar de lagosta para os gatos que a rodeavam, como se servisse bebidas a dez mil metros de altitude.

A mulher havia falado alemão! Há quanto tempo Marianne não ouvia alguém falar sua língua?

— Quanto... quanto tempo vamos voar? — perguntou ela.

Pascale Goichon abriu um sorriso que logo se desmanchou.

— Não sei — disse ela, infeliz. — Ando um pouco esquecida, a senhora precisa saber disso. — A alegria e a tristeza não conseguiam decidir qual permaneceria em seu rosto. Em seguida, Pascale se virou e começou a chamar os nomes dos gatos enquanto colocava os pratos diante dos focinhos: — *Petit choux*, Repolhinho. *Framboise*, Framboesa. Ela se curvou para Marianne, como se quisesse segredar algo. — São as almas dos falecidos e das bruxas. Ou dos vivos que se sentiram solitários e enviaram sua alma de gato em busca de um lar.

Marianne seguiu a mulher até a cozinha: lá, ela pegou a próxima bandeja. A alemã imaginou que aquele devia ser o café da manhã dos cães que avistara. Ela pegou a bandeja das mãos da mulher e a seguiu para fora. Pascale acariciou uma cadela.

— Madame Pompadour. Fundou um teatro e uma fábrica de porcelanas. Por isso, recebe o jantar em porcelana de Sèvres. *Compris?!*

— Claro.

— As *maîtresses en titre* — explicou Pascale enquanto alimentava os cães — mandavam nos reis. Decidiram mais assuntos dos reinados com sua vagina do que os historiadores gostam de admitir.

— Ah, sim — disse Marianne e se sentiu enrubescer.

Um poodle ruivo com a orelha mordida veio até ela.

— Ana da Bretanha. Nossa rainha. Ela se casou com o rei da França para defender sua terra. E fundou a "Casa da Princesa" com nove *dames galantes* e quarenta nobres damas de honra. Um bordel estatal.

Pascale acarinhou com orgulho a barriga do poodle.

Ela apresentou a Marianne as outras amantes: Madame du Barry; Julia Farnese e Vannozza dei Cattanei, as amantes do papa Alexandre VI; Lady Jane Stewart. Por fim, Pascale apontou para um cão salsicha, cujo rabo e orelhas estavam bem erguidos.

— Julie Récamier, seu nome batizou o *récamier*. Sua amiga, a baronesa de Staël-Holstein, disse o seguinte sobre a Alemanha: "O país dos poetas e dos passeadores"— explicou Pascale.

— Poetas e pensadores — corrigiu Marianne.

— Mais ou menos isso — disse Pascale. — Quem é a senhora?

— Meu nome é Marianne Lanz.

— Ah. Madame Lance. Eu sou Pascale.

— O que houve com seu jardim, Pascale?

— Por quê?

— Nunca tive um jardim *assim*.

— O que a senhora teve, então?

— Um gramado.

— Um gramado? Que tipo de flor é essa?

Marianne imaginou que não iria muito longe daquele jeito.

— A senhora tem alguém... a senhora vive com alguém?

Pascale pensou.

— Eu não sei — disse ela, triste. — Só sei que não estou mais batendo bem da cabeça. Mas, sabe, Mariann... o pior é saber disso e não poder fazer nada. Acontece. Agora estou aqui. Em seguida, tudo desaparece. — Ela pegou a mão de Marianne. — Nos Estados Unidos, as pessoas confiscam os passaportes das vovozinhas, cortam as etiquetas das roupas, levam-nas dois estados adiante e as deixam por lá. *Granny dumping*. Isso não é direito, é?

Marianne balançou a cabeça. O pensamento a deixou arrepiada!

Do terraço, Emile assistia a tudo com os braços cruzados, enquanto as duas mulheres atravessavam o jardim malcuidado. Ele teve a impressão de que a mulher, que ele reconheceu como a nova *keginerez* do Ar Mor, não se assustaria com uma doida. Quem sabe. Talvez ela mesma fosse maluca também.

Os loucos se davam bem na Bretanha — eram os normais que não se habituavam. Mesmo assim. Ela não era bretã. Nem francesa!

Emile entrou em casa coxeando e voltou com uma jarra de água com mel, *chouchen*, e copos, além de baguete com presunto cozido e queijo. Pascale esquecia que precisava se alimentar. Ela não reconhecia nem fome, nem sede, e Emile precisava lembrá-la de comer e beber. E também de parar de comer e beber.

Depois que Pascale devorou a baguete, ela adormeceu na espreguiçadeira do terraço; um dos gatos aquecia sua barriga. Emile cobriu a esposa e pôs um chapéu de palha nela para que o sol não queimasse seu rosto.

Não ofereceu a Marianne nem um copo de água, tampouco algo para comer. O bretão não falou uma única palavra com ela, nem quando a mulher se despediu com a palavra bretã *kenavo*.

20

À primeira vista, o aniversário de Oceane e Lysette pareceu que ia caminhar para um desastre. Doze garotas de cinco anos invadiram o Ar Mor, encheram-se com o chouriço doce e exigiram que Paul brincasse com elas. *Garz*, um vovô como ele brincaria com aquelas coisinhas de quê? Até que Marianne conseguiu atrair as princesas estridentes para brincar de bater panela, cabra-cega e corrida do ovo no cais. Paul caiu na gargalhada quando se lembrou de como a fada cozinheira de Jeanremy havia aparecido com uma panela e um punhado de colheres de madeira. As garotas ficaram encantadas, e Paul pôde comer em paz uma porção de vieiras com maçã azeda.

Agora, o aniversário já estava no fim, e ele precisava convencer as gêmeas a irem dormir.

— *Kement-man oa d'ann amzer...* — começou ele. — Essa história aconteceu na época em que as galinhas ainda tinham dentes. Era uma vez um rapazinho valente chamado Morvan. Ele morava aqui, bem pertinho, e o que mais queria na vida era ser cavaleiro. Quando tinha dez anos, lá...

— Não, não, não! Não quero ouvir a história do Morvan, é boba — disse Lysette.

Sua irmã, Oceane, concordou com a cabeça.

— Eu também não.

— Você quer sempre o que sua irmã quer? — perguntou Paul.

Parecia que Oceane estava com a boca cheia de bolinhas de gude quando respondeu:

— Claro que sim, *nono*!

Eles haviam se acomodado confortavelmente em um balanço antigo com a cobertura azul surrada. Lysette estava ajoelhada à esquerda dele e examinava com cuidado os cabelos que saíam das orelhas de Paul, enquanto Oceane tinha se aninhado à direita de seu *grand-père*, a cabecinha de tranças castanho-claras recostada ao braço do avô, o dedo indicador dobrado em vez do dedão na boca.

— E vocês não querem ouvir a história de Morvan Leiz-Breiz, que trouxe a independência para a nossa Bretanha?

— Não, *nono* — disseram Lysette e Oceane em coro.

— Muito bem. Que acham então dos truques astuciosos de Bilz, o ladrão engraçado de Plouaret?

— Bobo! — entoou Lysette.

— Muito bobo — disse Oceane.

— Princesa Cachinhos Dourados, Príncipe Kado e o anel encantado?

— Chaaato.

— Não acredito que vocês não queiram ouvir de novo todas as nossas maravilhosas histórias da Bretanha.

— Já cansamos delas, *nono* — disse Lysette, puxando os pelos da orelha de Paul.

O ex-legionário ficou parado enquanto a menina depilava com grande cuidado metade de sua orelha.

— Então, o que vocês querem? — perguntou Paul.

— A história de Ys — decidiu Oceane.

— A de Dahut, a princesa do mar.

— E da chave de ouro.

— Como a cidade afundou no mar.

Dahut. As gêmeas se apaixonaram por ela. Paul contava sempre a história da cidade afundada na Baía de Douarnenez, Ker Is, mas tentava deixar de fora os detalhes picantes da fada Dahut. Principalmente aqueles com os amantes que mudavam toda noite.

— *Kement-man oa d'ann amzer* — recomeçou Paul. — Essa história começou no tempo em que os romanos construíram estradas em Armórica. Ainda hoje, de Carhaix, à beira-mar, até a Baía de Douarnenez, existe essa antiga estrada romana. Mas a estrada desaparece no mar. Ela levava até a maior e mais bela cidade do mundo, Ys, que muita gente chama de Atlântida.

103

— Mas talvez os romanos também quisessem pegar peixes direto da praia, não? — sussurrou Oceane.

— E se não quisessem? — sussurrou Paul como resposta, ainda mais baixo.

Oceane assentiu, prendendo o fôlego.

— O sábio e poderoso rei Gradlon mandou construir essa cidade, Ker Ys, a Cidade das Profundezas, para sua amada filha, Dahut. A princesa Dahut era a filha de uma fada que o rei tinha amado muito, senhora das águas e do fogo. E, por isso, Dahut não podia ser batizada, senão perderia seus poderes de fada.

— Igual a gente. A gente também não é batizada! — disse Lysette.

Minha nossa, pensou Paul.

— A cidade era protegida do mar e de suas marés por diques e portões de ferro. Apenas o rei tinha a chave dourada para as portas das eclusas, e ele sempre a carregava, para que ninguém abrisse os portões à noite e deixasse a maré entrar. Dava para enxergar o brilho das catedrais e das casas douradas, das torres prateadas e dos telhados de diamante bem longe. Todos viviam como reis, e as crianças não precisavam ir à escola...

Paul interpretava com muita liberdade o restante da história de Ys. Apenas uma coisa não dava para contornar: certa noite, Dahut roubou a chave dourada da corrente pendurada no pescoço do pai para deixar seu amado entrar, e esse idiota abriu os portões em um momento errado e foi responsável pela inundação.

— O rei Gradlon pulou nas ondas em seu cavalo e conseguiu puxar Dahut para sua sela. Mas o mar arrastou Dahut com ele.

— Ai, que malvado — disse Lysette.

— Muito malvado — concordou Oceane.

— Agora, *nono*, pode fazer um *krampouezh*? Com Nutella?

— Vocês que mandam, minhas fadinhas.

Aquelas eram as únicas mulheres a quem ele sempre daria de tudo.

De tudo. Inclusive crepes. Até elas explodirem.

— Eu odeio quando você conta essas histórias para as meninas. Sabe que não pode falar bretão com elas! — disse uma voz de dentro de casa.

Paul fechou os olhos.

— *An hini n'eo ket bailh en e benn a zo bailh en e revr* — murmurou ele. Quem não toma uma marca de ferro quente na cabeça toma no traseiro.

Nolwenn tirou o *lambig* dele e mandou as gêmeas se levantarem e se prepararem para ir dormir. Ela jogou a chave do carro para Paul.

— Pode se jogar em alguma vala. Para mim, tanto faz!

Lysette começou a chorar, com medo de o *nono* morrer, e Oceane, por solidariedade à irmã, acompanhou o choro.

— Olha só o que você fez — bufou Nolwenn.

A enteada de Paul não gostava dele. Ou melhor, Nolwenn o detestava, e aí havia uma diferença que não dava para ignorar.

Ele não gostava dela. Detestar seria demais, pois ela tivera as gêmeas, a melhor coisa que já fizera. Sua mãe, Rozenn, era uma mulher excelente, classuda, uma loba. Mas, aos olhos de Nolwenn, Paul tinha dois defeitos: seu passado como legionário e o fato de que ele não era seu pai biológico, duas coisas impossíveis de mudar, e, por isso, nada mudava entre os dois. Por consideração a Nolwenn, Paul e Rozenn nunca moraram juntos; mesmo assim, ele passara quatorze anos com Rozenn, dez deles casado. Isso era passado. Então, veio o moleque.

O que Rozenn fez depois da separação, o que Paul não tentou de forma alguma impedir, foi muito louvável: ela garantiu que ele poderia ver as gêmeas com frequência.

Nolwenn rapidamente viu a utilidade prática dessa concessão: era conveniente que Paul servisse de babá. Ela havia imposto regras claras: nada de histórias bretãs, canções, ditados e dizeres sobre o tempo. As garotas eram francesas, e pronto. Ela teria amado pregar de novo aquelas placas que havia nas escolas antigamente: *Proibido cuspir no chão e falar bretão*. Quem o fizesse recebia um tamanco de madeira para pendurar no pescoço.

Depois de dar um abraço para se despedir das meninas e fechar a porta atrás de si, ele chiou furioso:

— *Hep brezhoneg Breizh ebet!* — Sem bretão não há Bretanha! E sem Bretanha não há lar!

Ma Doue, como estava com sede!

Soltar o freio de mão foi uma tarefa difícil. Ele havia enferrujado por causa do ar úmido e salgado. Por fim, conseguiu.

Na viagem de volta a Kerdruc, Paul viu Marianne caminhando do outro lado da estrada. Ora, ele achava a mulher *très sympa*. Baixou o vidro do carro.

— *Alors, vous sillonnez la Bretagne?* — A senhora está perambulando pela região?

Ela não respondeu de imediato, pois, de repente, os dois foram separados por uma corrida de bicicletas. Senhores mais velhos com camisetas neon que lutavam para subir a ladeira e que os cumprimentaram de um jeito jovial enquanto passavam.

Por um momento, Paul olhou para o rosto profundamente triste de Marianne. Mas então ela abriu de novo um sorriso com o qual conseguiu encantá-lo.

Ela era como a Bretanha: ali um abismo também espreitava por trás de todas as belas fachadas, ora amigável, na forma de Marianne, ora odiento, na forma de Nolwenn.

Paul não sabia o que Marianne escondia dentro de si. Ele pisou no acelerador e acenou. No retrovisor, viu como o estranho distanciamento voltou a se espalhar naquele rosto de menina, como se ela tivesse perdido alguma coisa, mas não soubesse o quê.

Ele precisava se distrair. Passou pelo sítio Kerbuan, pelo barco a remo emborcado de Simon, pela horta, até chegar à porta dos fundos. Simon estava sentado à soleira, que por tradição tinha dois degraus para impedir que os duendes, os *korrigans*, entrassem em casa, e fumava.

— *Salut. Dis*, bode velho — disse Paul. — O que tem aí para beber?

— Novo ou velho?

— Qualquer coisa que seja mais velho que eu.

— Essa vai ser difícil.

Beberam a primeira garrafa, um Côtes du Rhône, em silêncio, exceto pelo agradecimento rosnado de Paul quando Simon lhe empurrou baguete, manteiga com flor de sal e patê de pimenta em uma tábua. Como sempre, Simon riscou uma cruz de Cristo embaixo do pão.

A segunda garrafa, um Hermitage, devolveu as palavras a Paul.

— *Evit reizhañ ar bleizi, Ez eo ret o dimeziñ* — comentou ele. Eu domei o lobo quando me casei com ele. — Por que fiquei com Rozenn? Se não tivesse ficado com ela, não a teria perdido. Tenho mesmo um cérebro de ovelha.

— Ora. *Da heul ar bleiz ned a ket an oan* — disse Simon. Mas ovelha não corre atrás de lobo. — Principalmente se o lobo tem uma ovelha nova.

A dor de cotovelo de Paul por Rozenn não se resolveu com essas palavras, mas também não havia mais o que dizer.

Simon enrolou *galettes* com queijo de cabra, figos e manteiga e as levou ao forno. Cinco minutos depois, os homens as comeram com a mão. Acharam que, naquele momento, seria muito perigoso usar talheres.

— Eu já estou velho demais para isso, não? — perguntou Paul já na terceira garrafa.

Suas consoantes pairavam em ondas vermelhas nos vidros reutilizados de mostarda.

— Para quê? Para beber? Nunca se fica velho demais para isso. Nem novo demais. *Yar-mat.* — Os dois brindaram.

— Para as mulheres. Velho demais para as mulheres. — Paul correu os dedos pela careca.

— *N'eo ket blev melen ha koantiri, A laka ar pod da virviñ* — respondeu Simon depois de um tempo. Beleza e formosura não dão pão nem fartura.

Ele arrotou baixinho.

— Sim, é mais o caráter... ou coisa assim. Gosto de todas as mulheres, as morenas, as pequenas, as gordas, as feias... mas nenhuma me quer! Por que isso acontece? Tenho caráter demais?

— Você é bonito demais para elas, só isso, *garz* — disse Simon, e finalmente Paul riu.

Ele riu para espantar toda a dor por Rozenn e Nolwenn, e Simon se levantou cambaleante. Quando voltou, trazia um champanhe na mão.

— Muito jovem. Menor de idade — murmurou ele e deixou o Pol Roger diante de Paul.

Ele serviu o champanhe em copos de água limpos.

— Proibido cuspir no chão e falar bretão — gritou Paul em tom de ordem.

— Isso — respondeu Simon alto.

Os dois se curvaram e cuspiram no piso da cozinha.

Depois que Paul esvaziou o copo com três grandes goles, inclinou-se para falar com Simon.

— Essa Marianne — começou ele.

— Hum — resmungou Simon.

— Tem alguma coisa nela que faz a gente se sentir muito jovem. Como se tudo o que a gente pensa e sente estivesse em ordem. Sabe como é?

— Não.

— Aconteceu uma coisa comigo. Parei do lado dela, quando ela estava passando guardanapos no terraço, e contei tudo. Simplesmente tudo.

— Que tudo você contou?

— Sobre Rozenn e a guerra.

— E então?

— Então ela fez uma coisa...

Paul se levantou e pousou a mão no antebraço de Simon.

— Que coisa louca.

— Não consigo fazer igual a ela. Alguma coisa saiu de mim. Uma sombra. Sei lá. E daí... não doeu mais como antes. Ela tem alguma coisa nas mãos.

Simon meneou a cabeça devagar.

— Eu contei para ela do mar. Sei lá por quê. Ela ouviu com o coração. Eu chego com o barco, ela acena da janela para mim. Ninguém acenava para mim. Desde que ela chegou, não sinto mais falta de nada quando estou em terra firme. Entende? Marianne é como o mar, só que na terra.

Paul se sentou de novo à mesa.

— Bode velho, nós envelhecemos — sussurrou o careca atarracado e estendeu a mão para pegar mais champanhe.

21

Poucos dias depois, quando Marianne encontrou Pascale pela segunda vez, a mulher trazia um corvo morto nas mãos.

— É um presente — sussurrou Pascale. Apontou com o queixo na direção do céu. — Ela ainda me ama.

Marianne ficou curiosa. E preocupada. Também foi por isso que voltou à propriedade dos Goichon; Jeanremy chamou Pascale de *fol le goat* e quase tomou um safanão de Madame Geneviève por isso.

— Ela não é uma louca na floresta! É uma *dagosoüis*!

Uma bruxa boa. Quando Marianne perguntou por que a mulher falava alemão, Geneviève explicou que Pascale trabalhara por muitos anos como comissária de bordo em voos entre a Alemanha e França e, mais tarde, fizera viagens pelo mundo todo. No total, ela falava seis idiomas, entre eles o russo e o japonês.

— Corvos são notícias do além... — disse Pascale, sonhadora. — Ele caiu bem diante dos meus pés. — Ela olhou para o céu azul forte.

— Lua, mãe, velha sábia, céu e terra, nós te saudamos. Tu apareces para todos que são loucos e livres... — cantou Pascale, baixinho.

Ela foi cantando para a parte de trás do jardim. Ao lado da antiga casa de pedra, que servia de depósito para os muitos equipamentos de jardinagem sem uso, ficavam várias roseiras que floresciam, vermelhas.

Marianne reparou num vidro tampado ao lado de um dos arbustos. Primeiro, pensou que havia uma cobra minúscula lá dentro. Mas o vidro continha um cordão umbilical pálido.

Pascale deixou o pássaro nas mãos de Marianne. As penas eram macias como seda.

Sem jeito, ela se ajoelhou e pegou uma pequena pá. Em seguida, abriu um buraco, colocou o cordão umbilical na terra e voltou a fechar o buraco.

Então, Pascale fez algo que deixou Marianne realmente perplexa: desenhou com os dedos três chamas na terra, que se enroscavam uma na outra. Era quase a imagem exata de sua marca de nascença!

Quando a mulher se levantou, a expressão levemente sonhadora desapareceu dos olhos. Naquele instante, a esperteza e a prontidão se alojavam neles.

— A senhora deve me considerar uma mulher estranha — disse Pascale.

— Eu considero a senhora uma mulher especial.

— Especial não é outra palavra para estranha?

— Seu alemão é bom. Mas não tão bom assim — disse Marianne.

Pascale riu.

— Venha. Me dê a ave.

— O que... o que a senhora acabou de fazer?

Pascale lançou um olhar para a terra revirada.

— Ah, isso. É uma daquelas antigas tradições. Uma mulher do vilarejo me trouxe o cordão umbilical da neta recém-nascida. Quem pede para uma bruxa enterrar o cordão umbilical de seu filho embaixo de uma roseira pode ficar sossegado, pois a criança terá uma voz boa.

— E isso é verdade?

Marianne se lembrou dos partos em casa, durante os quais ela ajudava a avó. Cordões umbilicais eram jogados na lareira para que gatos não os pegassem.

Pascale sorriu com malícia.

— Depende. Nada é mais real do que aquilo que uma pessoa espera com fervor, não é?

Pela janela com bandeira rodeada de hera, Marianne viu Emile lendo, sentado à imensa escrivaninha. Ele ergueu os olhos, mas nenhuma reação em seu rosto indicou que o homem estivesse especialmente feliz em vê-la.

E voltou ao livro.

— Não sei — disse Marianne, um pouco triste — Nunca tive tanta esperança assim.

— Ah, pobrezinha! Mas é bom que a senhora finalmente esteja aqui. Aqui, temos esperança o tempo todo. Por tudo. Está no nosso sangue.

Pascale deixou o corvo sobre a mesa riscada do jardim e cobriu-o com um guardanapo.

— Esta terra... veja, os bretões veneram suas superstições, por isso às vezes se sentem superiores a outros povos. Estamos aqui, no fim do mundo, no *penn-ar-bed*, onde o sol se põe, e em todos os cantos sentimos o hálito da morte, *Ankou*. É a meia-sombra que está dentro de nós todos os dias. Gostamos do mistério. Do diferente. Esperamos encontrar um milagre atrás de cada pedra e de cada árvore.

Pascale entrou primeiro na cozinha, que parecia ter sido moderna nos anos trinta.

— Café? — perguntou ela.

— Eu faço — respondeu Marianne.

Ela pôs a água na chaleira esmaltada e encheu a prensa francesa com pó de café.

Pascale fuçou nos armários e nas gavetas.

— Onde está? — perguntou ela, impaciente, e entregou nas mãos de Marianne um saco de farinha. — São nessas coisas que se toma o café?

— Não.

— E nisto?

Pascale empurrou para ela um vidro de geleia.

— Acho que também não.

— Se ao menos a gente não ficasse esquisita. Não encontro nada de novo. Eu nem sei o que é! — Ela apontou para a geladeira, que zumbia baixinho.

Marianne se lembrou dos papeizinhos que havia colado nos equipamentos e utensílios em seu primeiro dia de trabalho na cozinha com Jeanremy. Encontrou na despensa um rolo com etiquetas para potes de geleia.

Enquanto Pascale bebericava seu café, Marianne escreveu nas etiquetas e as colou nos armários e nas paredes das prateleiras. Em seguida, foi para a despensa. Pascale a observava e então leu com atenção as palavras de Marianne. Em seguida, apontou para o pote de mel.

— *Miel!* Sim?

— Perfeito.

— E lá está o açúcar?

— Exatamente.

Marianne teve um sobressalto quando Pascale a abraçou de repente. Quando ela a soltou, Marianne notou a presença de Emile, que entrara mal-humorado na cozinha e observava as etiquetas nos armários, panelas e máquinas. Em seguida, fuzilou Marianne com seus olhos escuros.

— O que a senhora quer aqui? — perguntou ele em seu bretão gutural.

Desarmada, Marianne olhou dele para Pascale.

— Ele gostou muito — traduziu ela rapidamente.

Marianne não acreditou.

— Eu... eu queria ajudar.

Novamente, Pascale traduziu.

Marianne não baixou os olhos.

Sentiu que, se o fizesse, perderia o respeito daquele homem tão fechado. O tempo se estendeu infinitamente. Nada se movia no rosto de Emile, que era tão intransponível como uma rocha das escarpas ancestrais.

— A senhora é alemã — disse ele com desdém.

Pascale traduziu.

— O senhor é grosseiro — retrucou Marianne em francês.

Primeiro, os cantos da boca do homem decidiram se abaixar. Em seguida, Emile piscou várias vezes. E, por fim, um meio sorriso deslizou em seu rosto e o iluminou por dois, três segundos, de um jeito impressionante.

— Eu sou bretão — corrigiu ele em um tom um pouco mais ameno e se virou, brusco.

— Acho que ele gosta da senhora — comentou Pascale. Então, depois de um suspiro: — Não o leve a mal. Em nossa geração, os alemães não são simplesmente os vizinhos do norte. Eles foram os invasores. Devoraram nossa terra.

Marianne não o levava a mal mesmo. Ele lembrava seu pai. Ainda assim, seu coração palpitava como o de um coelho preso em uma armadilha. Sua própria coragem a pegou de calças curtas.

Pascale bateu palma.

— E agora, o que faremos?

— Eu... eu preciso voltar ao Ar Mor. Meu turno já vai começar. Estamos nas férias de verão, e as pessoas comem como loucas.

Pascale fez uma careta.

— Ah, eu pensei... que nós poderíamos... — Sua voz desapareceu.

— Posso voltar amanhã? — perguntou Marianne baixinho.

— Mas é claro! Ora, por favor! — Pascale aninhou-se nos braços de Marianne. — *A demain*, Mariann. Até amanhã — murmurou ela, feliz.

22

Um novo sino parecia estar ressoando sobre a cabeça de Marianne, e ele badalava coragem e impaciência.

Aquela era a terceira tarde que ela passava com Pascale antes de ir para o turno da noite no Ar Mor sem que Emile lhe dirigisse mais que duas, três palavras. Ela havia começado a botar ordem no jardim descuidado.

Enquanto as duas, com macacões vermelhos imundos que lembravam uniformes de mecânicos de aviões, tiravam as ervas daninhas e as jogavam em carrinhos de mão, Pascale explicava a Marianne, em seu alemão cantado, um pouco sobre as características do povo do fim do mundo.

Um dia antes, alguns vilarejos próximos tinham feito o *Lughnasad*, um festival celta com uma convenção de druidas.

— Druidas? Ainda existem druidas aqui?

— Tem de monte na Bretanha! Devem ser uns trinta mil. Muito dionisíacos, e na convenção tratam do planejamento do *Samhain*, a noite de 31 de outubro para 1º de novembro, quando os vivos encontram os mortos. Precisa ser planejado. — Pascale coçou o queixo, e um pouco de terra grudou em sua pele.

— E como nos encontramos com os mortos?

Pascale passou a mão nas hortênsias azuis que floresciam, pensativa. Então pareceu se recompor.

Sua voz era baixa, como se revelasse um segredo pela primeira vez na vida.

— Na véspera do *Samhain*, à noite, conhecido também como *Sauin* ou *Samhuin*, quando a terra e o céu, a vida e a morte se alinham, todos os portões entre os mundos se abrem. Tanto os deuses antigos quanto os novos vêm do além e trazem consigo os mortos. E aí nós podemos visitar seu reino.

Pascale apontou, sem ser muito específica, para o jardim.

— Pelo mar, pelas fontes ou pelo círculo de pedra. Lá, as fadas esperam por nós. Os duendes. Os gigantes. O véu entre os mundos é finíssimo. Como teia de aranha. Muitos de nós conseguem abrir o véu em qualquer dia do ano.

— Por que os mortos vêm até nós no *Sauin*? Eles têm algum... conselho para dar? — Marianne pensou em sua avó. E em seu pai. Como gostaria de revê-los e se aconselhar com eles.

Pascale olhou com seriedade para Marianne.

— Ter contato com as almas do além não é tão fácil quanto falar ao telefone! Muitos de nós as ouvem. Com o coração. Outros precisam de um druida ou uma bruxa ao lado.

Emile manquejou para fora da casa, uma bandeja com *chouchen* gelado nas mãos. Desta vez com três copos. Ele a levou com esforço até a mesinha de ferro fundido embaixo da macieira, as frutas vermelhas e suculentas, e fez um movimento com a cabeça para Marianne.

Pascale se levantou, aconchegou-se no marido e fechou os olhos. Marianne viu como era igual o amor que um sentia pelo outro. Um sentimento de afeição e ternura se agitou dentro dela.

Pascale continuou a falar enquanto acariciava o rosto imóvel do marido.

— Se alguém tinha um problema com este mundo ou com o além, chamava um druida: um tinha problemas com a mulher, o outro com um demônio, o próximo com uma diarreia. Os druidas eram os guardiães de todo o conhecimento. Até os chefes das tribos buscavam seus conselhos. Religiosos, morais, práticos, os druidas tinham uma resposta para tudo.

— Existiam... também existiam mulheres druidas?

— Claro que mulheres também podiam ser sacerdotisas. Era comum enviar meninas às sacerdotisas por duas estações para formá-las videntes, curandeiras ou druidas. Mas havia uma condição: elas precisavam escolher entre se tornarem altas sacerdotisas ou viverem a vida ao lado de um homem. Amor e sabedoria eram excludentes.

Ela deu um beijo em Emile, e ele se retirou para a sombra de uma árvore frondosa sem dizer uma palavra.

Pascale brincou com um ranúnculo amarelo.

— Toda mulher é sacerdotisa — disse ela. — Todas elas. — E se virou para Marianne, os olhos cor de violeta claros como a água. — As grandes religiões e seus pastores atribuíram um lugar à mulher ao qual ela não pertence. Relegadas à segunda classe. A deusa se transformou em Deus; as sacerdotisas, em putas; e as mulheres que não quiseram se curvar, em bruxas. E as habilidades especiais de cada mulher, a intuição, a inteligência, o poder de cura, a sensibilidade, foram e são diminuídas. — Ela limpou a terra na calça do macacão com as mãos. — Toda mulher é uma sacerdotisa quando ama a vida. Quando ela encanta a si mesma e àqueles que são sagrados para ela. Já está na hora de as mulheres se lembrarem de que há poderes ocultos dentro delas. A deusa odeia a forma como essas habilidades são desperdiçadas, e as mulheres as desperdiçam demais.

As duas foram juntas para a cozinha escura e fria, e, pensativa, Marianne começou a distribuir para cães e gatos a carne e os bons filés de peixe em porcelana finíssima.

Em seguida, ela saiu, bateu palmas e gritou:

— Damas e concubinas! Prezadas frutas e legumes! Comida!

Quando deixou os pratos diante deles, a multidão de cães e gatos atacou como um cardume de piranhas. Marianne sorriu quando avistou seu gatinho laranja e branco. Seu pelo brilhava como mármore polido.

— Ele não tem nome, o tigrinho, não é?

Pascale pousou a cabeça no ombro de Marianne.

— Não. Ele é um viajante — sussurrou ela. — Somente *esta* alma errante lhe dará um nome. — Pascale olhou para Marianne com um olhar enigmático. — Não é?

Marianne sentiu um arrepio.

— Sim — disse ela. — Quando a alma errante souber para onde a viagem leva.

— Obrigada por não me achar abominável — ronronou Pascale. Em seguida, seu rosto se iluminou com alegria. — Yann! — gritou ela, toda a melancolia escorrendo dela como água, e foi até o pintor de braços abertos.

Yann a tomou nos braços.

Por motivos inexplicáveis, Marianne sentiu o rosto ficar vermelho. Ela escondeu as mãos sujas às costas e, por um segundo, desejou não estar enfiada naquele macacão disforme, o chapéu de jardineiro na cabeça, a sujeira da grama no rosto.

— Yann, essa é Marianne, minha nova amiga. Marianne, este é Yann, meu amigo mais antigo.

— *Bonjour* — disse Marianne, apressada. O que aconteceu com ela de repente?

— *Enchanté*, Mariann — murmurou Yann.

Eles ficaram calados se olhando. Tudo dentro de Marianne parou. Ela não conseguia pensar em nada.

— O que aconteceu? Vocês dois viraram pedra?

Ele era mais alto que ela, e, por trás das lentes dos óculos, Marianne enxergou o mar naqueles olhos. A boca, duas ondas curvadas, que se lançavam uma na outra. Uma covinha no queixo. Incontáveis linhas profundas, que se estendiam como raios dos olhos claros até as bochechas. Aqueles olhos sorriam para ela e a atraíam.

— Acho que preciso ir agora. — Marianne precisou se controlar para não sair correndo para dentro da casa em pânico. Sentiu que um sorriso tolo e irrefreável queria se abrir em seu rosto; rapidamente ela o escondeu com a mão e entrou com a cabeça abaixada.

Quando acabou de se trocar, ficou tentada em sair da casa sem um *kenavo*. Mas percebeu que sua bolsa havia ficado no terraço, então foi até lá toda dura para se despedir.

Não ousou olhar para Yann quando pegou nervosamente a bolsa, mas estava com tanta pressa que agarrou apenas uma alça. A bolsa se abriu, e seu amado azulejo de Kerdruc deslizou de dentro dela.

Ágil, Yann o agarrou e o virou para a luz.

— Mas isto é... — Ele olhou para a inscrição, pasmo.

— É um dos seus primeiros azulejos de Kerdruc, Yann! — gritou Pascale.

Yann estendeu o azulejo para entregá-lo a Marianne. Quando ela o pegou, seus dedos se tocaram. Foi como uma pequena descarga elétrica, quente, e, quando fitou os olhos do homem, ela soube que ele também havia sentido aquilo. Marianne apertou o azulejo contra o peito e saiu às pressas depois de um rápido *"A demain"*.

23

No dia seguinte, apesar de ter prometido, Marianne não ousou ir visitar Pascale e Emile. Depois do turno do almoço, ficou andando para lá e para cá no Quarto da Concha, inquieta. O gato laranja e branco estava sentado à janela e a observava. Por alguns instantes, Marianne analisou seu reflexo no espelho redondo sobre a cômoda. Não era bonita. Não era chique. Era apenas uma velha entre estranhos. E o que foi aquilo com aquele tal de... Yann. Seu nome era Yann.

Algo se remexeu em seu estômago quando pensou no rosto do homem e no calor de sua mão. Ela nunca havia experimentado aquela sensação. Uma inquietude doce, torturante, como bolhas estourando no peito.

— O que estou fazendo aqui? — perguntou ela, baixinho.

O antigo desejo de morrer havia se transformado em outra coisa, muito mais banal: ela havia fugido. Escapado. Não seria aquele o momento de telefonar para Lothar e dizer para ele...

Espero que Lothar pense que estou morta.

O que diria para ele? Não vou mais voltar? Quero o divórcio? E então? Passaria a vida como ajudante de cozinha em um restaurante até ficar velha demais para levantar uma panela? Com uma amiga que era uma bruxa e de uma hora para outra esquecia quem era ela? E, ainda assim: era tão bom falar e ouvir o próprio idioma. Marianne sentia falta de uma amiga.

Alguém como Grete Köster. Marianne sentia muito por nunca ter demonstrado tanta confiança na amiga quanto esta o fazia. Mas, quem sabe — talvez esse fosse o mais paciente de todos os amores: a amizade. Grete nunca fora intrusiva com Marianne, aceitava o fato de ela nunca dizer como se sentia. Gostava de Marianne como ouvinte e nunca tentara persuadi-la a acabar com seu casamento. "Quem sofre e não muda nada merece sofrer", foi a única coisa que disse sobre a situação. Marianne ficara magoada e respondera a Grete que não era tão simples assim. Queria ter explicado por que ela postergava de um ano para outro o fim de seu sofrimento autoinfligido. Em algum momento, suas explicações ficaram insossas até para ela mesma.

Marianne correu os dedos pelos cabelos. Aquilo não era um corte de cabelo, era um ninho de rato! Foi até o guarda-roupa e olhou suas parcas vestimentas: duas camisetas e blusas baratas do supermercado Intermarché, duas calças simples e roupas de baixo práticas, tênis de lona e duas camisolas fechadas até o pescoço.

Ela examinou o próprio rosto e os anos marcados nele. As riscas verticais acima do nariz. As rugas ao redor dos olhos. Aquelas que emolduravam a boca. Incontáveis sardas, entre as quais ela esperava não serem tantas as manchas senis. E o pescoço, ah, o pescoço...

Não tinha como mudar: era uma velha. Mas isso significava que não podia ansiar mais por um pouco de beleza?!

Uma hora depois, Marianne estava sentada, ansiosa como uma colegial, no salão de Marieclaude, em Pont-Aven. Não lhe ocorreu, nem por um segundo, que podiam ter sido aquelas bolhas estranhas da doce inquietude o que a havia levado até ali.

Marieclaude passou os dedos para avaliar os longos fios castanhos e grisalhos de Marianne.

— Só para dar um pouco de forma — pediu Marianne, tímida.

— Hum. Uma reencarnação também ajudaria. *Mon Dieu*, já estava na hora — murmurou a cabeleireira, acenou para sua assistente, Yuma, e lhe deu instruções rápidas, que Marianne não entendeu.

Em seu íntimo, Marianne desejou não ficar com os mesmos cachos vermelhos de Marieclaude. Ela parecia seu cachorrinho, Loupine, que ficava entronado ao lado do caixa em um cestinho elegante sobre uma espécie de pódio.

Marianne fechou os olhos.

Quando os reabriu depois de mais uma hora, Yuma estava passando o secador em seu novo penteado. Ao lado dela, Marieclaude já estava ocupada, tirando piolhos de um dos meninos das fazendas próximas. Ela conversava com Colette, que ocupava a cadeira ao lado, com outra cabeleireira acertando o corte joãozinho nos cabelos brancos como a neve. A galerista sofisticada usava um terninho salmão, luvas brancas de couro de píton e escarpins brancos abertos atrás. Ela ergueu a taça de Bellini para Marianne.

— Você está fabulosa! Por que escondeu isso tão bem? — gritou ela. E depois, para Marieclaude: — Ela precisa de algo para beber.

O coração de Marianne palpitou quando ela se olhou. Os cabelos desgrenhados cor de lama haviam desaparecido, dando lugar a um *long bob* desfiado que chegava até o queixo, com uma coloração de conhaque novo. Yuma havia conseguido trabalhar de tal forma com os cabelos ondulados de Marianne que eles passaram a valorizar seu rosto em formato de coração.

Lisann ainda fez suas sobrancelhas. As dores inesperadas das puxadinhas deixaram os olhos de Marianne marejados, e o tonalizante dos cílios também os fez arder.

Agora, Marieclaude estava em pé ao lado de Yuma e analisava Marianne criticamente com os olhos semicerrados.

— Está faltando alguma coisa — disse, e fez um gesto para Marianne se sentar na cadeira de maquiagem de Lisann.

Marianne achou aquilo ridículo e maravilhoso ao mesmo tempo. Ela deu um gole no Bellini que Yuma lhe trouxera. O champanhe subiu à cabeça na mesma hora. Tudo ficou bem colorido.

Quando Lisann terminou e lhe deu um espelho, Marianne percebeu que agora gostava de seus olhos. E da boca. E de todo o resto... por fora, parecia diferente do que se sentia por dentro. Por semanas, ela havia se sentido meio morta. Agora, era como se tivesse... quarenta anos. Trinta. Sentia-se como outra pessoa. E embriagada. Marianne perguntou a Lisann o que poderia usar contra as rugas.

— Um batom para o dia a dia, um batom para a tarde e um amante para a noite — cantarolou Lisann. — Ou ao contrário. Dois amantes e um batom.

Quando Marianne pagou a conta, Marieclaude disse:

— Seu admirador com certeza vai gostar muito.

— Meu... o quê?

— Ou seu marido. — A cabeleireira espiou o dedo anular de Marianne, mas a risca branca estava apagada, e as mãos dela estavam bronzeadas de suas excursões diárias.

— *Je ne comprends pas* — disse Marianne, apressada.

— Você não tem marido? Quer dizer, com sua aparência agora... poderia ter um marido e ainda alguns amantes. Talvez não mais os jovenzinhos, mas temos aqui muitos senhores com idades apropriadas. Já tem interesse em alguém especial?

— *Je ne comprends pas* — repetiu, mas sentiu o rosto ficar vermelho. Marieclaude percebeu. *Por sorte, ela não consegue ler minha mente*, pensou, pois a imagem de Yann não saía de sua cabeça. Ainda sentia o toque dos dedos dele em sua mão no jardim de Pascale.

— Colette, qual amante podemos recomendar hoje? — perguntou Marieclaude à galerista.

Ao lado dela, Marianne se sentiu, por um instante, malvestida.

Colette encarou Marianne com seus olhos de gata. Muitas ruguinhas corriam lado a lado, mas Marianne achava a mulher esguia com postura de bailarina e sessenta e seis anos muito impressionante.

— Deveríamos perguntar à madame o que ela tem em mente — respondeu Colette. — Há homens que são bons para a vida, mas não servem como amantes. Também há aqueles para o sexo, mas que não querem ter que lidar com dificuldades e sentimentos.

— É. E ainda há aqueles que não servem nem para uma coisa, nem para outra — resumiu Marieclaude. — Fico sempre com esses — completou ela com um suspiro.

Marianne e Colette saíram juntas do salão e desceram a rua íngreme. Quando passaram por uma butique, Marianne parou.

— Por favor — começou ela —, a senhora pode me ajudar? Eu preciso... — Ela apontou para sua roupa. — Eu preciso de estilo — disse, simples assim.

— Moda não tem nada a ver com estilo — comentou Colette com sua voz rouca. — Depende apenas de você querer esconder alguma coisa. Ou mostrar quem é. — Ela pegou o braço de Marianne. — Venha. Vamos ver que mulher você está escondendo. E, quando a encontrarmos, não vamos brigar com ela, querendo saber onde estava esse tempo todo. *D'accord?*

No primeiro andar da butique, Colette pegou outro Bellini, acendeu um cigarro, sentou-se em uma poltrona confortavelmente e instruiu Katell, a vendedora. Enquanto esta procurava as primeiras peças de roupa, Colette se lembrou, aparentemente por acaso, de uma historinha de Madame Loos, sua ex-vizinha de Paris.

— Era uma mulher que se escondia muito — começou Colette e separou com mão firme em dois montes as pilhas de roupa que Katell havia trazido. — Madame Loos se deu muito bem durante a vida. No casamento, com os filhos, no trabalho. Sempre na hora certa, no lugar certo. Sempre cordial, amigável, vestida com discrição. Mas certa noite — Colette curvou-se e observou Marianne, quando esta virou para lá e para cá num vestido provocante na cor de ameixas maduras —, certa noite, aconteceu uma coisa.

Marianne vestiu um pulôver de gola rulê macio cor de champanhe. Ele realçava suas formas e seus seios; nunca havia usado um pulôver tão justo. A nova cor de seus cabelos iluminou-se ainda mais. Em seguida, ela se enfiou em uma calça jeans escura, que Colette lhe estendeu.

— Madame Loos bateu como louca à minha porta. Precisava do meu carro, pois sua irmã mais nova estava à beira da morte, em Dijon. Claro que lhe dei as chaves. Ela saiu em disparada, mas, na Place de la Concorde, envolveu-se em um acidente de carro. No nervosismo, deu um tapa na cara do policial, fugiu da cena do crime com um homem de Rennes, contou para ele a história de sua vida, transou com o sujeito, pegou o carro dele emprestado e chegou tarde demais. A irmã havia morrido. Esse ficou muito bom, experimente este sapato para ver.

Colette levantou-se e ficou diante do espelho, atrás de Marianne.

— Madame Loos trouxe o carro de volta, passou mais uma noite com o homem e retornou para Paris como uma mulher totalmente diferente. De ônibus. — Colette estendeu um cardigã leve de trama fina, que caía com leveza e suavidade ao redor do corpo.

Quando Marianne se virou e revirou diante do espelho, viu uma mulher não muito jovem, mas *très chic*. Feminina. Somente o olhar tímido não combinava ali.

— Madame Loos conseguiu sair de seu esconderijo, dispensar o marido junto com as amantes e conquistar a independência com uma casa de chás.

Colette colocou um colar de âmbar com delicadeza no pescoço de Marianne.

— E o homem de Rennes?

— Foi só um coadjuvante.

Colette tirou os óculos de sol e encaixou-os suavemente no rosto de Marianne.

— Agir de forma implacável talvez seja necessário quando se começa a tomar as rédeas da própria vida, não é mesmo?

Marianne deu de ombros. Ser implacável era algo que ela considerava a forma socialmente mais aceitável de violência desnecessária. Mas ela mesma não tinha agido assim quando decidira ir para Kerdruc? A culpa que sentia em relação a Lothar ficava cada vez mais insistente. Ele não merecia ao menos receber uma notícia? E saber em que pé as coisas estavam?

— O que acha de vermelho? Vermelho é a cor que melhor combina com você — sugeriu Colette e chamou Katell de novo.

24

As cores do mundo estavam mais intensas quando Marianne saiu da butique ao lado de Colette. Ou isso era culpa do conhaque duplo que as duas tomaram depois das compras? Marianne pensou na calça jeans, a primeira de sua vida, que fazia suas pernas parecerem mais longas do que eram. Na jaqueta de couro verde-garrafa, que, junto com a nova cor de cabelo, espantava o cinza de suas bochechas. No vestido vermelho, no pulôver macio cor de creme, nos sapatos de salto, com os quais ela primeiro precisaria aprender a andar, pois a altura quase a deixara sem fôlego. E supôs que, no fundo da grande sacola cintilante, encontraria as outras peças de roupa que havia comprado em um frenesi — com a ajuda do cartão de crédito de Colette. Roupas podiam mudar uma mulher? Não. Mas podiam fazer com que ela se redescobrisse. Marianne descobriu algo em si que ela imaginava nunca ter possuído: feminilidade.

E essa feminilidade a deixara extremamente faminta. Um pouco de pão e queijo, era o que queria: as mulheres entraram na padaria do mercado de Pont-Aven.

— *Benedicto te, o panis seigel, ut est destructio et annihilatio omnium facturarum, ligationum, fascinationum et incantationum*

— murmurou o padeiro e riscou um sinal da cruz embaixo do pão de cevada. — Eu te abençoo, ó pão, que todo encantamento, amarrações e feitiçarias por mau-olhado e palavras sejam destruídos e eliminados. — Só então ele permitiu que a cliente à frente de Marianne colocasse o pão na cesta de compras.

Indignada, Colette bufou.

— Nunca consegui me acostumar com essa cena toda com o pão — disse ela. — Em Saintes, as mulheres levam um pão oco na ponta de um galho durante a procissão do Domingo de Ramos. Fica parecendo um falo. O padre benze o pão para protegê-lo do mau-olhado das bruxas, e as mulheres o guardam o ano todo. Elas não o comem. Quem sabe o que fazem com ele?

Marianne deu uma risadinha e alisou, sonhadora, o tecido sedoso do vestido-envelope cor de ameixa, com o qual já saíra vestida. Escondia sua marca de nascença, mas deixava à mostra um colo que ela nunca havia percebido que tinha. Que bom que Katell também lhe vendeu um sutiã apropriado.

— O senhor não precisa benzer meu pão — interrompeu Colette em voz alta.

— Claro, a senhora é quem sabe — murmurou o padeiro. — De qualquer forma, é um pão protegido. A senhora conhece a *dagosoitis* da floresta, Pascale Goichon? Ela consagra os fogos e espanta os espíritos de navios e dos quartos! Ela consagrou este forno aqui. — Ele apontou para trás.

Marianne ficou atenta com a menção do nome de Pascale.

— Que sorte ela não ser uma *sorcière noire*! Sabem o que aconteceu há quatro anos, em Saint-Connec? — O homem limpou as mãos cheias de farinha no avental.

— Lá vamos nós de novo. — Colette ficou impaciente.

— Madame Gallerne se encontrava em estado terminal havia vários anos. Os animais no sítio vinham morrendo de um jeito misterioso. Nada mais florescia. Fernand Gallerne estava desesperado. Um feitiço ruim havia sido lançado em seu sítio. — O padeiro fez uma pausa dramática. — E o feitiço só pôde ser quebrado por... — Ele abaixou ainda mais a voz até sussurrar com voz rouca: — Michel La Mer!

— *Le magnétiseur?* — arquejou a jovem padeira, surpresa.

Seu chefe concordou com a cabeça.

— Ele pode tudo — entusiasmou-se ela, as bochechas ficando ainda mais róseas. — Quer dizer, ele consegue enxotar satanás, curar câncer, infertilidade, micose e a doença da vaca louca. E tudo só com as mãos!

— Sim, sim — interrompeu o padeiro, impaciente. — De qualquer forma, La Mer visitou o sítio de Gallerne e descobriu que a vizinha de Ferdinand, Valérie Morice, havia amaldiçoado o terreno e era culpada pela doença de Madame Gallerne. E ela foi sempre tão legal com eles. Mas Valérie era uma mulher sem homem. Com dois filhos, e ninguém sabia quem era o pai! Foi ela quem amaldiçoou aquela pobre gente, apenas para sentir o gosto da maldade! La Mer quebrou a maldição por cento e cinquenta e dois euros.

— Cento e cinquenta e dois euros — repetiu Colette, incrédula. — É um bom dinheiro para denunciar uma mulher! — Essa frase atraiu o olhar reprovador do padeiro.

— Proteção de feitiço ruim não tem preço! La Mer cobra cento e cinquenta e dois euros para quebrar maldições em sítios, cento e vinte e dois euros para lojas e noventa e dois euros para casas.

— E Valérie? — perguntou a padeira, ansiosa.

— Ah! Essa daí! Denunciou o homem para a polícia por difamação. Contou que o vilarejo inteiro saiu à caça dela por bruxaria! Seus filhos tomaram cusparadas na escola! Ela amaldiçoou La Mer, e agora seu poder está meio capenga. Precisamos rezar para que ele supere.

— Bem, eu não acredito em milagreiros como esse La Mer — enfatizou Colette —, que correm pela casa com trapos molhados para espantar o demônio. Acredito muito mais nas baguetes e nas *flûtes* que saem do forno. Géraldine, posso pedir? Ou aqui não se vende mais pão para gente normal?

Quando Marianne e Colette saíram da *boulangerie* dando risadinhas, Marianne trombou com um homem que estava olhando para o céu, imerso em pensamentos. Ela se desculpou e pôs os óculos de sol de volta.

— Yann! — disse a galerista, alegre. Depois dos três beijos obrigatórios nas bochechas, Colette se voltou a Marianne. — Madame, posso lhe apresentar o pintor mais subestimado da França? Yann Gamé.

Marianne sentiu o borbulhar no peito ficar mais forte. O jeito como ele a olhava!

Desta vez, Yann pegou a mão de Marianne e a puxou para si. A força de sua mão era sedutora.

— *Salut*, Mariann — disse ele, sério.

Involuntariamente, ela fechou os olhos quando a boca de Yann tocou seu rosto com suavidade. Ele beijou à esquerda, ele beijou à direita, e, na terceira vez, seu beijo foi infinitamente carinhoso e quase tocou o canto da boca. Ela mesma não o beijou, nenhum músculo conseguia se mover. Marianne temia que fosse ficar paralisada como um galho de carvalho retorcido.

— *Salut*, Yann. — Sua voz saiu como um graveto sendo quebrado.

Céus! Ele não tinha como saber que era o primeiro homem que a beijava desde Lothar! Ali, todos se beijavam, o tempo todo; mas, para Marianne, um beijo era tão íntimo como... Ah, Maria Santíssima, seus pensamentos saltitavam como um pardal. Ela pensou em Lothar e no que poderia vir depois do beijo.

— *Alors*, o trabalho me chama. Uns ingleses loucos estão vindo e querem levar quadros para a casa inteira. E não sou eu quem vai impedi-los. — Colette olhou para o relógio. — Preciso ir. Yann, que tal mostrar à madame o Cristo amarelo na Capela de Trémalo? Para que ela saiba por que chamam este lugar de *pays de Gauguin*. Aquelas latas de biscoito com as mulheres gorduchas deixam a gente totalmente *désolée*. Pode ser? *Merci, mon ami, adieu!*

E, com essas palavras, Colette se despediu e deixou Marianne e Yann sozinhos um com o outro e com seu silêncio cheio de palavras.

Marianne teve a sensação de que desmaiaria naquele momento.

— Madame, a senhora me daria a alegria de... ir a um *enterre-ment*... na quinta-feira? — Yann amaldiçoou suas palavras no momento em que as pronunciou. Por que não pensou em outra coisa?

Dieu, ele não tinha mais nenhuma experiência em cortejar uma mulher. Mas agora já tinha falado. Marianne não entendeu o que exatamente Yann havia proposto. Mas compreendeu que ele queria vê-la de novo. Dentro dela, as bolhas estouravam, era pura felicidade.

De repente, ela se sentiu culpada por estar feliz, como se já estivesse sendo infiel a Lothar. Os dois não falaram enquanto Yann a levava de volta a Kerdruc em seu Renault 4 decrépito, mas se olharam o tempo todo e liam muito surpresos o alfabeto do amor que germinava no rosto de cada um, como se já o tivessem aprendido antes.

25

Quando Yann apareceu para buscá-la, Marianne já estava esperando no cais por vinte minutos. Ela simplesmente não aguentava mais ficar sentada em seu quarto, se perguntando se havia se vestido bem o suficiente. Poderia ter passado mais uma hora trocando de roupa. Jeans ou vestido vermelho? Blusa apertada ou pulôver macio? Salto alto ou tênis simples de lona? Por Deus, ela tinha pouquíssima experiência no que uma mulher deveria vestir no primeiro encontro com um homem para parecer atraente, mas não oferecida. Decidiu-se por calça jeans azul-escura, saltos e uma blusa branca, que abotoou até em cima.

Ela estava tão entusiasmada! E fazia dois dias que se sentia assim. Mal conseguia comer e, principalmente, não conseguia tirar do rosto aquele sorrisinho ridículo. Até dormiu com esse sorriso de soslaio. A palavra empolgação não descrevia o que Marianne estava sentindo:

era puro pânico. A alegria mais tonta. Ela alternava entre a palidez e o rubor forte no rosto.

Por fim, ela foi até Jeanremy na cozinha e pediu uma dose de rum, que ele lhe deu sem fazer objeção. Assim, ela se acalmou um pouco. Mas só até Jeanremy abrir os dois primeiros botões de sua blusa, erguer levemente a gola e fazer um gesto para ela bagunçar um pouco o cabelo cuidadosamente arrumado.

— *Très jolie*. Muito rock'n'roll — disse o cozinheiro, e Marianne voltou para o cais tremendo, para continuar esperando.

Cada vez mais, Marianne se sentia como um barco em um oceano, afastando-se até não conseguir ver nada em terra firme. E, da mesma forma, o território de seu passado se retraía. Sessenta anos se passaram como se em um dia, e esse dia parecia ter ocorrido em um século muito distante.

Quando Yann desceu do carro e foi até ela, Marianne teve medo de cair na gargalhada ou cair num ataque de choro sem fim. Estava tão nervosa! Suas mãos, encharcadas.

E, mais uma vez, ele olhou para ela daquele jeito.

Nunca um homem a observara com tanta atenção. Era como se o holofote dos olhos de Yann a aquecesse.

— *Salut* — rouquejou ele e se inclinou para beijá-la.

Desta vez, todos os três beijos foram no canto da boca. Ele a beijava devagar, com cuidado, e ela aspirava seu aroma. Yann cheirava a vento fresco, a um toque de tintas e a um pós-barba com agradável cheiro de ervas.

Yann levou Marianne até seu carro caindo aos pedaços, abriu a porta para ela e também insistiu em fechá-la.

Ela não sabia o que fazer com as mãos ou para onde olhar.

Yann rezava o tempo todo para que não estivesse prestes a cometer o erro mais estúpido de sua vida. Pelos últimos dois dias, ele ficou tentado a ir até ela e cancelar o convite. Mas um homem não faz uma coisa dessas. Um encontro em um funeral. O que ele estava pensando?

Yann sempre visitava o agora falecido pescador Jozeb Pulenn, em Saint-Guénolé Penmarc'h, para comprar arraias e bacalhau. Além disso, o baixote Jozeb Yann fora muito prestativo quando o pintor fora em busca de motivos para suas pinturas no *pays de Bigouden*. Quantas vezes pintou a Chapelle Notre Dame de la Joie, a igreja gótica à beira-mar, e o mais alto farol da França, o Phare d'Eckmühl, que fazia o vilarejo vizinho, Saint-Guénolé, parecer minúsculo! Yann amava tirar os óculos e apenas pintar o que captava com todos os seus sentidos — não apenas o que seus olhos míopes percebiam.

Mas isso era motivo suficiente para convidar Marianne para um funeral? Yann mal se atreveu a olhá-la. Mas, quando o fez, sentiu o sorriso dela e teve uma sensação estranha, vermelha e pulsante.

Marianne, envergonhada, estava ciente de que sempre enrubescia quando olhava para Yann ou tentava falar com ele; por isso, limitou--se a olhar pela janela ou observar as mãos do pintor, que seguravam o volante de forma tão relaxada e ao mesmo tempo segura.

Quando os dois finalmente trocaram olhares, tiveram de sorrir ao mesmo tempo.

Aquele era o silêncio mais lindo que Marianne já tinha ouvido.

Depois de meia hora de viagem ao longo da costa, quando chegaram ao porto de Saint-Guénolé, e os inúmeros primos, filhas, netos e cunhados de Jozeb cumprimentaram Yann e Marianne de um jeito solene no cais, ela soube pela primeira vez que havia algo estranho. Principalmente quando cumprimentaram com beijos as mulheres — as mais velhas com os *bigouden*, os trajes típicos, com chapéus brancos e pontudos feitos de palha, e as mais jovens com roupas de passeio e lenços brancos no pescoço — e também os homens. Os cumprimentos com beijos no rosto duraram quinze minutos.

Em algum momento, Marianne chegou a uma mulher mais velha de *bigouden* em pé ao lado de uma mesa com uma urna. Seu rosto era franzido como um galho enrugado, e ela parecia se apoiar mais na urna do que na bengala.

Foi então que Marianne compreendeu o que era aquela reunião.

Lambig foi servido, e dois homens levaram a mesa até a traineira que estava no cais. O capitão colocou a bandeira bretã a meio mastro. O motor foi ligado, e Yann estendeu a mão para ajudar Marianne a atravessar o curto passadiço.

Quando a traineira chegou ao mar aberto, deixando para trás as ondas barulhentas e espumantes que batiam contra os penhascos e rochas, as cinzas do falecido foram espalhadas no mar pelas mãos de cada um dos convidados.

As cinzas pareciam a areia mais fina, e Marianne desejou não estar pegando e apertando sem querer o coração ou mesmo um olho do falecido. Quando ela estava soltando as cinzas sobre a amurada, desejou que o desconhecido Jozeb fosse feliz no além. Se fosse como Pascale lhe dissera, então o mar era a maior porta de entrada para aquele mundo de espíritos e deuses, no qual futuro, passado e presente não têm importância nenhuma. O mar era como uma igreja e uma ilha, uma última canção mergulhada na escuridão e na ternura.

Alguns homens e mulheres se reuniram na proa do barco e entoaram uma *gwerz*, um canto fúnebre bretão.

— *La brise enflé notre voile, voici la première étoile qui luit sur le flot qui nous balance. Amis, voguons en silence, dans la nuit tous bruits viennent de se taire, on dirait que tout sur terre est mort...*

Marianne entendeu apenas com o coração o que aquelas pessoas cantaram com tanto sentimento. Era uma música de devoção infinita, e ela ficou com os olhos marejados.

Seu coração transbordava, e ela procurou a mão de Yann. Ele a apertou e passou o braço por seus ombros para puxá-la para perto.

Quando uma lágrima rolou pelo rosto de Marianne e pendeu de seus lábios, Yann limpou com delicadeza a tristeza salgada da boca e tocou a testa morna da mulher suavemente com os lábios. Assim eles ficaram lado a lado e se deixaram levar.

Por um segundo, Marianne sentiu como se aquele momento tivesse sido determinado pela eternidade muito tempo antes. Era como o despertar noturno entre dois sonhos, quando por um instante se percebe a realidade como ela é, não como parece à luz do dia. Abençoada pelo destino.

Quando saiu do barco, o cortejo seguiu para a casa de Jozeb Pulenn; das macieiras pendiam colares de conchas, no jardim brotavam potros — *pulenn* — feitos de madeira. Depois que Yann conversou com a viúva e disse as palavras sagradas para se despedir — "Jozeb sempre foi fiel a três coisas: a si mesmo, a sua família e à Bretanha" —, deu a mão a Marianne, e eles deixaram o funeral, que naquele momento parecia mais uma festa de verão, com crianças brincando de pega-pega e de puxar os gatos pelo rabo.

No carro, os dois se olharam por um momento.

— Aquilo... aquilo foi maravilhoso — disse Marianne, baixinho. — Obrigada.

Yann respirou aliviado e girou a chave na ignição.

Eles foram com o Renault de Yann até Quimper, capital do *departement*, e visitaram o Musée des Beaux-Arts.

Yann não tentou explicar os quadros a Marianne. Queria ver como as imagens se explicavam para ela.

Diante da pintura de Lucien Simon — chamava-se *brûlage de goémon* e mostrava mulheres queimando algas diante da enorme Capela de Penmarc'h enquanto, ao redor delas, o mar espumava, o céu se curvava e o vento soprava os lenços e aventais das mulheres —, Marianne estremeceu. Não apenas porque a Chapelle Notre Dame de la Joie ainda estava lá, em Penmarc'h, e tinha a mesma aparência de 1913, quando Lucien a pintara; ela se mantinha igual havia quinhentos anos, quando fora erigida. Mas porque aquela igreja bela e simples à beira-mar continuaria lá quando não existisse mais Marianne — e Yann, Colette, Lothar e todos os outros fossem varridos desta terra; todos morreriam. Apenas a pedra e os quadros eram imortais.

De repente, Marianne sentiu um medo infinito de morrer de forma prematura. De não estar saciada quando seu último dia chegasse. Saciada da vida até o topo, até transbordar. Nunca havia sentido tanta fome de vida: seu coração ameaçava explodir de angústia por ter perdido tantas coisas. Nunca lhe pareceu tão terrível o que tentara fazer consigo mesma: ela havia tentado acabar com a própria vida muito antes do tempo.

Aquele quadro lhe dizia tudo isso.

Yann pousou a mão nas costas de Marianne, ali, onde o coração bombeava e palpitava, como se para tranquilizá-la, dizendo: esta história está longe de terminar! A cada segundo você tem a chance de recomeçar. Abra os olhos e veja: o mundo está aí, e ele te quer.

Marianne se virou e abraçou Yann. Até então, não havia trocado mais que quatro, cinco palavras com aquele homem. E, ainda assim, parecia que ela o entendia melhor e mais profundamente que qualquer outro ser humano.

26

Marianne cruzou o jardim que havia transformado com Pascale na última semana e no qual havia plantado arbustos, mudas e sementes: colombinas e flores-de-cetim, papoulas e malvas, oleandro e murtas. Jogaram cal para alimentar as hortênsias e colheram os legumes e verduras da horta. Os grandes arbustos estavam carregados com frutinhas, espinheiros e anêmonas brilhavam ao redor, e o chão estava coberto de ranúnculos, violetas e moranguinhos ainda verdes. Como ela amava remexer diretamente a terra, sem luvas!

Para ser mais exata, ela amava tudo o que fazia desde que estivera no mar com Yann. Amava o encanto daquele pedaço de terra feito de granito e quartzo, água e luz. A magia estava em toda parte, até mesmo no bolo amanteigado.

Gâteau breton, kwig anam. Farinha, ovos frescos, muita manteiga com sal, açúcar refinado e açúcar cristal, juntar tudo nas mesmas proporções, sem sovar por muito tempo. Alguns dizem que o *kwig* é feito com um pouco de magia, pois fica tão bom que domina a alma da pessoa para sempre e ela nunca mais esquece onde comeu aquela primeira fatia.

— Bruxas boas devem ter muito talento para fazer bolos — disse Pascale a Marianne enquanto lhe ensinava a preparar o *gâteau breton*, mas os bolos de Marianne nunca ficavam com um gosto tão intenso e encantador como os de Pascale.

Marianne amava a pia da cozinha do Ar Mor. Logo ela, que nunca gostara de lavar louça. Amava até o teimoso Jeanremy, a quem ela obrigava todos os dias a escrever uma carta de amor para Laurine depois do expediente. Só que ele ainda não tinha tido confiança suficiente para enviá-las. Guardava as cartas na despensa, em uma velha caixa de verduras.

Enquanto a codorniz e o papa-figo lhe cantavam uma canção, Marianne descobriu, na casa de pedra dos Goichon, uma foice que era perfeita para dar forma aos gramados ao lado da entrada e entre os azevinhos e macieiras.

Quando começou a podar a grama ao redor da garagem, viu que Emile a observava da cozinha. Fez um movimento com a cabeça para ele. Tinha percebido que naquele dia seus tremores estavam especialmente fortes, mas havia entendido que Emile preferia que ela agisse como se não estivesse notando nada.

Pouco tempo depois, o velho bretão apareceu ao seu lado e fez um gesto para que ela o seguisse. Foram até a garagem. Ele abriu o portão, e as dobradiças enferrujadas rangeram com o movimento. Na penumbra, Marianne reconheceu um antigo Jaguar branco como a neve. Ao lado dele, recostada à parede, uma Vespa empoeirada, uma bicicleta, galões de gasolina e cartuchos de gás.

Emile entregou a Marianne um papel e tirou as notas de dinheiro amassadas do bolso da calça.

Marianne encarou a lista.

Beurre demi-sel, lait, fromage de chèvre, oranges...

— Compras?

Emile jogou para ela as chaves do carro.

— *Monsieur! Je ne peux pas... alors*, não dirigir o... *truc*.

Emile revirou os olhos e bufou, irritado.

Ele apontou para o carro. Abriu a porta do motorista. Apontou para o banco com impaciência.

— Eu... eu não sei! Não consigo! Nunca pude...

Irritado, Emile bateu a porta.

Marianne começou a chorar.

Quinze minutos mais tarde, ela conduzia o carro bem devagar pela estrada estreita da floresta.

— Abra os olhos! — ordenou Emile quando o veículo passou por duas faias muito juntas e o espelho retrovisor direito foi dobrado.

Ela abriu bem as pálpebras.

Marianne tinha chorado tanto que Emile se sentira um porco chauvinista. Por fim, ele estendera para ela o lenço amarrotado e abrira de novo a porta do motorista.

— Por favor — disse ele, afobado. Então, ela entrou no carro.

Emile colocou a mão esquerda sobre a mão direita de Marianne em cima do câmbio. Quando pressionou, ela pisou na embreagem, e ele conduziu a mão na alavanca para trocar de marcha.

— *Allez, allez!* Pise mais!

Então, o Jaguar deu um tranco para a frente. Ela freou, a marcha se desengatou, o motor morreu.

— Assim não! — Com raiva, Emile bateu palma com força. — *Encore*.

Ela ligou de novo o motor, saiu devagar da floresta e entrou na estrada de Kerdruc.

— Madame, existe uma terceira marcha — murmurou Emile. — E uma quarta. Pise mais no acelerador, *allez, allez!*

Eles partiram a cem por hora pela estrada em direção a Névez. Com os olhos arregalados, Marianne encarava o asfalto. Parecia uma cachoeira cinza correndo sob as rodas.

Pequenos córregos escorriam embaixo de seus braços.

Ela pisou no acelerador.

Emile fechou os olhos.

Em meio aos gestos mudos do bretão, conseguiram chegar ao supermercado em Névez, onde Marianne ocupou duas vagas de estacionamento.

Suas mãos trêmulas soltaram o volante de couro.

— Caramba — murmurou ela.

Seus olhos cintilavam.

Emile sorriu quando desceu, mas virou as costas rapidamente antes que Marianne pudesse vê-lo. Ainda não havia terminado com ela.

Ele apresentou Marianne a Laurent, o homem bonachão atrás do volumoso e sortido balcão de carnes: uma cabeça perfeitamente redonda, um bigode encerado, olhos castanhos brilhantes e uma fina coroa de frade.

— *Enchanté, Madame Mari-Ann* — disse Laurent e estendeu a mão sobre o balcão para cumprimentá-la, dando uma piscadela.

Feito isso, Emile acenou com a cabeça para Marianne, lhe deu de novo o dinheiro e o papel, e se sentou no pequeno bar entre o estacionamento e o posto de gasolina para esperar que ela terminasse. Ele não planejava ajudá-la com as compras — se aquela mulher não quisesse andar com as próprias pernas, ele não a carregaria!

Depois que voltaram a Kerdruc e guardaram as compras na despensa e na geladeira, Marianne começou a fazer um discurso de agradecimento. Emile interrompeu-a com um gesto relutante.

— *Merci* — disse ela mesmo assim. — Por isso... e por aquilo com o carro.

— *E-keit ma vi en da sav, e kavi bazh d'en em harpañ* — disse Emile Goichon em voz baixa, como se adivinhasse os pensamentos dela. Enquanto puder caminhar em pé, vai encontrar uma bengala. Enquanto tiver coragem, alguém vai ajudá-la.

Marianne olhou para o homem encarquilhado. Foi a primeira vez que ele falou com ela por mais tempo. E mais: Emile sorria, cheio de afeto.

Pascale saiu do quarto aos tropeços. Usava um dos pijamas de Emile e, por cima dele, botas de borracha. Ela se inclinou para beijar o marido. Com os olhos semicerrados. Suspirando. Ele a amava tanto.

— Ainda quer se matar, Mariann? — perguntou Emile, e Pascale, chocada, levou a mão à boca para segurar o grito que queria sair da garganta.

Marianne ficou pálida.

— Como o senhor sabe?

Emile bateu em seu coração.

— Por que você veio até aqui para morrer? — perguntou ele com muita calma, como se quisesse saber dos planos de Marianne para o jantar.

— Eu queria ver o mar — respondeu ela.

— O mar... — repetiu Emile. Seu olhar revelou uma introspecção momentânea. — O mar traz agitação e um silêncio profundo. Não há nada que o conecte a nós, mas ansiamos por ele, ansiamos que entenda nossos pensamentos e atos. Ele quis você, o mar?

— Eu queria ter afundado nele — disse Marianne, baixinho. — Teria enterrado tudo. Primeiro, teria me arrastado para longe, e depois me esqueceria. Assim deveria ter sido. Eu buscava a morte.

— Mas então? — perguntou Pascale, temerosa.

— Então a vida se intrometeu.

Quando Marianne chegou à pousada, a tempo para o turno da noite no restaurante, encontrou uma rosa branca diante da sua porta. Cheirava delicadamente a framboesa.

Ao lado havia um cartão-postal que mostrava a capela de Penmarc'h, que trouxe a Marianne a forte lembrança do motivo pelo qual ela queria viver.

Yann.

27

À s vezes ela se perguntava se merecia ser tão feliz.

Desde a sua viagem juntos, Marianne e Yann se viam todos os dias. Ele chegava na hora do almoço ao Ar Mor, esperava o fim do turno dela, e os dois passavam a tarde juntos até chegar a hora de ela voltar às panelas e frigideiras. Nos dias em que Marianne visitava Pascale e Emile, ou ele a acompanhava e ficava sentado no terraço desenhando, ou esperava para vê-la à noite, depois que Jeanremy a liberava.

Mas, na maioria das vezes, Yann aparecia duas vezes, à tarde e à noite.

Com ele, Marianne aprendeu francês mais rápido do que com os outros, talvez por causa de sua voz, que soava afetuosa em seus dois tons.

Ela amava viajar no Renault de Yann pelo interior, visitando vilarejos de pescadores ou incontáveis castelos e capelas isoladas. E gostava também de admirá-lo. Os ombros fortes que pareciam mais com os de um carpinteiro do que com os de um pintor.

Eram como viciados que se atiravam um no outro de forma tão desenfreada e sorviam um a presença do outro como se soubessem que logo não teriam mais nada para beber.

Marianne se acostumou a ter o homem de olhos marinhos usando-a como modelo de seus desenhos. Yann nunca lhe mostrava os quadros, mas em seu olhar estava tudo o que ela queria enxergar naquele momento: *a forma como* ele a via.

E Yann enchia um bloco de esboços atrás do outro com o rosto e com as mãos de Marianne, não importava o que ela estivesse fazendo. Se cozinhava ou mexia no jardim, segurava um gato no colo, bem parada para não o incomodar, ou se cantava baixinho enquanto lavava os legumes.

Até então, os dois não tinham se beijado uma vez sequer. Marianne também não estava com pressa; sabia que isso seria o começo de uma nova era. Um beijo se transformaria em dois, e depois em uma enxurrada de beijos. Eles não iriam querer se contentar apenas com a boca do outro e abririam caminho aos corpos. E disso Marianne tinha medo.

Marianne tremia por dentro ao pensar que Yann ia despi-la. Que a veria nua. Seu corpo que envelhecia. A pele. As dobras e os vales, baías e estranhezas afrontosas que a velhice trazia ao corpo de uma mulher.

Ainda assim, ao mesmo tempo, crescia seu desejo de sentir as mãos de Yann não apenas em seu rosto, nos braços, na boca. Mas como seria horrível e pavoroso se ela o desagradasse! Não, essa história de beijo... demoraria.

Em uma segunda-feira, o dia tradicionalmente mais tranquilo no Ar Mor, Jeanremy lhe deu folga.

Yann e ela foram para o oeste, na direção da Floresta Encantada. Brocéliande.

Enquanto seguiam as estradas sinuosas para Paimpont, a quarenta quilômetros a oeste de Rennes, Yann rompeu o silêncio cálido que lhes era tão familiar. Ele fechou o mapa que estava sobre o joelho de Marianne.

— Você não vai encontrar uma floresta chamada Brocéliande em nenhum mapa. Ela fica reservada para nossos sonhos e esperanças. Neste mundo, é chamada de "Floresta da Cabeça de Ponte". Mas, no mundo da magia, é a floresta mágica de Merlin, o reino das fadas e a ponte para o mundo subterrâneo.

— O mundo subterrâneo? É o mesmo que o além? — perguntou Marianne.

Yann assentiu com a cabeça.

— Em Brocéliande está escondido o Santo Graal da lenda do rei Artur, e lá brota a fonte da eterna juventude. Quem beber dela vai viver para sempre. Dizem que, no Espelho das Fadas, um lago calmo, está o caminho para Avalon, onde o rei Artur espera que a Bretanha o chame de volta. Uma outra lenda diz que no fundo do lago dos nenúfares mora lady Vivian, a Dama do Lago, em uma fortaleza de cristal.

Marianne ouvia com atenção aquelas palavras.

A Dama do Lago.

Nunca tinha ouvido falar dela, mas, quando Yann a mencionou, foi como se tivesse esquecido apenas momentaneamente seu nome.

— Quem é ela? — perguntou Marianne baixinho.

— É quem tirou todos os poderes mágicos do mago Merlin, dando a ele, em troca, o seu amor eterno. Ela o levou até as profundezas para um banquete sem fim que dura até hoje.

Marianne viu em sua mente um castelo de vidro, cercado de água e de sombras oscilantes.

A névoa prateada sob as altas árvores cobertas de hera recebeu Marianne e Yann quando entraram na Floresta Encantada, sob as barbas dos carvalhos e os bosques de faias. Tudo estava imóvel. Um silêncio de expectativa.

Vinte minutos depois, chegaram à Fontaine de Barenton.

— Foi aqui que Merlin e lady Vivian se conheceram — sussurrou Yann, como se ele não quisesse incomodar as criaturas da floresta.

Marianne reparou nas bolhas que subiam gentilmente do fundo de cascalho na água da fonte clara como vidro.

— A fonte ri — sussurrou Yann. — Mas não é sempre que faz isso. Só quando vê duas pessoas que, como Merlin e lady Vivian...

Ele não terminou a frase.

Que se amam.

Marianne olhou para a água. Seu peito estava daquele mesmo jeito: bolhas delicadas que subiam como pérolas de uma fonte subterrânea e estouravam com suavidade. Inexplicável. Maravilhoso.

Quando estava com Yann, seu coração ria como aquela fonte.

De mãos dadas, os dois caminharam pela floresta silenciosa, que, para Marianne, parecia ter mil anos. Espessa, enfeitiçada, crepuscular. Urze, brejo e verde profundo. Caminhos que nenhum engenheiro florestal jamais tocou. O sussurro do vento nos carvalhos poderosos. O sol jogando sombras verde-claras no chão fofo.

Ela sentia como se, a cada passo, tempo e espaço se dissolvessem.

Por fim, eles chegaram a um círculo de pedras em pé, com espinheiros crescendo ao redor.

— O túmulo de Merlin — sussurrou Yann. — Sua amante o baniu para cá.

Amarras que ele deve ter recebido cheio de alegria, passou pela cabeça de Marianne, *um homem impressionante que trocou o poder pelo amor de uma mulher.*

O túmulo de Merlin era cercado por megálitos, em cujas inúmeras fendas estavam enfiados papéis encharcados pela chuva. Ela não ousou tocar em nenhum deles.

— São desejos — explicou Yann. — Este lugar é um *nemeton,* um lugar dos deuses. E às vezes os deuses acolhem nossos desejos quando nós os revelamos a eles.

Marianne observou o túmulo e tirou um pedaço de papel de seu bloco de notas amarelo, no qual escrevia as palavras que aprendia. Ela observou Yann com um olhar que ele nunca tinha visto antes. Perscrutador. Determinado. E, ao mesmo tempo, tão distante.

Ela anotou algumas palavras na folha, dobrou-a com cuidado e encaixou-a junto com os outros papéis em uma fenda.

Yann não perguntou o que Marianne desejava dos deuses, e ela não teria lhe contado de qualquer forma. Mas esperava que *ele* pudesse realizar seu desejo.

No lago de nenúfares, os dois descansaram em silêncio, cercados por sentimentos indescritíveis.

Marianne manteve o rosto exposto ao sol quente.

Suas feições pareciam relaxadas. Ela estava sentada como se plena de uma paz profunda, e Yann pensou que parecia uma fada sonhando.

"Quando uma fada se apaixona por um ser humano, teme que ele a esqueça ao deixar o reino mágico", sua mãe lhe explicara uma vez, quando contara para ele, ainda pequeno, a lendas das fadas.

"Fadas morrem quando o amado não se lembra mais dela. Por isso, toda fada tenta se unir para sempre a um homem. Mas só com a morte dele, causada por um beijo sombrio, a fada pode manter seu amado para a eternidade. Então, ele morre neste mundo e pode ficar no além ao lado dela."

É uma morte doce que, no fundo, todo herói celta espera, pensou Yann.

E não importa que homem fora antes, se um rei, um herói ou um simples pintor: nas mãos de uma fada, ele não é nada além de um homem. Um homem que desiste de tudo que antes dizia ser sua vida: Fama. Honra. Dinheiro. Poder. Reconhecimento.

Yann voltou a olhar para Marianne: seu rosto, como a luz refletia nos cabelos, as mãos sempre quentes. Sim, concluiu ele, a decisão mais inteligente para qualquer homem era desistir de seu desejo bobo de poder e, em vez disso, entregar-se à mão de uma mulher.

Deixar-se absorver por ela.

Marianne manteve firme o olhar. Mais do que nunca, Yann teve a sensação de estar diante de uma dama do lago; e estava pronto para receber seu beijo da eternidade.

Naquele instante, já um homem de idade, Yann compreendeu a lenda em torno de lady Vivian e Merlin melhor do que nunca: mulheres amavam. Esse amor era muito, mas muito maior, muito mais infinito do que jamais seriam o poder ou a masculinidade.

Yann imaginou como seria bonito ser amado por Marianne até depois de sua morte.

Quando ela se levantou para diminuir a curta distância entre eles com dois passos e pegou sua mão, sentiu como se Yann se oferecesse com tudo que ele era, com toda a humildade, como se ela fosse uma rainha.

As duas sombras à margem do lago se transformaram em uma.

28

Uma semana depois, quando Marianne treinava com Pascale seu vocabulário em francês e, ao mesmo tempo, preparava o jantar, Emile trouxe o acordeão. Um acordeão vermelho com noventa e seis teclas que ninguém tocava havia décadas; o fole estava com as fendas porosas. Emile disse que seu Parkinson não permitia mais que ele tocasse. Talvez ela pudesse...?

Quando Emile abriu o fole, o instrumento resfolegou; os teclados se recusaram a emitir um som contínuo.

Marianne ergueu o acordeão, encaixou as duas alças de couro nos ombros, abriu as travas que seguravam o fole, enfiou a mão esquerda embaixo da faixa de couro e pressionou o botão de saída de ar que lhe permitiu puxar o fole sem que ele emitisse som. O instrumento pareceu expirar.

Marianne apertou o fole. Inspirar. Uma inspiração funda de ar pesado, cheio de vida. Seu dedo anular procurou e encontrou o único botão áspero e levantado entre os outros noventa e seis na mão esquerda, o dó. Ela empurrou uma das cinco teclas do registro no teclado à direita.

Inspirar.

Com delicadeza, ela pressionou o dó. Agora, o fole tinha de ser puxado mais uma vez à esquerda e... ela não ousaria.

— Então — rosnou Emile. — Dizem que se reconhece o caráter verdadeiro de uma mulher pela música. Há quem leia as notas como uma imagem. Analítica e fria. Outras emprestam a cada tom um sentimento. E algumas são cruéis, porque seu único amor é a música. Só à música entregam a verdade e a paixão, a dominação e o controle. Ninguém mais se aproxima delas tanto quanto a música, quanto o instrumento que usam como dono de seu amor. Como você toca o acordeão, se é que toca de verdade?

— Não toco. Meu marido acha barulhento demais e obsceno.

Emile tossiu alto.

143

— Como? Seu marido? Você tem um marido?

Apenas o tique-taque fraco do relógio podia ser ouvido na cozinha.

— Você fugiu de seu marido, não foi? — perguntou Pascale, quebrando o silêncio.

— Na verdade, fugi mais de mim — respondeu Marianne com a voz embargada.

— Yann... sabe... sabe que você...

— Isso não nos interessa — interrompeu Emile.

— Você não o amava mais? — questionou Pascale, cuidadosa.

— Eu só estava cansada — respondeu Marianne e tirou o acordeão dos ombros.

— Ele sabe que você está aqui? — quis saber Emile.

Marianne fez que não com a cabeça.

— E assim deve continuar, creio eu — disse o bretão.

Ela assentiu com a cabeça. Marianne ficou envergonhada, sentindo-se uma traidora. Uma impostora.

Emile Goichon passou a mão áspera e firme no rosto.

— Muito bem. Vamos esquecer isso.

Então, ele chamou Marianne até a garagem.

A Vespa azul-claro estava diferente; limpa, encerada, abastecida. Emile tinha deixado a máquina pronta para funcionar.

— É uma cinquenta cilindradas, só precisa acelerar e frear. O acordeão é muito pesado para você sair arrastando pela floresta. Vou te emprestar essa coisa pelo tempo... — Ele fez uma pausa. — Pelo tempo que você quiser.

Na cozinha, Pascale agia como se realmente tivesse esquecido o que havia acabado de descobrir. E Marianne ficou pensando sobre como se explicaria.

Tudo que tinha reprimido voltou de uma vez só: Lothar, o remorso, a culpa de não confessar para o marido os motivos que a tinham afastado dele e de sua vida.

Depois que o último cliente deixou o Ar Mor, Marianne desapareceu em seu quarto sem a *kalva* habitual e sua hora diária de conversação em francês com Jeanremy. No escuro, ela olhou para o teto, observando os reflexos do luar. Jogou as pernas para fora da cama. Em sua barriga, tinha aquela sensação de que algo se movia rápido demais, como um elevador caindo.

Ela acariciou o acordeão. O fole suspirou. Um acorde pequeno, fora de tom. Ela espreitou. Não podia ser. Nenhum acordeão tocava sozinho. A luz da lua brilhava sobre o instrumento.

Duas e meia da manhã. Faltavam ainda três horas até o nascer do sol.

Marianne vestiu a calça jeans sobre a camisola e jogou por cima a jaqueta de couro verde-garrafa; em seguida, pegou o acordeão e se esgueirou até o cais.

O gato havia se enrodilhado sobre o assento da Vespa e se levantou de pronto quando Marianne se aproximou. Seus olhos cintilaram na noite sombria.

Ela pendurou o instrumento nos ombros. Ficava pesado nas costas. O gato a encarou.

Ele não pode me fazer perguntas. Mas Marianne achava que aquele gato seria capaz de fazer.

Então, seguiu na moto para dentro da noite. Nenhum carro passou por ela, nenhum ciclista, nem mesmo uma gaivota; Marianne ouvia apenas o roncar das rodas, sentia o gosto do sereno da noite e como o frio subia pelas pernas da calça e pelos tornozelos nus. O peso do acordeão puxava seu corpo, a cada elevação do chão o fole parecia se abrir e se fechar alguns milímetros. E lá estava ele de novo, o suspiro, o pequeno acorde.

Quando chegou às margens da Plage Tahiti e olhou para o Atlântico preto-azulado — sobre ela, nada além de estrelas, embaixo, nada além de areia —, Marianne tirou o acordeão dos ombros, virou-o, pendurou na frente do peito e abriu o fole. Expira. Inspira.

Ela sempre amou o lá menor. Subiu dois botões a partir do dó. Expira. Inspira.

Fazia uma vida que ela não tocava; quarenta... não, cem anos.

Marianne pressionou o dedo anular e o indicador e puxou o fole. O acorde melancólico saiu sublime, majestoso e alto das entranhas do instrumento para dentro da noite. Ele vibrou em sua barriga e no coração.

Era aquilo que Marianne amava tanto na música; podia senti-la na barriga, no colo, no peito. No coração. Os tons percorriam seu corpo, e ela voltou a fechar o fole, o acorde em lá menor transformando a noite em música.

Marianne soltou os botões e se deixou cair pesadamente na areia. O acordeão precisava do mar para despertar de sua estagnação.

Como eu.

Seus pensamentos se afastaram de Lothar com tanta facilidade, mas ali eles voltaram a rodeá-la, ainda mais ruidosos.

Ele foi mesmo um marido tão ruim? Não foi mesmo minha culpa? Eu realmente tentei mudar alguma coisa? Será que não o amei o suficiente? Será que poderíamos tentar mais uma vez? Será que ele não merece que eu lhe dê uma chance? E não dizem sempre que amar é aceitar alguém como esse alguém é — será que eu fiz isso?

Já fazia tanto tempo que estava longe de casa. E, ainda assim, não era tempo suficiente. Havia mergulhado em uma vida nova; mas os quarenta e um anos com Lothar eram avassaladores e imensos. Não aceitavam ser deixados de lado como uma camisola velha. Seguiam-na aonde quer que ela fosse, com quem quer que ela risse. Eram como aquele mar que devorava a terra firme e nunca a deixaria em paz.

— *Merde* — sussurrou ela, hesitante, então, com mais firmeza. — *Merde!* — Gritou para as ondas: — *Merde!* Merda! *Merde!* — E começou a apoiar cada palavra com um acorde.

Um Tango de la Merde, seus dedos não encontravam os botões de imediato, tudo estava bagunçado no acordeão, o fá embaixo do dó, o ré embaixo do lá, o sol sobre o dó... Marianne xingava, Marianne apertava, o acordeão soltava ruídos, súplicas, gritos, ódios, paixões, saudade; ela domou tudo isso, lhes deu espaço e força, deixou que se espalhassem na escuridão. Deixou o fole respirar o ar salobro e, quando ficou exausta demais para continuar tocando, pousou a cabeça sobre o instrumento.

Ela inspirou fundo. E expirou com força. Achou ter ouvido uma gargalhada feminina; seria Nimue, a senhora dos mares?

Marianne ergueu os olhos, e a lua pairava como uma foice; um berço, pálida e prateada, diminuindo diante do sol.

Hesitante, Marianne moveu os dedos. Tentando se lembrar. Da música mais bonita que havia tocado no acordeão; a canção sobre o filho da lua: ré menor, sol menor, fá maior, lá com sétima.

"Hijo de la luna".

Marianne treinou até seus dedos não conseguirem mais desafiar o frio e a umidade da manhã. Seu braço esquerdo doía de puxar e apertar o fole; as costas, com o peso do instrumento. A alvorada tirou o manto da noite, e, por trás dela, o sol nascente se desenhou no leste. Exausta, ela soltou o instrumento. Estava no limite. Não sabia o que era verdade e o que era apenas desejo. Devagar, ela tocou "Libertango" de Piazzolla.

Mas não teve nenhuma resposta. Em lugar nenhum. Perguntas. Apenas perguntas.

29

Quatro dias depois, no 14 de Julho, Marianne achou que o Ar Mor e a pousada pareciam virados de cabeça para baixo: desde as primeiras horas da manhã, eles carregaram mesas, cadeiras, metade dos utensílios da cozinha e um balcão móvel do restaurante para o cais. Em todos os lugares, lampiões coloridos pendiam em cordas, havia um palco coberto no cais, e das janelas pendiam as bandeiras francesa e bretã.

Pascale Goichon ainda estava lá para liberar todos os espíritos dos quartos e com isso limpar as energias ruins. Por fim, ela abençoaria os fogos da lareira no saguão e da sala de jantar e conjuraria um feitiço protetor.

— Estamos dando essa grande festa porque a pousada vai reabrir? — perguntou Marianne, maravilhada.

— Sim e não — respondeu Geneviève. — Na verdade, festejamos o feriado nacional. Mas tem jeito melhor de celebrar um renascimento do que com um *bal populaire?*

O *bal populaire!* Isso significava levar tudo para as ruas: a comida, a bebida, os cantos, a música. E a dança: naquela noite, tocariam valsas e tangos em Kerdruc, além de *gavottes* e músicas de *fest-noz.* As pessoas celebrariam ao ar livre. Em todos os vilarejos da França, o 14 de Julho era o dia do *bal populaire.*

Desde as cinco da manhã, Jeanremy e Marianne já cuidavam dos preparativos na cozinha.

Naquela noite, haveria panquecas de trigo-sarraceno e sidra, filé e costeletas de cordeiro, camarões e quiches, sopas de peixe e lagosta, queijo e sorvete de lavanda, carne de carneiro para os locais e ostras, ostras e mais ostras para os turistas.

Por trás da área da cozinha a céu aberto, Padrig ajudava Jeanremy com os pedidos. Laurine servia *lambig, calvados, pernod, pastis,* champanhe, vinho *rosé,* cerveja bretã, Muscadet e um monte de vinho tinto.

Madame Geneviève Ecollier estava apenas moderadamente satisfeita com Padrig: o filho do pedreiro observava com tanta inveja e desejo o estoque de bebidas alcoólicas que ficou claro que preferiria beber tudo por conta própria a deixar um pouquinho para os convidados.

Mas ela não conseguiu outros ajudantes temporários: todos a quem chamou já tinham sido contratados por Alain Poitier, em Rozbras! E que visão era Rozbras: um pula-pula para as crianças na forma de um navio pirata, uma escultura de gelo com a imagem da revolucionária Marianne (pouco vestida e com os seios à mostra) e uma pista de dança fechada com guirlandas nas cores azul, branca e vermelha. Geneviève soltou um impropério.

Marianne ficou encarregada de cuidar da arrumação, da louça lavada e do atendimento aos músicos. Quando levou baguetes recheadas e tigelas com *cotriade* para o palco a céu aberto, tentou não tropeçar nos instrumentos do quinteto. Ela apontou para a bombarda.

— *C'est une bombarde, madame* — disse a ela o menor dos cinco homens, que tinha as pernas tortas e um rosto amassado.

Ele ergueu a flauta e tocou uma melodia. Os outros deixaram as tigelas de sopa de lado, pegaram acordeão, violino e baixo, e começaram a acompanhá-lo. Marianne foi catapultada para o passado.

Estava de volta a Paris, na sala fortemente iluminada de um hospital, e ouviu a música do rádio. A música que fazia qualquer um querer dançar. Viu velhos dançando com moças, viu uma longa mesa, crianças rindo e macieiras, o sol que iluminava um mar no horizonte, viu persianas azuis em antigas casas de arenito com telhado de palha.

Quando abriu os olhos, a imagem se transformou em realidade.

Sentiu o sol quente, e uma onda de gratidão infinita atravessou seu corpo. Os homens envergavam os tradicionais trajes do *festouh-noz*: chapéu preto redondo com camisa de seda, uma faixa na barriga, e estavam tocando uma canção apenas para ela.

Instintivamente, Marianne começou a balançar o corpo, como nas noites em que foi à praia treinar com o acordeão. Ela fechou os olhos e ergueu os braços. Começou a girar no ritmo da música. E dançou, dançou consigo mesma e se deixou levar e elevar até aquele lugar onde nada estava à espreita. Onde não havia perguntas. Onde tudo era bom.

Só parou de dançar quando os músicos pararam de tocar.

A paz voltou para ela e encobriu todas as perguntas sombrias.

— *Comment vous vous appelez?* — perguntou o violinista.

Ela gritou seu nome.

— Mariann! — O músico, empolgado, virou-se para os colegas. — Nossa *Grande Dame*, nossa amada, a heroína da nossa república, de nossa revolução, de nossa liberdade; meus senhores, a liberdade dançou para nós!

— *Vive la Mariann!* — gritaram em coro e curvaram-se diante dela.

Marianne voltou para a cozinha com a sensação de que havia dançado alguns passos na direção de sua verdadeira vida.

O *bal* ainda não estava oficialmente aberto, mas os primeiros *habitués* do Ar Mor já chegavam: Marieclaude, sua filha Claudine, no fim da gravidez, Paul e as gêmeas, que observavam enquanto o bufê era montado por Jeanremy, com movimentos rápidos, e Padrig, com uma moleza irritante.

Paul se curvou e acariciou delicadamente a barriga de Claudine.

— Não acham que Claudine está com uma aparência exuberante, assim, hum... grávida?

— Não quero parecer exuberante. Quero parecer fina — resmungou a filha de Marieclaude.

— Mas por quê? Você está maravilhosa. Principalmente sua bunda balançante — gargalhou Marieclaude.

— Bunda! Minha bunda faz o pescoço dos homens virarem, enquanto eu olho para o outro lado e não consigo fazer nada para evitar.

Quando a noite chegou para abraçar o dia, Kerdruc inteira cantou a "Marselhesa". Depois do último acorde, os músicos emendaram um tango, e o cais pareceu se iluminar embaixo de um redemoinho colorido de vestidos flutuantes.

Paul estava sentado de braços cruzados no terraço do Ar Mor e observava como Rozenn se mantinha em um canto e observava os pares que giravam diante dela.

O "moleque", como Paul chamava o marido mais jovem de Rozenn, até aquele momento não havia dançado com ela, o que não a deixaria feliz. Rozenn amava dançar, principalmente o tango argentino. Investia na dança todas as emoções do corpo: a timidez, o desejo, o medo, o orgulho.

Paul sabia o que significava a uma mulher ser recusada uma dança; era ignorar uma parte de sua personalidade, um insulto que ela nunca superaria por completo. Pois a mulher tinha algo a oferecer: sua devoção. E nunca revelaria sua alma por completo a um homem que não dançasse com ela. Por Rozenn, Paul tinha feito aulas de dança em segredo com Yann, que sabia como um homem devia dançar para que uma mulher se apaixonasse por ele.

Agora, Paul viu o moleque — ele havia acabado de pegar duas taças de vinho tinto e também havia descoberto Paul. Então, o moleque foi até ele!

— Boa noite, Paul — disse ele, educadamente.

— Minha esposa está encantadora hoje, não acha? — interrompeu o homem mais velho.

— Ela não é mais sua esposa.

— Você já disse para ela como está bonita?

— Acho que isso não é da sua conta.

O moleque se virou para sair. Os músicos tinham terminado seu tango veloz e começaram uma melodia melancólica, um *gwerz*; casais que se amavam de um jeito tão doloroso que conseguiam expressá-lo apenas com o corpo continuaram a dançar. Os outros fugiram para seus copos ou perderam-se em pensamentos.

— Eu sabia que você não daria conta de amar minha esposa como ela merece — disse Paul às costas do moleque.

Então, se lembrou também do nome dele, que sempre conseguia esquecer com facilidade: Serge. Esse afrescalhado!

— Ela não é mais sua esposa! — disse Serge, furioso.

— Mas ela ainda se sente minha esposa. Quer apostar?

Serge virou de costas uma segunda vez.

— Quer apostar? — repetiu Paul, mais alto.

Serge se virou, sua arrogância explodindo.

— Nosso amor é maior que tudo o que você já teve com ela.

— Ora, então você não precisa ter medo do resultado de nossa aposta. Ou precisa? Tem medo de um velho?

Serge o encarou com os olhos levemente vidrados. Paul descruzou os braços e sorriu para o homem que dormia com seu grande amor, que acordava com ela, brigava com ela e via seus sorrisos.

— O que você quer? — rosnou Serge.

— Uma dança. Apenas uma.

— Ridículo — bufou Serge.

— Realmente. Não há nada a temer. — Paul se levantou, ofereceu a Serge seu lugar com um gesto exagerado e inclinou-se na direção dele mais uma vez. — Observe e aprenda.

Colette viu quando Paul gritou alguma coisa para os músicos. Observou Simon, como ele se aproximava com algo que parecia um de seus presentes estranhos e se afastou quando viu que ela e Sidonie estavam sentadas muito perto uma da outra. Mas Colette guardou tudo o que tinha avistado em um lugar dentro de si onde nada disso importava.

Ela e Sidonie estavam sentadas no terraço reformado e mais alto da pousada, mudas.

Colette pousou a mão com luva curta cor de salmão na capa do livro que estava diante dela à mesa. Em seguida, empurrou-o para o outro lado do silêncio.

— Pelo... aniversário da nossa amizade. Quatorze de julho — disse Colette. As palavras saíram artificiais e erradas.

Sidonie só pegou o livro depois que Colette tirou a mão.

— *L'écriture des pierres...* — leu Sidonie. — De Roger Caillois.

Colette viu como Paul se aproximou de Rozenn e se curvou. Como Rozenn se afastou. Como Paul disse algo às costas da mulher, e ela se virou como se tivesse tomado um tapa.

— Caillois era filósofo e sociólogo, do grupo dos surrealistas nos anos trinta, e fundou mais tarde o Collège de Sociologie com

Georges Bataille. — Colette se ouviu dar essa "aula" com a voz alta e nada natural.

— Ah — disse Sidonie. — Que legal.

— Ele via as pedras como o contrário da dinâmica, pois somente sua imobilidade torna visível a busca do homem... quer dizer... sem as pedras, nós não perceberíamos que nos movemos e... — Colette hesitou. O que ela estava falando?

— As pedras não são imóveis — disse Sidonie depois de um tempo.

As duas mantiveram os olhos fixos em Paul e Rozenn. Ele estava levando a ex-mulher para o meio do cais. Ele meio que a puxava, ela meio que o arrastava; no rosto de ambos havia um misto de verdade e dor. Sobre o palco, o violinista deu o sinal, e os primeiros acordes de um tango soaram, levados noite adentro pelo acordeão, antes de ele seguir os violinos.

— Elas se movem. Ninguém vê. Nos Estados Unidos, existe um vale — continuou Sidonie —, o Vale da Morte. As pedras perambulam sobre a areia. Ninguém as puxa. Dá para ver as marcas com centenas de metros. Pedras se movem, sim.

— Elas se movem quando não estamos olhando? — perguntou Colette. Estavam mesmo conversando sobre pedras?

— Sim — sussurrou Sidonie. — Ninguém vê quando elas se movem.

— Eu pensei... que nós teríamos um lugar fixo — disse Colette.

— Nós? — perguntou Sidonie.

— Nós, as pedras.

Pela primeira vez, Sidonie virou a cabeça para Colette.

— Dizem que os dolmens da Bretanha se movem na véspera de Natal, quando o relógio bate meia-noite. Pelas doze badaladas, elas percorrem a terra para beber do mar. Mas, para nós, pedras, não basta fazer o que queremos apenas uma vez. Nós nos mexemos porque buscamos algo que desejamos — disse Sidonie, e Colette não ousou piscar para não perder o espetáculo dos olhos dela.

Não.

Elas não estavam falando sobre pedras.

Elas falavam sobre si mesmas, sobre Colette e Sidonie.

— Mas o que as pedras desejam? — perguntou Colette olhando para o rosto da amiga, mas já imaginava a resposta. Imaginava que sempre soubera o que Sidonie estava tentando lhe dizer. Em Colette, algo se partiu ao meio; estourou como um rochedo, e ela sentiu o gosto de pó de pedra na língua.

Marianne tirou taças, copos e pratos das mesas; pescou copos de sidra vazios até de alguns vasos de flores. Ela olhou para Yann, que estava sentado em uma cadeira dobrável ao lado do palco e fazia seu lápis voar sobre o papel preso em um caderno de desenho. Seu olhar buscava Marianne o tempo todo na multidão, e, quando os olhos dos dois se encontravam a distância, o tempo parecia estacar, e ela sentia como se algo no peito se rompesse como uma lágrima que caísse na mão, e não no solo. Em seguida, um par dançando passou entre seus olhares. Marianne amava os momentos em que se afastava alguns passos para o lado e via Yann, como ele a buscava. *Ele me procura.*

Ela inspirou fundo e expirou. Perfume. Cheiro de grelhados, água salgada. Ar marinho. Uma noite repleta de celebrações e risos.

Ele quer me encontrar.

Marianne ergueu a bandeja no alto e viu cristais de tartarato nas taças.

Eu estou apaixonada.

Marianne imaginou como seria dormir com Yann Gamé.

Mas ela esqueceu essa ideia de imediato quando avistou Laurine: a moça carregava duas bandejas e não conseguia se defender contra as apalpadas urgentes de um convidado bêbado. Marianne avançou a passos largos até o camarada e lhe deu um tapa atrás da cabeça. O homem se virou, perplexo.

— Faça isso mais uma vez, rapazinho — disse ela com um rosnado de alemão —, e eu arranco suas duas patas.

O homem ficou pálido e desapareceu na multidão dançante.

Paul girou Rozenn em um movimento fluido. Era como sempre tinha sido. Seus corpos se entendiam de olhos fechados: nada precisava ser negociado entre eles.

Porém, no início, Rozenn ficou totalmente na defensiva.

— Uma última dança. A última de nossa vida. Eu te amo, Rozenn. Mas eu deixo você ir. Deixe que este seja meu *kenavo*, meu adeus.

Somente aí ela se entregou nos braços dele. Era a canção favorita de Rozenn, que Paul havia pedido aos músicos, discretamente, oferecendo-lhes uma pequena quantia para que a tocassem de imediato.

Rozenn era como uma gata, egoísta e cheia de devoção, mas também era lupina, crua em sua paixão genuína, elegante como uma rainha.

— Ele te trata bem? — perguntou Paul quando Rozenn voltou para a frente dele depois de um giro e dois passos cruzados.

— Ele me trata como uma dama.

— Ah, e eu tratava você como um elefante indiano?

A raiva explosiva de Rozenn fez com que ela dançasse ao redor de Paul de um jeito mais orgulhoso e escandaloso; ela o empurrava para longe, ele a puxava para si.

— Quando você pediu a separação, eu me senti como um nada — sibilou ele nos cabelos dela, quando a guiava de costas entre os outros pares dançantes, sem misericórdia.

— Então, o objetivo foi atingido — rosnou Rozenn e escapou da pegada do ex-marido, bateu as pernas esquerda e direita contra as coxas dele; ele fez um movimento lateral curto e curvou o corpo para que ela caísse em seus braços, a cabeça jogada para trás.

— Você acha que o divórcio é para sempre? — perguntou Paul e se deixou mergulhar no túnel escuro dos olhos da ex-mulher. — Que é como o casamento, até que a morte os separe?

Ela se levantou, e Paul a puxou tão perto que seus lábios ficaram separados apenas por um sopro. Ele conseguiu sentir o perfume de Rozenn, o sabonete que ela sempre deixava entre as roupas. E que a última coisa que bebera tinha sido sidra.

As unhas dela se enterraram na carne das costas de Paul.

— Seu merda imprestável — bufou ela.

Sua dança era uma batalha de amor, em que a paixão usa todas as armas: humilhação e insulto, desejo e dor, um eco de sensibilidade que ao mesmo tempo traz ressentimento.

Rozenn notou que o sexo erguido do ex-marido se apertava contra seu quadril. Ela se esfregou nele. Encarou-o, e Paul viu o triunfo, o desejo e o desespero profundo.

Os dois eram como ímãs, atraindo-se, mudando seus polos ao se chocar para voltar a se repelir, correr e de novo se juntar, sem vergonha, sem pudores, de um jeito obsessivo. Desejo. Tinham esse desejo um pelo outro.

Paul não precisava olhar para Serge para saber que o moleque não gostava do que via.

Serge via como Paul mexia com algo em Rozenn, algo que ele nunca seria capaz de alcançar. Os nós dos dedos ficaram brancos de tanto que ele apertava as mãos em punho. E, quando Paul dançou com Rozenn se afastando do cais, para longe da luz, noite adentro, Serge não pôde se levantar. Simplesmente não conseguiu.

Colette não tirava os olhos do rosto de Sidonie. Sentia-se como uma bola de fliperama se equilibrando sobre a ponta trêmula da última alavanca diante do buraco que terminava o jogo.

O que é isso?, questionou-se ela, e, assim, Colette questionou tudo, inclusive sua vida. Especialmente sua vida. Poderia ter sido muito diferente.

— Você ainda não sabe? — perguntou Sidonie, e um mar quebrava em seus olhos. Lágrimas.

— É tarde demais? — quis saber Colette.

Antes que Sidonie pudesse responder, o som de copos estourando no asfalto, seguido de gritos e uma voz furiosa de homem a assustou.

Serge virou a mesa diante da qual ele estava imóvel e não impediu que Paul arrastasse Rozenn para amá-la sob a proteção das sombras.

Jeanremy, Simon e o açougueiro Laurent do Intermarché seguraram o homem raivoso, enfiaram-no na despensa e o trancaram ao lado de pargos e baguetes pré-assadas.

Os músicos no palco gritaram a todos que dançavam para se juntarem à *gavotte*, a dança circular bretã, que funcionava apenas quando todos dançavam juntos, todos com todos. O avô com sua sobrinha de piercing, o prefeito com a viúva escandalosa da aldeia, o amante dela com a esposa do pastor, ligados apenas pelo dedo mindinho. Os homens pulavam, as mulheres giravam ao redor deles, um pouco no flerte, um pouco na timidez.

Pascale se viu ao lado de um engenheiro naval de Raguenez, que lhe perguntou se ela poderia lhe emprestar a bruxa boa, que ela claramente estava treinando, para cuidar de seu jardim. Pascale supôs que se tratava da vassoura que tinha em casa, e disse que era óbvio que sim, mas precisava primeiro perguntar ao seu marido. Padrig, atrás do balcão, tomava pequenas garrafas de *chouchenn* enquanto Jeanremy observava Laurine, como ela se curvava para falar com um dos parisienses que passavam todo o mês de julho em sua casa de veraneio cara em Port Manec'h. Um funcionário público de jeans bem passado.

O cozinheiro mal conseguia suportar aquela visão, como Laurine sorria, como ela assentia com a cabeça, e como o parisiense a comia com os olhos em sua jaqueta chique. Ele deu um empurrão em Padrig.

— Vai lá, pergunte ao parisiense feio o que ele quer beber.

— Eu só vejo um bonito — murmurou Padrig e se afastou, cambaleando.

Jeanremy pensou em todas as flores que havia comprado em segredo para Laurine.

Estavam todas na despensa, ao lado das cartas que escreveu para ela e dos elogios que nunca saíram de seus lábios.

Colette colocou a mão sobre a de Sidonie. Seus dedos envolveram os da velha amiga.

Com a visão das duas mulheres e da expressão em seu rosto, que dizia o que a boca nunca falaria, Simon não ousou chamar Colette para uma dança. Ele levou o presente que queria deixar aos pés dela, junto com seus sentimentos, até o *Gwen II*. Tinha certeza, com uma segurança desesperada, de que Colette nunca seria seu porto seguro. O coração de Simon partiu-se em dois como uma corrente de âncora.

Depois dos fogos de artifício à meia-noite, o *bal* rapidamente terminou. O cais permaneceu onde estava, como a amante exausta que não consegue decidir se tira o lençol de cima do corpo tão tocado. Marianne procurava os copos que foram deixados nos arbustos ou esquecidos sobre o cais; Yann ajudara a recolher as cadeiras e agora estava sentado com Jeanremy e uma garrafa de *calvados* na cozinha.

Ela encontrou o último copo sobre o palco vazio. Deixou a bandeja no chão. Em seguida, deu um passo à frente no meio do palco.

A canção que tocou para o mar ressoou dentro dela; a música do filho da lua. Ela começou a cantarolar a melodia e imaginou-se usando um vestido vermelho, tocando. E imaginou como, ao final, os rostos inflamados e sorridentes se voltavam para ela e a aplaudiam. Marianne abriu os olhos e ficou envergonhada; era um sonho tão inatingível.

Yann se afastou do batente da porta do Ar Mor, de onde a observava, pegou Marianne pela mão e a ajudou a descer do palco. Ele a puxou para si com a força que a encantava. Tão próximos. Seu corpo emanava um calor que penetrava a pele de Marianne. Então, Yann Gamé segurou o rosto dela entre as mãos com delicadeza. Sua boca se aproximou. Ela não queria desviar, e, se tentasse fazê-lo, ele não permitiria. E então Yann a beijou.

Marianne fechou os olhos, abriu, fechou-os de novo e se entregou ao beijo, correspondeu ao beijo, afogou-se no desejo de beijar Yann. Era como um vício ao qual ela se entregava. E, somente quando sentiram frio, eles pararam, se abraçaram e buscaram novamente o lábio um do outro.

Era tão bom que não havia comparação, e quando ela procurou algo no olhar de Yann, algo que pudesse provar o contrário, encontrou apenas desejo.

Ele levou a bandeja dela até a cozinha.

Quando Marianne olhou para o espelho atrás das prateleiras do balcão, vislumbrou entre duas piscadas a jovenzinha que fora um dia. Seus lábios estavam vermelhos dos beijos.

— Eu preciso pintar você — sussurrou Yann, que tinha se aproximado dela por trás. Com urgência, desculpando-se, como se aquele ímpeto o assustasse. — Eu preciso.

30

Yann e Marianne não falaram uma palavra enquanto subiam abraçados as escadas para o Quarto da Concha.

O dia de julho havia deixado ali no quarto sob o telhado seu calor. Yann acendeu as sete velas que Marianne havia colocado no parapeito da janela.

— Eu te vejo — sussurrou Yann.

— Está escuro demais. Você não consegue me ver — respondeu Marianne; sua cabeça estava vazia, ela queria, ah, sim, ela queria dormir com aquele homem. E, ainda assim, estava com medo.

O rosto de Lothar surgiu. Ela o afastou. Fechou-o em um quarto vazio e engoliu a chave. Aquela noite a separaria de tudo em sua antiga vida.

— Eu te vejo com o coração — disse Yann e tirou os óculos. Então, pegou o bloco de desenho e uma barra de carvão. — *Je t'en prie.* — Eu te imploro.

Marianne se sentou no chão, ao lado da janela, recostando-se à parede. O lápis de Yann arranhava o papel. Ele não a via e, ainda assim, a via. Ele desenhou seu rosto. Chegou mais perto. Ela fechou os olhos. Imaginou que Yann a beijaria, fundiria os lábios aos seus, e ela o devoraria.

Yann gastou vinte páginas; tudo nela era único. Profundo. Verdadeiro. Ele desenhou Marianne como a sentia.

Ela soprou as velas. Agora estava na ilha. Na sua Avalon.

Nada mais tinha importância. Nem tempo, nem espaço, nem lugar.

Marianne desabotoou a blusa.

Yann se inclinou para a frente e acendeu a pequena lamparina *art nouveau* na mesa de cabeceira.

Ela segurou a blusa junto ao corpo. Devagar, Yann pegou as mãos de Marianne nas suas. Afastou-as. Os dedos dele abriram os botões da blusa, quentes ao tocar sua pele. Ele inspirou. Fitou os olhos dela com firmeza. Ela estava com tanto medo.

— *Mon amour...* — sussurrou ele e chegou ainda mais perto, ajudando-a com dedos famintos a abrir os botões restantes, e, quando as mãos dos dois se tocaram, ergueu-se uma tempestade na ilha. Yann varreu seu medo para longe.

Marianne foi tomada por uma impaciência desmedida.

— Agora — gemeu ela —, *maintenant!*

Foi mais um arrancar de roupas que um despir-se, mais atracar-se que explorar, e Marianne observou e beijou e tocou; queria vivenciar e se deliciar com tudo ao mesmo tempo. Enxergar Yann, observar Yann, beijar Yann, puxar Yann para si, acariciar seus cabelos, seu rosto, apertar seu corpo, sentir seu cheiro.

Não havia dúvida de que ele a queria nua. De que ele a queria.

Quando Marianne se esticou diante de Yann na cama, a paz festiva retornou à sua ilha.

— Você é linda — disse ele, pousando a mão na marca de nascença espiralada. — Esta é a sua alma. Fogo. Amor. Força. Você é aquela que nasceu do fogo.

Yann traçou Marianne com os dedos e a boca. Deu forma ao corpo com o seu desejo, e, para ela, seu corpo parecia transformado com aquelas carícias. Um corpo mais feminino, mais bonito, mais erótico.

Marianne mordeu o travesseiro, cheia de prazer. Ela riu e gemeu, falou o nome de Yann para a noite, e ele ainda não havia entrado nela. Ele a tocou cheio de cuidados, não queria nada mais além de lhe dar prazer e conforto.

Ela se entregou, e foi como se saltasse de uma ponte pela segunda vez.

Deixou as mãos deslizarem sobre a pele dele, que era suave e macia, esticou-se sobre os músculos firmes e os nem tão firmes assim. Achou o corpo dele maravilhoso. E sentiu que Yann também temia se mostrar para ela. Isso a tranquilizou.

Marianne observou o sexo erguido de Yann. Combinava com ele. Bonito, liso e muito firme. Uma cabeça arredondada.

Ela o pegou e olhou para o rosto de Yann para ver se ele gostava da brincadeira. Para se acostumar.

Ele gostou. Muito. Tiveram de rir. Riram e se abraçaram, apertaram-se um contra o outro e não pararam de se beijar. Era uma alegria tão irrefreável para os dois, uma ternura. E desejo.

Quando, depois de um tempo imenso, ele se aproximou dela e a penetrou, infinitamente devagar, Yann a encarou e sussurrou seu nome, com aquela voz, o acorde duplo. Mariann. Mariann? Mariann!

E então Yann estava tão fundo que ela sentiu as coxas dele encostando nas suas. Ela ofegou.

— Finalmente!

O grito o deixou encantado.

Finalmente. Finalmente. Finalmente.

Ela sentiu tudo de uma vez só, a exultação e o pavor atordoado de ter renunciado àquilo por tanto tempo.

— *Je t'aime* — sussurrou Yann e começou a se mover dentro dela.

Marianne estava repleta de volúpia e felicidade, não reconhecia seu corpo, que sentia, que se movia, que avançava, prendia e se apertava contra Yann. Ela queria mais, mais, tudo, agora, naquele instante! Nunca mais queria renunciar àquela alegria. Ela amava os gemidos, a dedicação, o movimento. Era como se ele quisesse fazer com que ela entendesse, a cada penetração lenta e deliciosa, como havia esperado por aquilo e como não queria parar.

Os dois se olharam nos olhos, e Yann sorriu enquanto a amava.

Quando Marianne teve um orgasmo sem aviso, que parecia brotar de todos os cantos — sobre a vagina, dentro dela, em sua boca, embaixo do umbigo —, sentiu como se alguém a puxasse pela perna e a sugasse para o fundo de um poço. Ficou deitada, bem parada, e deixou que as ondas se chocassem contra ela. E gemeu. Era tesão e tristeza, alívio e angústia. Era o paraíso. Yann olhou para ela fixamente e não parou. Ele não parava.

Quando as ondas diminuíram, Marianne começou a rir, primeiro baixinho, depois com cada vez mais liberdade.

Yann a encarou, ficou mais suave em seus movimentos e sorriu:

— *Quoi?*

Mas Marianne não sabia como dizer em francês que tinha acabado de entender que as mulheres ficam estranhas quando não têm orgasmos regulares, que isso tinha ficado claro para ela naquele momento.

Ela riu, acariciou o rosto bonito de Yann e disse com uma voz que não reconhecia:

— *Encore.*

Eu exijo tudo, Yann. Conheça meu corpo. Conheça minha alma. Comece agora.

Marianne se levantou e abriu a janela. O ar frio, suave e recém-lavado da noite cobriu sua pele afogueada como um véu suave de neve com peso de penas. Ela respirou fundo.

Quando Yann gozou... *Mon Dieu.* Marianne não sabia que os homens conseguiam gozar daquela forma. Aquilo era... inacreditável. Era um vício ver Yann entregue à paixão, sentir como ele jorrava e queria ir ainda mais fundo, se dissolver, se perder dentro dela, e, no momento em que ele chegou lá, buscou a paz e a encontrou. Como olhou para ela e gemeu seu nome.

— Posso pintar você de novo agora? — perguntou ele da cama.

— Antes e depois? — perguntou Marianne em alemão. — O senhor também gostaria de uma mudança de visual? — Ela imitou o tom dos canais de compras.

Já aconteceu, pensou Marianne. *Já aconteceu.*

Ela entregou para ele o azulejo que a levara até ali; a imagem do porto de Kerdruc e um pequeno barco vermelho. O *Mariann*.

— Foi por isso que eu vim parar aqui. Pode-se até dizer que seu azulejo me trouxe até você.

Yann puxou Marianne para si e abraçou seu corpo; quente, sua virilha apertou-se contra o traseiro dela.

— Aqui, nós levamos a sério esse tipo de coincidência. Muito a sério — enfatizou ele. — São sinais que a vida nos dá.

— Era exatamente o tipo de coincidência que me faltava.

31

Um homem ignorado pelo amor precisava fazer algo estúpido até que conseguisse novamente pensar de forma clara. Por isso, Simon lixava seu velho barco inteiro. Por horas. Colette não o desejava.

Era um dia abafado de julho, daqueles que faziam todos desejarem que terminassem em tempestade; daqueles que traziam consigo novos conhecimentos, frieza e sonhos e os despejavam nos corações.

Paul se sentou em uma cadeira dobrável. Em sua expressão, o prazer da própria infalibilidade era como a pegada de um bode na terra.

— Há muitos caminhos intricados para o amor. Provavelmente mais caminhos do que tem a Bretanha.

Simon lixava.

— Quer dizer, veja o cozinheiro. Ele acha que ninguém sabe que está apaixonado por Laurine, enquanto toda a gente sabe, menos ela. Já Laurine, talvez nem ela saiba se está apaixonada por ele.

— Você agora é um conhecedor de mulheres? — rosnou Simon.

— Diferencio as mulheres em três categorias...

— Você sempre diz isso.

— As que amam ser amadas. As que amam fazer os outros se apaixonarem por elas. E as terceiras...

— Você voltou mesmo com Rozenn?

— Em parte.

— Já posso imaginar com que parte.

Simon se esticou com uma expressão dolorida.

— Eu sou o amante dela.

— O quê? Ela continua com Serge?

— Ela gosta dele.

— E com você ela dorme.

— Disso, ela gosta ainda mais.

— Me diga uma coisa, Paul: você não aprendeu nada na vida? Homens que viram amantes não são levados a sério pelas mulheres. É o que parece. Toda mulher quer um homem que diga: "Quero você inteira ou de jeito nenhum."

— Ah, agora você sabe tudo? Porque com você e Colette, bem...
— Paul não terminou a frase. Uma motocicleta passou pelo quintal. Jeanremy.

— Nem me venha dar uma de sabichão e contar suas sabedorias sobre o amor, Paul.

Os três homens se cumprimentaram.

Jeanremy pôs no bolso o mel que Simon tinha reservado para ele e de que precisaria para os molhos de mel que os parisienses tanto amavam.

— Uma sidra? — perguntou Simon antes que Jeanremy pudesse montar de novo na motocicleta. O chef recusou. — Você seria o amante da mulher que ama? — perguntou Simon, sorrateiro.

Jeanremy olhou de Paul para Simon.

— Vocês são malucos. Só se pode ser amante quando não se ama a mulher. Caso contrário, dá ruim.

— Isso, meu jovem amigo, é conversa fiada. Quando chegar à minha idade, você vai perceber que um homem pode fazer qualquer coisa, se quiser.

— Ah, tá. *Kenavo* — respondeu Jeanremy e ligou a Triumph.

Paul e Simon chegaram a tempo de assistir ao noticiário da tarde no Ar Mor. Na ausência de hóspedes turísticos de segunda-feira, Madame Geneviève Ecollier permitia que levassem uma televisão para o terraço. Jeanremy ainda não havia retornado. Geneviève imaginou que ainda estava passeando pelos mercados.

— Fiquem quietos! — bronqueou Simon.

— Já é hora de você comprar uma televisão, meu amigo — disse Paul. — Essas coisas já existem há sessenta anos, pode confiar.

— Olha só, aquela não é Mariann? — Sidonie apontou para a tela.

Simon pegou o controle remoto e aumentou o volume. Madame Ecollier parou de polir as taças, e Laurine aproximou-se com a vassoura. Marieclaude, Colette, Sidonie, Paul, Simon, Laurine e Madame Ecollier agora ouviam o que o repórter dizia: "Estamos à procura da alemã Marianne Messmann. Ela tem sessenta anos, está mentalmente confusa e precisa de auxílio médico. Seu marido, Lothar Messmann, a viu pela última vez em um hospital de Paris, de onde ela fugiu depois de uma tentativa frustrada de suicídio."

Então, apareceu Lothar Messmann, que disse algo em alemão. Depois disso, o repórter continuou: "Se a encontrar, avise a qualquer delegacia de polícia ou ligue para o telefone…"

Madame Geneviève Ecollier arrancou o controle remoto da mão de Simon e, decidida, apertou o botão de desligar.

— Não precisamos desse número — decidiu ela.

— Ela tem um marido? — perguntou Sidonie.

— E um bem atraente! — murmurou Marieclaude.

— Ora, ela nunca me pareceu maluca — disse Simon. — Só um pouquinho. Mas não é louca-louca. Muito mais... normal.

— Não há possibilidade de entregarmos Mariann à polícia — disse Paul, incisivo. — Ela deve ter seus motivos.

— Também para ter mudado de nome? Ela se apresentou como Marianne Lance! — comentou Marieclaude.

— Nome de solteira — disse Colette, calmamente. — Ela assumiu o nome e fugiu do marido.

Por um momento, houve silêncio. Então, todo mundo começou a falar de uma vez:

— Você se lembra de como ela chegou aqui?

— Não tinha nada, somente a bolsa.

— E sem roupas.

— Sem dinheiro. Ah, ele batia nela?

— E ela estava triste — disse Laurine.

— O que faremos agora? — perguntou Sidonie.

— A melhor coisa a fazer é ligar para a emissora e...

— Vocês esqueceram que são bretões? — Geneviève Ecollier interrompeu Marieclaude.

Imediatamente, Paul e Simon cuspiram no chão.

— *Alors, c'est tout!* Não precisamos continuar falando sobre a polícia ou números de telefone.

Todos concordaram com um aceno de cabeça.

Marianne tinha estacado à porta do banheiro, atordoada, quando ouviu a voz de Lothar saindo de seu quarto.

"Eu te amo, Marianne. Por favor, dê sinal de vida. Não importa o que você tenha feito, vamos encontrar uma solução. E caso não queira me ouvir, meu anjo, então deixe que te ajudem. Por favor, queridos franceses, me ajudem a encontrar minha amada esposa. Ela está confusa, mas é minha, do mesmo jeito que sou dela."

Depois, o locutor traduziu o apelo.

Mentalmente confusa. Auxílio médico.

Ai, Deus. O cartão! O cartão que ela enviara a Grete! Será que havia se denunciado com ele?

E o que Lothar tinha dito ali. Parecia tão genuíno. Mas, nesse meio-tempo, ela aprendera a distinguir os tons verdadeiros dos falsos. A língua bretã a ensinou. Marianne não entendia as palavras, mas sempre compreendia os sentimentos por trás delas.

E, no caso de Lothar, não havia nada por trás de suas palavras. *Eu te amo*. Ele nunca tinha dito aquilo para ela. E, mesmo quando o fez, naquele momento na televisão, parecia uma cópia mal-ajambrada de um sentimento, como uma bolsa Dior falsificada.

Quando ela voltou às pressas para o quarto, os cabelos ainda úmidos do banho, viu Yann sentado na cama com uma expressão vazia.

— Você tem um marido.

Marianne não respondeu. Precisava ser rápida. Muito rápida. A mala de couro marrom quebradiço que tinha encontrado no armário do mezanino fechava sem problemas. Ela enfiou suas roupas, o azulejo e o restante de seus pertences.

— Ele te ama?

— Não sei. — Ela vestiu num instante as calças e o suéter e escondeu os cabelos molhados sob uma boina basca.

— Aonde você vai? Voltar para ele?

Marianne não respondeu. Não havia dentro dela respostas a essas perguntas; sabia apenas que tinha que sair dali. Afastar-se de Yann, a quem não tinha dito quem era e de onde vinha. Que era apenas uma velha de Celle com uma vida sem graça, ninguém que merecesse um homem decente como ele.

Para Yann, ela fingira ser livre, mas não era.

— Mariann? Por favor. *Mon amour...*

Ela pousou o dedo indicador sobre os lábios belos e curvados de Yann.

A forma como ele a olhava sem óculos à luz clara da tarde... Meu Deus, os dois tinham acabado de se amar com um desejo faminto. Trocaram olhares tímidos, pois à luz dura do dia ficou claro que os dois não eram mais jovens, que envelheciam. No entanto, seus sentimentos eram jovens, e, dentro deles, os antigos desejos aguardavam.

Mas, agora, Marianne foi inundada por uma onda de vergonha.

Eu sou uma adúltera.

E tinha gostado daquilo. Se pudesse, faria tudo de novo. Mas não podia. Estava cheia de emoções, mas não era capaz de expressá-las.

Vestiu a jaqueta e calçou os sapatos de lona. Em seguida, pegou a mala.

— Mariann! — Yann se levantou, nu como estava. Ele a olhou cheio de tristeza. — *Kenavo*, Mariann — disse, baixinho, e a puxou para seus braços.

Ela abraçou aquele homem, que estava obcecado por ela de uma forma como Lothar nunca estivera; Lothar, que nunca dera a Marianne, nem com um simples gesto, a sensação de que ela seria insubstituível. Aquilo a encantava e a aterrorizava ao mesmo tempo. Com aquele pavor, ela desceu as escadarias e saiu da pousada.

Quando Marianne se viu sob o sol da tarde, afundou em uma abundância saturada de luz, ar, cores intensas, em toda parte, nas árvores, na água. Lançou um olhar para a porta da cozinha aberta.

Jeanremy. Precisava dizer a Jeanremy que...

Ela ouviu vozes murmurantes vindas do terraço, os ruídos de uma televisão. Escutou seu nome o tempo todo no burburinho e soube que todos a tinham visto. Todos agora sabiam que ela era uma traidora, uma fugitiva, uma suicida louca.

Marianne não se atreveu a aparecer diante deles. O gatinho correu entre suas pernas. Ela desviou dele e não o olhou. O gato começou a berrar. Ele não miava, não chiava; o gato berrava, um grito rouco, como se estivesse tentando formar em suas cordas vocais algo diferente dos sons que os gatos faziam.

Marianne não evitou as lágrimas que turvaram seus olhos enquanto subia a ruazinha que a afastava do porto, que a afastava de Yann, que a afastava do gato, que a afastava de tudo e que a levaria para fora de Kerdruc.

Marianne saiu às pressas e não olhou para trás. Quanto mais se afastava, mais tinha a sensação de estar presa em um saco costurado, sendo afogada; a respiração ficava cada vez mais difícil. Era como se estivesse à beira da morte.

32

No caminho de volta a Kerdruc, Jeanremy, sem ter planejado, virou na direção de Rospico e continuou até Kerascoet, o vilarejo de tecelões que tinha quinhentos anos de idade, com suas cabanas restauradas construídas com pedras e telhado de palha.

Nas cercanias do vilarejo morava Madame Gilbert. Ele deixou que a motocicleta avançasse por seu quintal cheio de pinheiros; quando tirou o capacete, conseguiu ouvir os estrondos do mar. Pensou nas cartas a Laurine que repousavam na despensa.

Encontrou Madame Gilbert no terraço escondido, no alto, acima do caminho da praia. Ela estava sozinha.

— Tire os óculos de sol. — Estas foram as primeiras palavras que ele disse depois que puxou Madame Gilbert da cadeira e a empurrou diante de si até o quarto. Ela tirou os óculos, deixou-os no criado-mudo ao lado da foto do marido e colocou a mão com a palma para cima sobre os olhos para esconder as ruguinhas.

Ela bloqueou o calor do sol claro fechando as folhas azuis da janela. Quando os olhos de Jeanremy se acostumaram à penumbra e ele esfregou seu corpo no de Madame Gilbert, pensou em Laurine. Mas logo a esqueceu e não pensou em mais nada; só sentia, e às vezes Madame Gilbert gritava de dor e surpresa por seu frenesi imprudente. Só quando sentiu a tensão do gozo entre as coxas da mulher, ele a seguiu.

Jeanremy não amava Madame Gilbert, por isso era seu amante. Fazia tempo que não a visitava, desde que soubera que estava verdadeiramente apaixonado por Laurine. A partir daí, não tinha dormido com nenhuma mulher para se guardar para a amada, o que era uma tolice. E, ao mesmo tempo, não era.

Madame Gilbert não perguntou onde ele estivera durante aqueles dois anos. Ela sabia, tinha experiência e noção de que os prazeres de um homem vinte anos mais jovem nunca duravam para sempre.

Ela acariciou os cabelos úmidos na nuca de Jeanremy com a ponta das unhas cuidadosamente pintadas. Para Jeanremy, nos braços da mulher, era como se ele se despedisse. De uma ideia, de uma outra vida. Estivera numa fronteira. Agora, havia retornado à sua terra, na qual casos surgiam, mas nada durava. Tudo podia ser levado pelo vento. Do outro lado estava o território do amor. Onde as coisas criavam raízes profundas que sobreviviam à tempestade e ao medo. O território de Laurine.

Dormir com Madame Gilbert significava não abrir mais espaço em sua vida para o amor.

Ela acendeu um cigarro e puxou as pernas para junto do corpo.

— Ainda teremos uma tempestade hoje — disse Madame Gilbert.

— A senhora vai me receber de novo em breve? — perguntou Jeanremy.

— Você sabe dos horários, *mon cher*. Não ligue antes. Caso contrário, terei tempo para imaginar o que poderia acontecer se você estivesse aqui.

— O quê, madame? O que a senhora vai começar a imaginar?

Madame Gilbert inclinou a cabeça para baixo até seus lábios tocarem a orelha dele; o batom estava borrado com os beijos do rapaz. E então sussurrou o que imaginava, e, enquanto falava, ele fechou os olhos. Ela continuou, e Jeanremy novamente deslizou sobre seu corpo e a penetrou, e enquanto a ouvia descrever sua excitação, ele gozou uma segunda vez. Depois disso, Jeanremy juntou suas roupas; as últimas coisas — seu capacete e seu lenço de pescoço — foram encontradas no terraço, ao lado da espreguiçadeira. No copo da mulher, o gelo já havia derretido e tingia o suco de laranja com um tom leitoso.

Quando se inclinou para beijar Madame Gilbert, ela disse:

— Hoje é o nosso aniversário de casamento. Meu marido achou uma boa ideia celebrar nossos vinte e três anos no Ar Mor. Reserve, por favor, uma mesa para nós, sim, *chéri*? — Ela o fitou com olhos que não revelavam nada; eram duas bolinhas de vidro claro, frios como o mar.

No caminho de volta para Kerdruc, Jeanremy ergueu o visor de seu capacete. Quando seus olhos começaram a lacrimejar, teve certeza de que era culpa do vento. Apenas o vento, que apagava coisas e as carregava consigo, até mesmo as lágrimas.

Quando ele chegou ao Ar Mor e passou por Laurine, que cuidava de arrumar as mesas da noite, não a olhou nos olhos.

Ela o chamou, baixinho.

— Jeanremy? Marianne foi embora! Ela estava na TV. Jeanremy, ela tem um marido que está procurando por ela, e agora deve estar voltando para ele. Jeanremy... o que aconteceu? Você está chorando?

Laurine foi até ele com um olhar preocupado. Jeanremy recuou; ainda carregava o cheiro de sexo, uma mistura de perfume e o cheiro de Madame Gilbert em sua boca. Ele pôs o balcão entre os dois, lavou as mãos e o rosto na pia e começou a fingir que estava lendo o livro de reservas.

— Os Gilbert vêm para o jantar — disse ele. — Fizeram reserva. Estão comemorando bodas. Temos que colocar flores na mesa.

Laurine olhou para ele.

— Ele acabou de ligar — sussurrou ela.

— Sim, eu encontrei o Monsieur Gilbert no caminho — Jeanremy apressou-se em dizer. — Mas, de qualquer forma, ele quis ligar.

— Jeanremy, Monsieur Gilbert ligou do aeroporto de Paris. — A voz dela era tão frágil como vidro fino. Depois de um longo silêncio, Jeanremy soube que ficara claro para Laurine que ele havia passado a tarde na casa de Madame Gilbert. — Eu queria que você estivesse chorando de verdade — disse a garçonete.

Não, por favor, implorou Jeanremy em silêncio. *Por favor, não deixe que isso aconteça.* Somente quando Laurine saiu ele se deu conta de que, enquanto estava no meio das coxas de Madame Gilbert, tinha perdido duas mulheres ao mesmo tempo. Laurine. E Marianne.

Jeanremy entrou na despensa, fechou bem a porta, xingou até chorar, as lágrimas furiosas respingando sobre as cartas que tinha escrito para Laurine, mas nunca enviara.

33

Ela cambaleou por quatro quilômetros de estrada até se dar conta de que não havia fugido na direção do mar. Estava parada em um cruzamento, que à direita seguia para Pont-Aven, e, à esquerda, para Concarneau. Marianne deixou a mala no chão, sentou-se e apoiou as mãos sobre o couro. Mal conseguia respirar de dor. Manteve o polegar para cima sem convicção. O sinal internacional dos fugitivos, solitários, aqueles que já não conseguem mais suportar ficar no mesmo lugar.

Ninguém parou. Muitos buzinaram. Tremendo, Marianne ergueu de novo o polegar no ar.

Um Kangoo amarelo finalmente parou ao lado dela. Uma mulher loira com cachos na altura do queixo abriu a porta do carona. Marianne procurou no rosto dela algum indício de que havia parado apenas porque a reconhecera.

A mulher apresentou-se como Adela Brelivet, de Concarneau.

— *Je m'appelle...* — começou Marianne e estacou.

Marianne Messmann era procurada. Ou seja, essa não era ela. Além disso, o sorriso da mulher a deixava confusa; mostrava os dentes, mas seus olhos permaneciam frios.

— *Je m'appelle Maïwenn.*

— Ora! Maïwenn? Que nome interessante. Uma mistura de Marie e branco. Branca Maria? — tagarelou Adela. — Adela também tem um significado, sabia? Significa amor. — A mulher riu, estridente.

Ela falou durante vinte minutos inteiros, enquanto a paisagem passava voando por Marianne, os lugarejos, as rotatórias, as placas vermelhas e brancas dos locais. Lágrimas corriam sem parar por seu rosto.

Yann. Yann! Doía tanto, como se alguém tivesse amputado seu peito sem anestesia.

Adela tagarelava enquanto Marianne chorava em silêncio.

Finalmente. Concarneau.

Quando pararam no sinal na praça do mercado em frente a Les Halles, Adela se inclinou por cima de Marianne, abriu a porta e lhe desejou uma boa viagem. Seu sorriso parecia de escárnio. Marianne saiu, puxou a mala, e o Kangoo amarelo saiu em disparada.

Ela deu uma nova volta para olhar ao redor.

Aonde? Aonde eu devo ir?!

Marianne observou uma revoada de corvos que sobrevoava o Atlântico em direção à terra firme. Pascale dizia que eram sinais. Marianne seguiu a revoada.

Andou somente até o mercado, a mala ficando cada vez mais pesada. Quando chegou ao fim da praça do mercado, seguindo o voo dos pássaros, foi primeiro ao aquário, então à amurada do porto, e olhou diretamente para o Atlântico. Cinza-azulado, brilhoso, distante. As nuvens que pairavam sobre a terra não se aventuravam além da beira do mar. Era como uma parede invisível que cindia o céu em dois, um azul sublime, profundo, e o céu da terra firme, com manchas de algodão branco.

Dois mundos.

Na cabeça de Marianne, o sussurrar suave das ondas e as batidas fugidias e instáveis de seu coração se sobrepunham. Depois de cinquenta metros, ela deparou com a velha igreja, compacta, forte; a água salgada já havia roído o arenito grosso.

Antes do portal sem adornos havia uma placa: *Padre disponível.* Um serviço de plantão teológico. E, ao lado da igreja, uma cabine de telefone. Ela entrou na cabine, procurou algumas moedinhas, enfiou-as no telefone e discou o número de uma casa em uma rua sem saída em Celle. A linha assobiou, como se o vento passasse rugindo, e, em seguida, o tom mudou e vieram os toques. Uma vez. Duas vezes. Após o terceiro, Lothar atendeu.

— Messmann falando!

Marianne levou a mão à boca. Sua voz estava tão próxima!

— Alô? Messmann falando!

O visor digital de créditos piscou; a cada dez segundos, dez centavos a menos.

O que ela deveria dizer?

— Ora, faça o favor de responder!

A cabeça de Marianne estava vazia.

— Marianne? Anninha, é você?

Não havia uma palavra que quisesse dizer ao marido.

— Marianne! Não vá estragar tudo agora! Diga onde você está! Eu estou vendo no visor... você está na França? Você ainda está na...

Ela desligou o telefone rapidamente e saiu da cabine. Limpou o tempo todo a mão no casaco, como se precisasse limpar traços de sujeira invisíveis.

Marianne entrou na igreja, e o frio dentro do edifício de arenito secou seu suor. Bancos simples de madeira, uma cruz de prata acima do altar, um modelo de barco em um canto.

Cautelosamente, ela se aproximou do confessionário ao lado da sacristia; era como um armário carcomido com três portas.

— Olá? — sussurrou.

— Olá — sussurrou uma voz profunda como resposta, vinda de dentro do confessionário.

Ela abriu a porta à esquerda, viu um banquinho, um genuflexório com almofada de veludo roxo, entrou e fechou a porta, respirando fundo.

Do outro lado da tela fina de ferro apareceu um rosto branco e pálido que flutuava sobre um colarinho preto. Narinas escuras enormes.

Um murmúrio tranquilizador.

Ela se inclinou para trás.

Ali, sentia-se a salvo. A salvo das perguntas. A salvo das respostas.

Por que havia fugido de Yann?

Aonde deveria ir?

Por que ainda não tinha morrido?

— Eu queria me matar — começou ela bem baixinho.

Do outro lado da grade houve silêncio.

— Que droga! Eu fiz tudo errado! Mas eu queria...

Sim, o que eu queria?

Eu só quero viver. Só viver, sem medo. Sem pesar. Quero amigos. Quero amor, quero fazer alguma coisa, quero trabalhar, quero rir, quero cantar, quero...

— Eu quero viver. Eu quero viver! — repetiu Marianne em voz alta.

Do outro lado da grade, os pontos brancos dos olhos do padre ficaram ainda mais radiantes.

— Veja bem... eu tenho um marido que não suporto. Tinha uma vida que não suportava. Mas não quero mais seu fim — sussurrou Marianne. — Isso seria... simples demais.

Sessenta. Ainda não era tarde demais; *nunca é tarde demais*, pensou ela, *nunca, nem mesmo uma hora antes do nada é tarde demais.*

— Quero finalmente ficar bêbada! — disse Marianne, ainda mais alto agora. — Quero usar calcinha vermelha! Quero uma família. Quero tocar acordeão. Quero um quarto só meu e uma cama só minha! Estou tão cansada de ouvir: isso não se faz, o que as pessoas vão pensar, não se pode ter tudo, sonhos são ilusões. Louca? Meu marido acha que sou louca, ele disso isso na televisão! Eu fiquei tão envergonhada e o odiei por ter sentido vergonha. E eu quero dormir com Yann! O senhor sabe há quanto tempo eu não tinha um orgasmo, até ter um ontem à noite e outro hoje ao meio-dia? Não? Nem eu! Fazia tanto tempo! Quero um homem que tenha interesse em como eu me sinto! Quero ter tesão, quero ficar com Yann e comer lagosta com as mãos! — Ela se levantou e bateu a cabeça. — E não quero ir embora de Kerdruc. É isso.

Ah, não. Não vou sair voluntariamente de Kerdruc. Vão ter que me prender, me amarrar e me arrastar.

Ela se deixou cair novamente no banquinho. Em seguida, falou na direção do sacerdote.

— Obrigada. O senhor me ajudou muito.

— Por nada, senhora — disse o homem calmamente.

Em alemão.

Marianne teve um sobressalto e correu para fora do confessionário, e o padre saiu com ela.

Mas ele não era um sacerdote, e sim um homem de suéter preto de gola alta, óculos de lentes grossas, cabelo fino loiro e uma caderneta na mão.

— Vivo metade do ano em Cabellou. Sou escritor e venho de Hamburgo. Sinto muito por não ter..., mas eu fiquei surpreso quando a senhora se sentou lá dentro. E então a senhora embalou no falatório e... minha nossa, ninguém seria capaz de inventar aquilo tudo!

Marianne o encarou.

— Claro que não — disse ela. — É a verdade.

— Eu me pergunto se minha esposa às vezes também pensa que eu me interesso pouco por como ela se sente. A senhora acha que nós, homens, enxergamos as mulheres muito pouco como mulheres?

— O senhor tem um carro? — perguntou ela.

O escritor assentiu com a cabeça.

— Poderia me levar a Kerdruc?

34

Quando ela voltou de Concarneau, seu quarto estava do jeito que havia deixado: a cama bagunçada, o armário aberto, as rosas no vaso. A única coisa que faltava era Yann. A marca de sua cabeça ainda estava no travesseiro.

A vista de sua janela do quebra-mar de Kerdruc — as velhas *chaumières* e os barcos coloridos, a água ondulante até o mar — estava igual à primeira vez que a vira: tão perturbadoramente bela que ficava difícil suportar o restante do mundo.

Marianne desfez a mala volumosa, foi até Jeanremy na cozinha, amarrou seu avental e começou a mexer a massa para crepes e *galettes*. Como se nada tivesse acontecido.

Jeanremy primeiro a olhou boquiaberto, depois abriu um sorriso infinitamente radiante.

Quando Geneviève entrou na cozinha, olhou para Marianne, perscrutadora.

— *Bienvenue... encore* — disse Geneviève Ecollier. — Você veio de muito longe para chegar até nós, aqui no fim do mundo — disse ela.

— E é exatamente aqui que eu quero ficar — respondeu Marianne.

— Excelente. Champanhe?

Marianne fez que sim com a cabeça. Enquanto brindavam, ela disse:

— Uma pessoa pode desperdiçar metade da vida olhando apenas para o homem que praticamente só lhe causou a dor.

— Isso é típico das mulheres — disse Madame Ecollier depois de um tempo. — Consideramos isso valentia.

— Considerar a vida do outro mais importante que a própria?

— É. Isso é um reflexo. Como a menina de doze anos que é colocada pela família numa posição em que atrapalhe o mínimo: ela põe a mesa do pai na hora certa, tira-a e espera pacientemente para ser amada, mas só se for muito bem-comportada.

— Acho isso uma estupidez.

— Mas só recentemente, não é mesmo? Antes, você também era estúpida e nem percebia. Tudo era mais sagrado que você, e seus desejos eram os mais profanos.

Marianne pensou em Lothar e assentiu com a cabeça.

— Você mudou — disse Madame Geneviève, interrompendo os pensamentos de Marianne.

— As pessoas não mudam nunca! — retrucou ela, com veemência. — Nós nos esquecemos de nós mesmos. E, quando nos redescobrimos, pensamos que mudamos. Mas isso não é verdade. Não se podem mudar os sonhos, apenas matá-los. E alguns de nós somos assassinos muito bem-sucedidos.

— Você reacendeu seus sonhos, Madame Lance?

— Eu ainda estou procurando os restos do meu sonho — sussurrou Marianne.

E a parte de mim que ousa agarrá-lo. Ah, Yann, me perdoe. Me perdoe.

— Aliás, onde está Laurine? — perguntou ela, tentando se recompor.

— Ela tem uma entrevista de emprego. Em Rozbras.

— O quê? Mas por quê?

Geneviève apertou os lábios e saiu da cozinha. Marianne encontrou Jeanremy lá fora, na porta dos fundos. Ele fumava um cigarro de marijuana. Ela se pôs na frente do rapaz.

— O. Quê. Você. Fez? — A cada palavra ela ficava mais furiosa.

Jeanremy soprou uma rodela de fumaça no ar.

— Dormi com outra mulher — disse ele casualmente. — É melhor assim. Eu não fui feito para uma mulher só. Especialmente para uma como Laurine.

Marianne deu um tapa tão violento no jovem cozinheiro que o cigarro voou de sua mão.

O rosto de Jeanremy se contorceu com a raiva reprimida. Então, ele o pegou do chão e escondeu seu descontentamento por trás de uma expressão impenetrável.

— Yann Gamé também não parecia muito feliz ao sair daqui.

Marianne desabou ao lado de Jeanremy nos degraus de pedra.

— Sabe o que os homens fazem quando sofrem, Mariann? Eles bebem. Dormem com outras mulheres se têm a sorte de conseguir fazer com que as partes se levantem apesar da dor de cotovelo. E então esperam que as coisas melhorem.

Jeanremy entregou o cigarro a Marianne. Ela deu apenas um trago curto. E depois um mais longo.

— *Merde* — disse ela, desanimada.

— *Ya* — concordou Jeanremy.

35

O rosto vermelho de Laurine refletia sua exaustão, sua raiva de Jeanremy, seu coração ferido. Depois de entregar a Alain Poitier a carta de referência excelente que Geneviève lhe dera com o rosto impassível, a garçonete abaixou o olhar.

Quando Jeanremy traíra a si mesmo, ela sentiu como se tivesse sofrido um acidente que amputara sua alma. E não parava de sangrar.

Alain a observava.

— Mas, mademoiselle... a senhorita trabalhou durante anos no Ar Mor, certo?

— Disso o senhor já sabe, Monsieur Poitier — disse Laurine. — E eu sei que o senhor é dono do restaurante em Rozbras. E é o rival de Madame Ecollier. O senhor dificulta a vida dela. Mas eu queria ir embora de lá, e por isso estou aqui.

Alain ficou surpreso com a honestidade direta de Laurine.

— Ela... ela diz isso? Que eu dificulto sua vida?

— Ela não fala nada do senhor, monsieur. Nada de ruim e nada de bom. Nada.

Alain não esperava que as palavras de Laurine o atingissem tão em cheio.

Genoveva... fazia tanto tempo. E, no entanto, nada enfraquecia suas lembranças.

Ele se apaixonara por Geneviève Ecollier à primeira vista. Ela estava com vinte e cinco anos, Alain, com vinte e oito, e era um dia de verão abafado quando ela o acertara com uma intensidade que apagara tudo o que ele desejara até aquele momento.

Fora o dia em que Geneviève Ecollier estava comemorando seu noivado. Com o irmão de Alain, Robert.

Alain tinha vindo de Rennes para conhecer a mulher de quem Robert havia falado por telefone e em cartas inocentes e entusiasmadas.

Ele botara fé apenas na metade da metade daquela história e esperava encontrar uma camponesa desinteressante que tinha virado a cabeça de Robert com sua espingarda.

Mas Geneviève não era nada disso. Tinha uma sensualidade provocante, vívida, com lábios cor de cereja e olhos escuros que poderiam atravessar um homem até ele ouvir seu coração se partir ao meio.

Alain passara a noite do noivado em silêncio. Ficara com raiva. De Robert, que não havia mentido para ele quando falara de sua noiva. E de Geneviève. Porque era como era, e não fazia nada para Alain se apaixonar por ela, mas também não fazia nada contra essa paixão. Ele a observava, via como tratava Robert com uma atenção cheia de afeto. Como tratava seus pais. Como tratava os pais deles. Ela conseguira fazer com que sua mãe rígida, que desconfiava de todas as mulheres que se aproximavam dos filhos, a considerasse uma filha, que por sua vez precisava ser protegida da maldade dos homens. E seu pai, que agia como se fosse pessoalmente responsável por seu filho do meio ter conseguido uma mulher daquelas. Demonstrava uma devoção quase canina a Geneviève.

Mais tarde, Alain juntara raiva e coragem o bastante para pedir uma dança com Geneviève.

Antes disso, ele tinha ficado apenas confuso, mas, a partir do momento em que o corpo de Geneviève sob seu vestido vermelho se movera contra o seu, ele ficara irremediavelmente perdido. Não falaram, apenas se olharam, e sua respiração se tornara cada vez mais pesada durante a dança. Ele sentira a pele quente sob o tecido de seda na ponta dos dedos, sentira o calor que fluía dos olhares e do colo de Geneviève. Não havia nada a dizer que o idioma dos olhares e das mãos não revelaria como mentira.

Quanto mais tempo dançavam em silêncio, mais difícil era encontrar palavras. Mas ele sabia que os dois sentiam algo que, em perfeito juízo, não poderia acontecer: Eu. Quero. Você.

Sim. Simplesmente. Me. Leve.

E aquilo fora a gota d'água para ele. Aquela sintonia de desejo.

Alain sempre fora o herói da família; ganhava todas as batalhas, suas intenções sempre foram claras. Ele nunca precisara enganar ou mentir para ter sucesso.

Com Geneviève, ele perdera seu status de herói, perdera tudo e entrara numa batalha na qual teria de sacrificar sua alma.

E tudo isso ficara claro para Alain não em palavras, mas nas sensações de sua consciência, enquanto girava com Geneviève, acompanhando a música no salão. No salão onde até hoje pendia uma pintura que certa vez corria pela parede, na antiga pousada.

Mais tarde, Geneviève comprara o hotel, como se o que acontecera naquela noite não pudesse ser deixado para estranhos.

Quando se é jovem e não se sabe nada do amor e do mundo, é natural pensar de forma estúpida e agir de forma estúpida. Não que Geneviève, sua Genoveva, já tivesse alguma vez sido estúpida. Não, Alain fora estúpido. Ele amara a noiva de seu irmão com sinceridade e pureza.

E ela? Geneviève tivera o juízo de não permitir que aquilo acontecesse de pronto. Ela era como o julho bretão. Com dias que não querem ceder à noite, mantendo os feixes claros contra a escuridão até a meia-noite.

Em sua inquietação da juventude, Alain não aceitara aquilo. Ele a perseguira com seu desejo, a inundara com seu amor, a seduzira com seus pedidos. A paixão ameaçava afogar os dois quando Geneviève cedera após quatro semanas.

Alain e Geneviève passaram três verões juntos. Três outonos, dois invernos, duas primaveras. Amavam-se de forma desesperada, séria, profunda. Evitavam tomar decisões por medo que acabasse. Nenhum deles puxou para si a responsabilidade de contar a Robert a verdade. Ele ingressara na Marinha, ficara fora por meses, meses maravilhosos.

Então, foram descobertos. Em um dia com um vento sudoeste imperioso, cortante.

Robert chegara em casa três dias antes do previsto; o barco no qual havia se tornado oficial precisara se adiantar. Ele encontrara a noiva e o irmão mais velho atracados no chão da cozinha de Geneviève, em Trégunc. Os dois não o notaram. Robert os observara por tempo suficiente para perceber que não era a primeira vez que faziam aquilo. E também que sentiam o que ele nunca conhecera, nunca vivenciara nem nunca vivenciaria com Geneviève.

Ele passara por cima das pernas entrelaçadas e abrira a geladeira para pegar uma sidra. Fora então que Alain estragara tudo.

Ele quisera deixar Geneviève para Robert, implorara, lembrara que o casamento aconteceria em dez dias. E que "aquilo" que ele tinha visto no chão da cozinha, "aquilo iria acabar".

Geneviève silenciara e olhara para Alain enquanto ele prometia ao irmão mais novo que poderia ficar com ela apenas para si.

Ela se levantara, nua como estava, e dera um tapa na cara de Alain. E depois outro.

Para Robert, sussurrara:

— Não vai haver casamento.

Então, ela pegara suas roupas e os sapatos e correra para fora, nua, indo contra o vento sudoeste.

Apenas então Alain percebera que traíra o amor de Geneviève com sua intenção estúpida de querer desfazer tudo que estava feito. Quando tivera a chance, Alain se curvara à culpa e ao medo. Ela não; Geneviève permanecera fiel ao seu amor.

Alain se mudou para Rozbras doze anos depois daquele último beijo no chão da cozinha. Havia vinte e três que morava do outro lado do rio Aven. Trinta e cinco anos se passaram, e Geneviève não havia perdoado sua traição.

Alain olhou para Laurine; agora, ela devia ter a idade que Geneviève tinha quando se amaram de forma tão incondicional e pensavam que tinham reinventado o amor.

Torcia para que Laurine não encontrasse um homem tão estúpido como ele havia sido.

— A senhorita está amando? — perguntou Alain a Laurine.

— No momento, não — admitiu ela, relutante. — Ou sim. Mas não quero. Não mais.

— Eu preciso de uma boa garçonete — disse Alain.

— Posso começar agora?

36

Primeiro foi apenas o cheiro. Poeira e eletricidade.

Em seguida, rajadas de vento correram pelos cantos das casas e através de frestas das portas. Ergueram as toalhas de mesa no terraço do Ar Mor, copos foram ao chão e se espatifaram. Era pouco depois das onze da noite.

Os velhos bretões fecharam bem as janelas e levaram o gado para o celeiro, os homens rodeavam as casas para procurar coisas soltas que pudessem ser sopradas para longe. Inclinavam-se contra o vento, como se se apoiassem nele. As crianças e os gatos ficaram com medo, mesmo sem ter a lembrança do que havia acontecido dez anos antes, na manhã do dia 26 de dezembro de 1999, quando um furacão passara pela Bretanha e varrera o lugar como um perdedor varre as peças do jogo para fora do tabuleiro. O pior furacão desde o início dos registros meteorológicos. Seu nome era Lothar.

As nuvens pendiam baixas e pretas, e as primeiras gotas de chuva vieram firmes e pesadas como sangue.

Jeanremy, Madame Geneviève Ecollier, Madame Gilbert e seu marido, bem como Padrig e Marianne estavam no Ar Mor.

Jeanremy não ousava olhar para Madame Gilbert.

— Os senhores não deviam dirigir hoje — disse Madame Geneviève a Madame e Monsieur Gilbert. Ela levantou a voz para vencer o som da chuva contra as janelas.

— A senhora teria uma suíte? — perguntou Monsieur Gilbert.

Ele era etnopsicólogo e tinha orgulho de levar nações ao divã. Via como expressão de depressão cultural o fato de migrantes incendiarem carros em Paris. Madame Gilbert soltou a fumaça entre os lábios pintados de vermelho. Madame Geneviève sorriu.

— Cama *king-size*, banheira para dois e espelho no teto.

— Perfeito para nosso dia de hoje, não é, *ma tigresse* — perguntou Monsieur Gilbert à esposa, e ela assentiu com a cabeça, sorriu e abraçou o marido, encarando os olhos de Jeanremy a distância por cima do ombro do marido.

Madame Geneviève entregou para eles uma chave.

Um trovão veio violento, seguido por um estalo crepitante e raios brilhantes que iluminaram o quebra-mar. A luz elétrica piscou e, em seguida, se apagou. Apenas as velas nas mesas emitiam luz. Na escuridão íntima, Jeanremy viu como a mão de Gilbert tateou pelo traseiro da mulher.

Então, a porta se abriu com um estrondo. Laurine. Ela estava totalmente encharcada; sob a blusa, os mamilos se destacavam. Padrig a encarou, Monsieur Gilbert a encarou, e Jeanremy queria matar os dois.

— Padrig! — gritou o cozinheiro com raiva. — Me ajude na cozinha. Preciso ligar o gerador.

A chuva se atirava com tanta força contra a janela que Madame Geneviève precisou altear a voz novamente para ser ouvida.

— Mais um *calvados* para aquecer. — Ela serviu seis copos.

O firmamento se empilhava em montanhas de nuvens vermelhas e pretas. Um relâmpago cortou a escuridão do céu como uma costura.

Jeanremy e Padrig ligaram o gerador, e a luz piscou; o clima que inundava a sala com um encanto sombrio e sensual desapareceu com a crueldade estridente da luz fluorescente.

— O que é aquilo? — perguntou Padrig, apontando para a caixa escondida com flores e o maço de cartas na despensa.

Sem dizer uma palavra, Jeanremy estendeu para ele os envelopes. Em cada um, o nome de Laurine e uma data. Dezenas de cartas de amor.

— E você, idiota, nunca as entregou para ela?

— Agora eu não posso mais. Eu a magoei. Tudo isto... não vai significar mais nada para Laurine.

Padrig sacudiu a cabeça, exasperado.

Laurine vestiu o casaco e buscou os pertences que restavam no armário do banheiro de funcionários.

— Me leve para casa, Padrig — disse ela com firmeza.

Não se dignou a olhar para Jeanremy. Madame Gilbert observava o cozinheiro, e Monsieur Gilbert olhou para sua mulher e sorriu como se soubesse de tudo e também concordasse. Bebeu o *kalva* de um gole só.

A tempestade ainda retumbava, a chuva caía quase em pé e cortava o ar; Padrig e Laurine desapareceram em sua cortina de névoa, e, sob ela, Madame Gilbert e o marido se abaixaram com Geneviève e subiram os degraus até a pousada.

Jeanremy e Marianne permaneceram com uma garrafa de *calvados* e as cartas de amor não enviadas na cozinha.

— Aquela era a outra mulher? — perguntou Marianne depois de um momento.

Jeanremy assentiu com a cabeça e apoiou o rosto entre as mãos. Em seguida, encheu os dois copos até a borda.

Quando, mais tarde, subiu a escadaria até o Quarto da Concha, Marianne decidiu que na manhã seguinte começaria a pedir desculpas a todos. Por ter chegado, por ter ido embora e também por não ter sido honesta com eles. Somente quando estava deitada na cama, mantendo uma perna no chão para que o quarto não girasse ao seu redor, ela percebeu que queria dar um nome ao gato.

Ele era seu. Aquela alma nômade provavelmente havia arrumado um lar.

— Boa noite, Max — sussurrou Marianne na escuridão.

O gato ronronou.

37

Será que os corações mais duros só revelam sua verdadeira essência quando se quebram?

Sidonie sentia algo que não via há bastante tempo se formando dentro de si. Lágrimas. Pegou uma delas enquanto deslizava pela bochecha e olhou para os dedos ásperos, rachados.

Não ouviu quando alguém bateu ao portão do ateliê que dava para o jardim.

— Oi? Tem alguém em casa?

Quando Marianne entrou, Sidonie deixou as duas partes do coração de pedra rachado sobre o resultado dos exames e o testamento inacabado, e passou o dorso das mãos rapidamente sobre os olhos.

O sorriso de Marianne desapareceu. Em seu lugar, a preocupação surgiu.

— O que houve? — perguntou ela, reparando nos olhos marejados de Sidonie.

— Nada — disse Sidonie. — Só... sujeira. E o sol.

E a morte e o amor.

Marianne atravessou o ateliê a passos largos, colocou na mesa a cesta de alimentos dos Goichon e o saquinho de bombons que pareciam pequenos *peulven e taol-vaen* — seixos — que tinha trazido para a escultora, e abraçou Sidonie, que ficou surpresa demais para se esquivar.

Para um observador desavisado, talvez parecesse que Marianne estava obrigando a escultora a dançar: ela a abraçou, e Sidonie deixou os braços penderem ao lado do corpo, pousando a cabeça no ombro de Marianne, e as duas, passo a passo, se balançaram de um lado para o outro.

Assim, Sidonie chorou, primeiro em silêncio, então desbragadamente, até precisar se segurar em Marianne para não desmoronar de tanto chorar.

Tentativas de se explicar se misturaram aos soluços. Ela sentiu como se o abraço de Marianne, as mãos às suas costas, sugassem algo de dentro de si.

Uma torrente poderosa de medo, dor, angústia e raiva se voltava contra a injustiça da morte.

Os sentimentos de Sidonie inundaram Marianne como uma enchente primaveril. E sentiu, enquanto seus dedos deslizavam como sensores por alguns milímetros do corpo atarracado da escultora, as áreas inflamadas latejantes. Seus dedos viam o que os olhos não conseguiriam reconhecer.

— *Cancer* — era a palavra que Sidonie repetia, apontando para o próprio corpo: peito, cabeça, rins, colo.

O câncer estava por toda parte. Havia ficado adormecido por décadas dentro dela, e, em poucos meses, explodiu.

As palmas das mãos de Marianne queimavam. Ela sentiu o gosto de cobre sob a língua e puxou Sidonie de novo para si.

De repente, a escultora parou de chorar, como se a quantidade de lágrimas disponível tivesse terminado exatamente naquele momento.

Então, Marianne a embalou, cantarolando uma melodia até Sidonie parar de tremer.

Em seguida, levou-a até uma poltrona no canto do ateliê e seguiu para a cozinha para preparar um chá.

Quando viu no canto a garrafa de conhaque, desligou o gás sob a chaleira e serviu o velho *brand* em duas xícaras. Até a borda. Ela entregou uma a Sidonie.

— Tome de uma vez — exigiu Marianne.

Aos poucos, ela descobriu quanto tempo havia que Sidonie já sabia (muito), quem sabia (ninguém, exceto ela) e que a escultora não planejava contar a ninguém.

Nem a seus filhos, Camille e Jérôme, pois não tinham que se sentir obrigados a serem arrancados de seu ambiente normal por alguns meses e se sobrecarregar com a morte da mãe.

Nem Colette.

Para ela, de jeito nenhum!

— Por que para Colette de jeito nenhum? Eu achava que vocês eram... amigas?

— Isso. Somos amigas. Apenas amigas... — O jeito como Sidonie falou a palavra *"seulement"* fez Marianne ficar alerta.

— *Seulement la grenouille s'est trompée de conte.* Só o sapo está enganado no conto de fadas — disse Marianne em voz baixa, um dos muitos ditados que Pascale havia lhe ensinado.

Sidonie a encarou.

— Eu sou o sapo — disse ela. — Eu não me transformo em príncipe. Nem mesmo no cãozinho de estimação de uma princesa. Eu amo Colette. Ela ama os homens. É isso.

— É isso? Isso é... muito terrível!

Sidonie deu de ombros.

— Você tem que contar a ela, Sidonie.

— O quê?

— Tudo!

— Não vou contar nada.

— Você quer simplesmente se deitar... e... morrer?

Sidonie fechou os olhos. Uma coisa era ela saber que logo morreria. Outra coisa era outra pessoa falar aquilo. Muito pior. Transformava-se em verdade.

— Exatamente. Eu vou morrer. Simples assim.

Marianne respirou fundo.

— *D'accord* — disse ela, levantando-se para servir mais conhaque.

Sidonie colocou um disco, e a voz de Maurice Chevalier encheu o ateliê. Quando voltou à mesa, a dor conhecida a atravessou; só que desta vez foi mais funda. A devastação havia começado. Ela se segurou em uma cadeira, que tombou, bateu contra a mesa e derrubou o coração de pedra da mesa.

Sidonie esperou a dor diminuir, respirando fundo e com regularidade. Marianne se abaixou para pegar as metades do coração de pedra. Havia algo oculto em seu interior: uma coloração avermelhada, com a incidência fugidia de um brilho azul.

Marianne levou Sidonie para a cama.

— O que você quer comigo? — perguntou a escultora.

— Quero me desculpar — respondeu Marianne.

— Mas... por quê?

— Por ter mentido para todos vocês. Por eu ser casada e... não ser a pessoa que fingi ser.

— Sim, mas... você ainda é você mesma?

— Sou — disse Marianne. — Sou, sim.

Mas havia me esquecido de mim.

Depois que Marianne deixou Sidonie, ela se dirigiu, impulsionada por uma inquietação interior, para Pont-Aven. Queria escapar para os braços de Yann.

No entanto, de todos, Yann era quem ela havia ferido mais; seria razoável supor que deixaria tudo para trás? Não, ele se afastaria dela, como qualquer homem com bom senso e honra.

Marianne seguiu com a Vespa até a galeria de Colette e esperou com paciência fingida até a galerista terminar de atender um grupo de turistas de Hamburgo. Quando eles se foram, Marianne virou a placa na porta para *fermé*, fechado.

Primeiro, ela balbuciou suas desculpas, mas Colette as dispensou com a ponta de sua piteira; para ela, a preocupação de Marianne era tão boba quanto a fumaça que desaparecia através das frestas da janela.

— Nós gostamos de você — disse a galerista. — Isso nunca lhe ocorreu?

Marianne sorriu. Então, disse as palavras mais difíceis que já havia precisado falar na vida e informou a Colette da morte iminente de sua amiga Sidonie. Colette se afundou em sua cadeira atrás da escrivaninha filigranada. Somente quando os ombros começaram a tremer, Marianne percebeu que a outra chorava. Chorava por todos os anos que não tinha vivido com Sidonie e pelo pouco tempo que lhe restava para recuperar o irrecuperável.

O efeito do conhaque havia diminuído em Marianne; em um instante, a vergonha sóbria se ergueu dentro dela por ter ousado se meter na vida alheia.

— *Merci* — disse Colette entre lágrimas. — *Merci*. Ela nunca tinha me contado. Sidonie é assim. Não quer dificultar a vida de ninguém, apenas a própria.

Naquele dia, a placa da porta não foi mais virada para *ouvert*.

Nem nas semanas e nos meses seguintes.

38

Uma marca patente das grandes almas é que elas não usam os erros dos outros contra eles. Pascale foi até Marianne de braços abertos assim que a amiga desceu da Vespa.

— *Oje!* — gritou ela. — Aquele homem na televisão! Espero que ele fique lá dentro e não saia. — E abraçou Marianne. — Emile me disse que o achou asqueroso — confidenciou Pascale no ouvido de Marianne.

O marido assentiu brevemente com a cabeça quando Marianne entrou na biblioteca. Em seguida, entregou-lhe a lista de compras.

Quando ela começou a formular suas desculpas planejadas, Emile levantou a mão em advertência.

— Você não é burra, Mariann Lance. Pare de fingir que é. Você não o traiu. Ele te traiu. Ele devia ter deixado você partir e deixá-la em paz em vez de te expor na frente de uma nação inteira. Isso entra na sua cabeça teimosa?

Nunca tinha visto as coisas dessa maneira.

— Um homem que ama atravessa o Congo descalço à procura de sua mulher. Mas ele se pôs na frente de uma câmera como um pavão velho e começou a se lamuriar.

Ele ia dizer também que era melhor o camarada arranjar um par de colhões, mas deixou para lá. Não era adequado falar sobre genitália na frente das senhoras. Em vez disso, entregou para ela a lista e as chaves.

Num primeiro momento, Marianne não notou nada de diferente no Intermarché. Somente quando Laurent perguntou, num sussurro confidencial, se deveria fornecer "especialidades" para ela no futuro, Marianne passou a ficar mais atenta.

— Corações de animais, talvez? — O homenzinho gorducho de bigode preto inclinou-se para ela, cheio de confiança. — Coração de cervo, de boi, até mesmo de cachorro, se precisar... ou alguns ossos de galinha?

Ela sentiu a decepção do homem quando pediu apenas filés para os cães e carne em cubinhos, pois os Goichon queriam fazer um guisado alemão.

Enquanto cheirava melões na seção de frutas e esfregava aspargos gregos uns nos outros para reconhecer em seu barulho quais estavam frescos, uma vendedora foi até ela.

— A senhora precisa deles para melhorar... a potência sexual? — perguntou ela.

Em seu rosto, um misto de espanto, vergonha e esperança.

Suas compras se tornaram um martírio que Marianne não compreendia. Madame Camus, atrás do balcão de queijos; Mademoiselle Bruno, no caixa; e até a faxineira marroquina, Amélie. "Será que vou encontrar o amor no fim de semana? Ele é o homem certo? Será que tenho que fazer tudo o que meu marido pede na cama?"

Marianne decidiu soltar algumas das frases que tinha aprendido com Pascale: "Um punhado de amor é melhor do que um forno cheio de pão. Se a pessoa apertar o nariz dele, dali sai leite. Você não deve beber o mar inteiro." Suas respostas sempre encontravam um aceno de cabeça e um sorriso de gratidão. Ela contou tudo isso a Pascale mais tarde às gargalhadas enquanto marinava a carne em cubos na páprica.

Pascale não riu.

— Eu imaginei que isso fosse acontecer em breve. Mas não tão breve. Quando as pessoas te viram na televisão, algo deve ter feito *peng* na cabeça deles.

— *Peng*? Que *peng*?

— Laurent ofereceu corações para você? É tão típico. Quem sabe, talvez ele peça como pagamento que você abençoe seu novo carro. Ou que dê a seus filhos uma magia para a escola. Ou faça uma beberagem para ele com a qual possa seduzir a esposa a aprontar heresias picantes contra a castidade.

— Eu não entendo.

— Eu também não, mas parece que as pessoas aqui esperam que você seja uma bruxa boa. — Marianne notou um tom mais familiar em Pascale. — Vão começar a encará-la nos mercados ou querer tocá-la.

— O quê? Mas... eu não fiz nada!

— Ah, mas fez, sim. Você vem do exterior. Você vive sozinha. Você apareceu na televisão. A televisão é a magia contra a qual nenhum de nós tem poder. Para eles, você é uma mulher que devotou a vida para a deusa do mar e do amor.

— Ai. Eu. E por que... acham isso? Por que eu não sou apenas uma... bruxa da jardinagem?

— Porque somos amigas. Acham que eu te ensino a ser assim. E sou especialista no amor. Mas nós duas sabemos que seus poderes estão em outro lugar, não é?

— Não.

— Mariann. Nas suas mãos, Mariann. Você não sabia que tem o dom da cura? Então por que acha que carrega na pele essa marca de nascença?

Marianne olhou para os dedos, que estavam prestes a amassar a massa para o *spätzle*, uma espécie de nhoque alemão, com cebolas cozidas e queijo ralado.

— Eu não me conheço muito bem — disse ela com timidez.

— Às vezes, os outros nos reconhecem antes que a gente se enxergue. — Pascale pousou com delicadeza os dedos sobre o rosto de Marianne. — Yann reconheceu você. Sabia que ele consegue sentir o gosto das cores e ouvi-las? Ele é sinestésico. Percebe coisas que ninguém consegue ver ou sentir. E então pinta essas coisas. Você viu no azulejo. Compreendeu o que ele viu sem que soubesse disso. Vocês sentem as coisas de forma idêntica.

— Eu o magoei.

— Eu sei, Mariann. Eu sei. — As duas se viraram de costas uma para a outra. — Quando vai procurá-lo?

Quando os detalhes não me deixarem mais tão nervosa, quis dizer Marianne, mas, em seguida, precisaria explicar todo o resto a Pascale. Por exemplo, por que não poderia dizer: Yann, eu te amo.

Não porque não o amasse. A pergunta se ela o amava era fácil de responder: sim! No amor, existia apenas sim ou não. Não havia não sei. Nem talvez. Esses eram apenas nãos disfarçados.

Mas falar "eu te amo", isso Marianne não podia fazer.

Soava como uma frase que atraía consigo decisões inevitáveis. *O que faremos agora, nos mudamos para a minha casa ou para a sua, vamos comprar uma casa, viajaremos para Roma no inverno, onde guardaremos os pires das xícaras?*

Parecia uma variação do que Marianne tinha deixado para trás quando decidira não falar com Lothar em Concarneau. Ela gostava da mulher que acreditava estar se tornando. Que perdia a timidez. Que dormia em um quarto sozinha e escolhia quando queria fazer as coisas. Que não começara imediatamente a pendurar as toalhas molhadas de Yann ou a escolher uma camisa para ele enquanto estava absorto em sua arte e sequer levava sua xícara de chá até a pia da cozinha. Que não se preocupava três dias antes com o que faria no almoço de quarta-feira.

Enquanto ninguém dissesse "eu te amo", ninguém se sujeitaria a uma obrigação, a uma rotina. Você e eu para sempre: agora, vamos cuidar dos detalhes. Em todos os sentidos, um compromisso vindo do amor era a última coisa que Marianne queria.

Esses malditos detalhes! Ela os conhecia bem demais e suspeitava que, se não tivesse cautela suficiente, se transformaria naquele tipo de mulher... na parte de um "nós" que era determinado apenas pelo homem. Não conseguia suportar ser essa parte. *Mas Yann não é Lothar.* Não. Yann não era Lothar. Mas ela ainda era muito a Marianne. Tinha medo de não sobreviver por muito tempo em liberdade.

Quando, três horas depois, Marianne voltou à pousada, um rosto conhecido e querido a aguardava; juntamente com Geneviève Ecollier, segurando uma taça de champanhe e usando o cartão-postal que ela enviara no dia do seu suposto suicídio para abanar o ar quente da noite, lá estava Grete Köster.

— Seria uma pena se tudo tivesse terminado com a morte e um horário no cabeleireiro no além — disse a ex-vizinha de Marianne, e as duas se abraçaram calorosamente.

Então, Grete Köster a afastou.

— Caramba, você está ótima. Qual é o nome dele?

39

Marianne retomou seus passeios matinais, mas, desta vez, com a Vespa.

Toda manhã, ela seguia até a Plage Tahiti para praticar acordeão ao nascer do sol.

Mas algo dentro de si vivia intranquilo. Sempre alerta. Ela espreitava todo ruído estranho de motor e esperava que Lothar surgisse e a forçasse a ir com ele para Celle.

O sol nasceu e fez o mar cintilar. Marianne parou, abraçando o acordeão, e olhou para as luzes dançantes sobre as águas.

Nunca mais. Nunca mais ficarei sem tudo isso.

Ela se lembrou do que Pascale tinha martelado em seus ouvidos e sussurrou as palavras:

— *Est-ce que je rêve seulement de toi, ou c'est déjà plus qu'un rêve?* — Estou sonhando com você ou isso é muito mais que um sonho?

Finalmente você desperta, sussurrou a voz do mar dentro dela.

As ondas pareciam turvar sua visão, como se algumas das brumas de Avalon pairassem sobre elas: de volta à terra, contariam histórias que haviam coletado no meio do caminho.

Eu amo Yann da mesma forma que ele parece me amar?

O mar respondeu, mas Marianne não entendeu seu idioma desta vez. Ele era grande demais, e ela se sentiu pequena e insignificante.

Marianne amava as mãos de Yann e a jovialidade que ele emanava quando pintava. Amava seus olhos, nos quais ela, se fosse marinheira, poderia ler as profundezas salgadas, os redemoinhos e as correntes, as agitações e as marés. Amava o fato de ele não se fechar quando não concordavam (o que poucas vezes aconteceu), e o amava por essa atenção incondicional que lhe dispensava. E quanto às coisas que rolavam quando estavam sozinhos... Com seus olhares, ele tinha o dom de fazer com que ela se sentisse bonita, erótica e desejável; com seus toques, Yann varria para longe o ridículo da idade, a ansiedade da pele não tão esticada e das rugas, nas quais se escondiam as sombras dos anos. E seu...

Diga logo. Covarde. Você nunca falou antes as palavras de amor carnal, nem as exigiu, tampouco as pediu. Diga logo o nome!

Pau.

Por favor. Vá em frente. E o que ele faz com o seu...?

Pau! Sim, o pau de um francês, não, de um bretão, grosso a ponto de fazer com que cada movimento ficasse entre a beleza e a dor, as fontes do prazer. Coração, pau, olhar, tudo se voltava para ela quando Yann a via. E Marianne também amava o fato de ser desejada. Como Marianne. Como mulher.

Na busca pela morte, encontrei a vida.

Quantos desvios, atalhos e mudanças definitivas de rota uma mulher pode tomar até encontrar seu caminho — e tudo porque ela se adapta cedo demais, cai cedo demais na corda bamba do código moral, defende-se de velhos tarados e de suas criadas — as mães que querem apenas o melhor para as filhas. E então perde um tempo enorme se refreando para se ajustar às convenções! E depois sobra muito pouco tempo para corrigir o destino.

Marianne de repente teve medo de perder a coragem para continuar buscando o seu caminho.

E, ainda assim, a vida da mulher determinada não é um mar de rosas. É um grito, uma batalha, é uma preparação diária contra a acomodação. Eu tive de me acomodar. Viver com menos perigo, não ousar, não fracassar.

Enquanto absorvia a visão do Atlântico, Marianne se lembrou de como se sentira na ponte em Paris. Quando vista a partir da Pont Neuf, a vida parecia mais um filete de água, todas as chances ressecadas, todas as possibilidades perdidas.

Isso estava errado. Não era mais verdade. Quanto mais tempo uma mulher vivia, mais começava a descobrir. Se deixasse de lado os velhos sonhos de casamento, filhos, amor para sempre e sucesso profissional, todos nascidos das convenções, começaria uma vida em que o restante estaria lá para ser conquistado. Apenas quando cada um descobria seu verdadeiro lugar no caminhar das coisas, encontrava um sentido. A vida não era muito curta. Era muito longa para desperdiçar indevidamente com falta de amor, ausência de riso e de tomada de decisões. E tudo começa quando a pessoa se arrisca pela primeira vez, falha e percebe que sobreviverá ao fracasso. Sabendo disso, ela arrisca tudo.

Marianne tirou o acordeão dos ombros. Ela iria até Yann.

Agora. Ela se exporia a ele e a seu amor, inclusive à sua decepção, se ele a rejeitasse. Por ter mentido quando ele perguntou de seu passado. Por tê-lo deixado sem responder se queria voltar para o marido ou simplesmente fugir.

— Yann — sussurrou ela para o mar e se virou.

Havia uma única rosa branca na areia.

Ele devia ter deixado a flor ali enquanto Marianne tocava uma canção para o mar. Ele a ouviu, viu como ela tocava, como ela chorava e sorria, como ela gritava para o mar, buscava e encontrava os tons e as ondas.

Marianne tirou a rosa da areia. Cheirou-a.

Ao lado dos rochedos, bem perto, Yann estava sentado. Em seu rosto, o brilho dourado do mar se refletia, e em seus olhos se chocava o mar. Ele a olhou de uma forma como Marianne nunca tinha sido olhada por homem nenhum. Seu olhar era tão intenso que ela se sentiu como uma ilha.

Ele estava sereno e perplexo, como se a conhecesse desde sempre, o tempo todo, enquanto a procurava.

Marianne não achava mais que aquilo era estranho. Ela mesma havia descoberto algo. Ali, no fim do mundo. No espelho do mar, viu uma coisa: a si mesma. E como se via no passado.

Nunca mais. Nunca mais ficarei sem tudo isso.

Quando ela deu um passo na areia pesada para ir até ele, Yann se levantou e foi ao seu encontro.

Ela deixou o acordeão deslizar para o chão e voou nos braços dele.

— Yann! — gritou Marianne e repetiu: — Yann!

— *Salut*, Mariann! — disse Yann Gamé, e a abraçou com toda a sua força e o seu amor.

Enquanto observava sua amada, Yann renovou uma promessa da qual havia se esquecido muito tempo atrás: nada mais seria banal. Tudo deveria acontecer no auge da paixão, da vida. Esperar algo maior depois da vida é esquecer que ela já é o melhor que pode acontecer. Yann tinha esquecido e queria viver de novo com toda a força e sem inibição. Amar. Pintar. Amar. Nada mais de coisas banais que cansassem o sangue em suas veias e ofendessem sua alma.

Ele queria dizer a Marianne que entendia. Que quase havia morrido durante aquelas horas, quando ela foi embora sem explicação. Mas então compreendeu. Quarenta e um anos de casamento não se dissolviam em algumas noites de amor e carícias. Aquela mulher tinha jogado a antiga vida fora, mas aquela vida ainda estava nela e não a deixava em paz.

Como poderia ser diferente?

Marianne tivera mais coragem do que todos que Yann já conhecera: partira sem nada além de seu desejo em direção a um mundo estranho. E havia derrotado o próprio desejo de morte.

Mas, sob toda aquela força, também havia outra Marianne. A ferida. A guerreira que escondeu feridas graves e que poderia ser machucada mortalmente se elas fossem reabertas.

E aquele homem, seu marido, com seu teatrinho televisivo, a afetou e fez com que ela se lembrasse de todas as suas cicatrizes.

Yann tinha entendido. E o fato de ela, naquele momento, estar em seus braços, abalou seu mundo uma segunda vez.

Ele enfatizou cada palavra que sussurrou no ouvido de Marianne com uma voz que não admitia contradição nem pedia consentimento.

— Não vou ficar sem você hoje à noite. Nem em todas as noites que vierem pela frente.

Ela o encarou.

— Por que precisamos esperar até a noite?

Os dois seguiram para a ilha de Raguenez, na extremidade mais ao norte da Plage Tahiti, aonde podiam ir a pé na maré baixa. Lá, Marianne e Yann dormiram juntos antes de o mar subir. Estavam em uma ilha que apenas eles conheciam. Quando, mais tarde, observavam as ondas que se atiravam contra os rochedos, Yann disse:

— Você pretende contar ao seu marido que está viva? Que não vai voltar? Que quer ser livre, seja por mim ou por você?

Marianne ficou em silêncio por um tempo.

— Sim — disse ela. — Algum dia, certamente.

40

Colette havia se mudado para a casa de Sidonie. Para erguê-la. Para voltar a ser amada. Em face da transitoriedade segura de seu amor, pela primeira vez na vida Colette se sentia completa. Nada faltava. Estava tudo lá. Sempre estivera lá, só ela não sabia. O amor pelas mulheres.

Na segunda semana após a mudança, Sidonie pediu a Colette que a levasse até as pedras que sempre quisera tocar. A Stonehenge. Às pedras errantes do Vale da Morte. Aos palácios mágicos de Malta e às pedras sacrificiais na Palestina.

O médico a proibiu de viajar. Colette se enfureceu, implorou, mas ele não cedeu, falou de morte iminente por exaustão, e ela silenciou.

Nos últimos tempos, tudo mudou. Como se o turbilhão tranquilo dos dias passados tivesse sido despertado, e a influência dos lances do destino aumentado, como se para recuperar algo irrecuperável: o passado.

Embora o verão as envolvesse, banhando os dias de agosto de Finistère em luz brilhante, o número de turistas aumentando dia após dia, a vida das duas se alinhou em um novo curso.

Quando Marianne não estava trabalhando na pousada ou nos Goichon, levantava-se antes do amanhecer para tocar acordeão à beira-mar e escutar a voz do oceano, que revelava segredos. Segredos que eram mais velhos do que as pedras erguidas. Em seus dias e noites livres, encontrava-se com Yann e visitava Sidonie e Colette sempre que podia. Nos abraços de Marianne, a escultora encontrava a paz. Marianne disse a ela o que o mar e sua rainha, Nimue, lhe sussurravam em seus diálogos secretos: que a morte e a vida são como a água. Nada se perdia. As almas fluíam a outro mundo e a outro lugar em outro tempo para encontrar um novo recipiente. Uma decantação das almas.

Certa tarde, Colette e Sidonie não estavam mais lá. Uma semana depois, veio uma ligação de Malta. Era Colette:

— O maior risco de morrer é estar vivo. Portanto, deve-se viver antes, *n'est-ce pas?*

As duas simplesmente foram embora. Tinham passado alguns dias em Paris com os filhos de Sidonie, sabendo que nunca mais se veriam.

A escultora insistira naquela despedida. Seus filhos não deveriam vê-la no leito de morte. Ela queria lhes dizer o quanto os amava, como estava orgulhosa deles, e celebrariam uma festa de três dias em Paris antes de partirem para ver as mais belas pedras no mundo.

41

De 20 de agosto em diante, a região se despediria de suas forças de ocupação — os turistas franceses comemorariam o fim das férias na Bretanha com um dos últimos *fest-noz* e depois voltariam a Paris, à Provença, às cidades frias do interior, e sonhariam com o verão em Finistère. "Que loucura", diriam eles. "Lembram quando comemos todos aqueles peixes? E os trajes das pessoas no Festival de Filets Bleus, o festival das redes azuis em Concarneau? E aquela Morgana, a cerveja orgânica da cervejaria Lancelot? E o *pardon*, durante o qual as pessoas andavam com chapéus e pediam para ser perdoados por tudo que fosse possível? *Tão* autêntico!"

Até lá, era possível participar de vários festivais toda noite. Cada aldeia maior tinha festas na rua, para as quais o chão era coberto de madeira. As danças de *gavotte* não deixavam ninguém de fora — quanto maior o círculo, maior a diversão, e mais silenciosas as florestas e ruas ficavam depois, quando os amantes casuais se esforçavam para não se amarem alto demais.

O *fest-noz* em Kerdruc tinha de concorrer com as noites de dança de Raguenez, Trévignon e Cap Coz, para onde partiam os turistas que queriam ouvir música celta, grupos musicais bretões e ver fogos de artifício chineses.

Na tarde antes do *fest-noz*, Geneviève Ecollier bateu à porta de Marianne e, com sorrisos empolgados, pediu a ela que a acompanhasse.

Ela levou Marianne até o mezanino e abriu a porta escondida que levava para a sala dos vestidos.

— Escolha um — disse Geneviève. — Uma musicista deve brilhar.

Marianne tocaria no *fest-noz*. Ela compartilharia com as pessoas canções que até então havia partilhado apenas com o mar. E Geneviève também queria fazer sua parte.

Ela havia tomado a decisão na noite anterior, quando conversara com Marianne e Grete. Pela primeira vez, Marianne tinha falado abertamente sobre o fato de que fora a Kerdruc para se matar. E sobre como, conforme os dias foram passando, ela foi gradualmente deixando de lado esse plano até dessa intenção restar nada mais que um horror profundo de ter vivido a vida sem tê-la aproveitado. E sobre como então o desejo irreprimível de agarrar a vida com as duas mãos, com as suas próprias mãos, havia tomado conta dela.

Geneviève se levantou e se curvou diante de Marianne. Tinha um respeito profundo por aquela mulher que havia demonstrado muita coragem ao corrigir o rumo do caminho errado que seguira.

Ao contrário de si mesma. Ela era a mulher que não corrigia nada, que escondia as sombras do passado, disfarçadas de vestidos, como cadáveres vivos. E desejava que um pouco desse poder de Marianne de reescrever o livro do destino saltasse sobre ela quando abrisse a porta de seu passado.

Marianne deslizou a mão pelos tecidos dos vestidos que um dia havia tocado secretamente. Era como se as roupas estivessem vivas, contando suas experiências aos sussurros e suspiros, pois Marianne sentiu um formigamento nos dedos, que ora aumentava, ora diminuía.

Um deles parecia estar pegando fogo. Guardava uma lembrança tão forte que nada poderia lavá-la das fibras. Ele brilhava, e o calor subiu por seu braço e chegou até o peito. Ela o segurou com firmeza e ouviu Madame Geneviève respirar fundo ao seu lado. Era o vestido vermelho.

Marianne deu um passo para trás e deixou Madame Geneviève retirar o vestido do cabide. Ela o pousou no braço, e seu olhar fugiu para as lembranças presas numa jaula de felicidade perdida.

— Usei este vestido no meu noivado — sussurrou Geneviève. Suas mãos acariciaram o tecido suave, cintilante. — Quando tudo começou. Tudo. E nada terminou. Nada. — Seus traços se suavizaram. — Quando me apaixonei pelo irmão do meu futuro marido, eu estava usando este vestido. A vida foi boa para mim, eu era jovem e bonita, e amava esse homem. Amar... amar é diferente de ser amado. Se doar, ver como uma pessoa floresce e vive do seu amor. Ver a força que você tem e que essa força faz da pessoa o melhor que ela pode ser... — Ela baixou a cabeça. — Alain não queria o meu amor, então o que eu iria fazer com ele?

Lágrimas caíram sobre o vestido.

Marianne deixou Geneviève chorar. Era como se uma pedra estivesse se despedaçando. Entre soluços, ela ouviu que era a primeira vez que aquelas lágrimas eram derramadas. Em meio aos vestidos nos quais Geneviève vivenciara três verões, três outonos, dois invernos e duas primaveras, ela chorou pelo homem perdido e pela mulher que ela fora e que se perdera. Porque não havia lugar onde seu amor fosse bem-vindo, e, sem uso, sua força se transformou, sem ter sido utilizada, até esfriar, tornando-se ódio. Odiar era mais fácil do que amar inadvertidamente.

Com delicadeza, Marianne acariciou os cabelos de Geneviève. Como aquela mulher protegia com rigor seu amor, sem permitir que ele voltasse a ter asas!

Alain. Claro. O homem que morava do outro lado do rio, o mais perto que poderia chegar da mulher cujo amor ele havia esmigalhado no passado.

— A senhora ainda o ama? — perguntou Marianne.

Geneviève expirou com a boca aberta. De novo, tocou o vestido.

— Todos os dias. Todos os dias eu o amo e me odeio por isso.

Ela tocou a trança firme. Então, levantou-se.

— Vamos ver como você fica nessa coisa, Mariann.

Madame Geneviève estendeu o vestido vermelho. Pela primeira vez, dissera o nome de Marianne. Ela balançou devagar a cabeça.

— Você deveria usar esse, Geneviève — disse ela suavemente.

E estendeu a mão para outro vestido, um azul, que brilhava como o mar quando o sol o beijava.

42

Alain se sentou ao lado de Laurine sobre o parapeito de pedra que cercava, ao longo do rio, o acesso ao *bar tabac*. O bloco de arenito maciço fora instalado para bloquear o caminho de carros desgovernados, depois de tantas quedas involuntárias da estrada íngreme para o porto e além dele. Laurine olhava Kerdruc do outro lado.

— Saudades? — perguntou Alain em voz baixa.

Ela assentiu com a cabeça.

Ele seguiu seu olhar através do rio até a outra margem.

Para Alain, aquele era o porto onde não era bem-vindo, o que estava condenado a só admirar de longe. E, ainda assim, naquele dia, havia algo diferente no lugar.

Ele o seduzia. Parecia vibrar. No ar tingido de azul do crepúsculo, faíscas dançavam, mas eram apenas as luzes dos lampiões vermelhos que balançavam em todos os lugares. Entre eles, as sombras brincavam umas com as outras, sombras balançantes que se reuniam à noite para a festa.

De repente, Alain reparou em uma sombra vermelha. Ele conhecia aquele vermelho. Alain tirou do bolso da camisa seu binóculo de ópera pelo qual espiara, em várias ocasiões, com o intuito de ter pelo menos um vislumbre de Geneviève.

— Genoveva... — sussurrou ele.

Ela usava o vestido de seu noivado, o vestido com o qual os dois se apaixonaram. O vestido era a bandeira sob cujo estandarte sua paixão havia se lançado à guerra e perdido.

Seria aquele o sinal que ele esperava havia trinta e cinco anos? Ou era uma zombaria: veja só, eu consegui te esquecer, Alain. E a mim, como eu era quando te amei.

Laurine observou seu novo chefe. Ele era bom para ela, gentil e inteligente, mas a visão pelo binóculo havia provocado uma mudança de expressão em seu rosto, algo que só uma mulher que amava conseguia perceber.

Alain Poitier também não pertencia àquele lado do Aven. Ela pegou a mão do homem. Não ficou claro quem se agarrou a quem, se Alain a Laurine, ou Laurine a Alain.

Assim como Laurine, Alain pertencia ao lado de lá, a Kerdruc, onde naquele momento duas coisas aconteciam ao mesmo tempo: uma van parava na entrada do porto e deixava quatro freiras e um padre, e de um táxi descia um homem de terno cinza, que olhou em volta com um ar resignado por ter ido acabar naquele lugar, no fim do mundo.

— É normal ficar tão enjoada assim? — Marianne olhou com uma expressão sofrida do grupo de *gavotte* para Grete e de volta para o grupo.

— Isso se chama medo do palco. É completamente normal. Acontece com todos, até mesmo com André Rieu. — Grete riu. — Vamos, Marianne. Você não tem nenhum nenúfar no pulmão que te roube o fôlego. Expire. De qualquer forma, todo mundo precisa expirar mais.

Elas estavam sentadas no salão da pousada. O chefe do quarteto de *gavotte* acenou para Marianne. Com os joelhos vacilantes, ela disse para ele as peças que queria tocar. Nesse momento, um bando de freiras entrou pela porta do salão.

— Irmã Clara! — exclamou Marianne com alegria.

E lá estavam também a irmã Dominique e *père* Ballack. Eles correram com os hábitos tremulantes até Marianne e se reuniram em torno dela. Tinham ido a Kerdruc para agradecer por ela ter salvo a irmã Dominique, e tinham marcado sua viagem para a noite do *fest-noz*.

— Estou tão contente — disse baixinho a irmã Clara enquanto abraçava Marianne. — Tão contente que a sua jornada tenha tido um final feliz.

Alain não sabia o que fazer. As vibrações e oscilações do outro lado do rio pareciam ter se adensado. Não era apenas um porto bretão qualquer com um *fest-noz* qualquer — parecia um bosque sagrado.

Naquela hora, Laurine olhava através do binóculo. Alain buscou para ela sua jaqueta e a pousou sobre seus ombros.

— Lá está Madame Geneviève, levando as torneiras para os barris de vinho... e lá está Padrig, que a ajuda... e lá está... — Ela fez uma pausa, pigarreou: — ... Monsieur Paul, ele se vestiu com muita elegância. Claudine, ah, está tão grávida, vai explodir em breve! Ah! Eles estão apontando para Marianne. — Laurine se entusiasmou. — Ela está tão bonita...

— E você também está vendo Jeanremy? — perguntou Alain.

— Não quero vê-lo — respondeu Laurine, entregando o binóculo para o chefe.

Alain espiou, e então viu Geneviève subindo os degraus da pousada, seguida pelo homem de terno cinza.

Quando ele pôs seu nome no formulário de registro e o entregou para Madame Geneviève, o terremoto começou. Ela leu o nome uma segunda vez.

No elevador, ela não o reconhecera, nem as dobras retas que saíam dos cantos da boca até o queixo. Tinha pouca semelhança com o homem que por várias semanas vinha procurando sua mulher perdida na televisão francesa: Lothar Messmann.

— Onde está minha esposa? — perguntou ele em francês; ou o que considerava ser francês.

Pela primeira vez na vida, Geneviève Ecollier se decidiu pela atitude básica dos franceses: não entender nenhuma pessoa, a menos que ela seja francesa.

— *Pardon?* — disse ela em um tom *blasé.*

Ah, sua lebre cinzenta, como eu gostaria de poder jogá-lo no rio. Mas você fez reserva em seu nome, não no nome de solteira de Marianne, e eu, mulher burra, só percebi tarde demais.

— Minha esposa. Marianne Messmann — disse ele, mais alto.

Geneviève deu de ombros e deu a volta na recepção para escoltar Lothar até o quarto, fazendo um desvio para evitar o salão de baile.

Esses franceses, pensou Lothar. *Gentinha arrogante.* Por todo o caminho até a ponta da Bretanha, esse povo se recusou a compreendê-lo. Ele precisou comer coisas que não havia pedido, no ônibus de Rennes até Quimper tomou cusparadas de dois velhos desdentados por conta de suas abotoaduras do exército alemão, e em Quimper foi enviado várias vezes na direção errada enquanto buscava um ponto de táxi e parava sempre na mesma livraria que vendia livros policiais, cuja atendente o observava com desconfiança. Lembrou-se da carta que recebera há dez dias, de uma professora chamada Adela Brelivet, que tinha lhe dito em um alemão escolar empolado e uma letra maravilhosa que achava ser "seu dever cívico" seguir o apelo televisivo de busca e informá-lo de que deu carona para a referida Marianne na estrada para Kerdruc e a levou para Concarneau. Chamou muita atenção que aquela pessoa tivesse lhe dado um nome falso, mas Adela a havia detectado, sem dúvida nenhuma, e Monsieur Messmann deveria vasculhar o Ar Mor, em Kerdruc, onde diziam que havia uma estrangeira cozinhando.

Lothar queria saber como era possível que Marianne tivesse preferido uma vida sem ele. Como assim não queria mais ficar a seu lado?

Ah! E como o irritou o fato de aquela mulher com seu vestido vermelho provocante não querer dizer onde Marianne estava! Certamente devia estar naquela festa. Onde com certeza não havia cerveja, apenas champanhe e pernas de rã.

Lothar Messmann achava aquele país repugnante. Pelo menos o quarto estava em ordem. De sua janela, conseguia olhar diretamente o cais cheio de gente.

De canto do olho, ele avistou uma mulher com um vestido azul e um cabelo cor de conhaque na altura do queixo, cercada por um punhado de freiras. Não. Aquela não podia ser Marianne. Ela era menor. E não tão... atraente.

Lothar deixou o quarto e pegou uma cerveja bretã clara que um jovem sombrio de cabelos pretos e um lenço vermelho na cabeça lhe serviu em um balcão externo.

O quebra-mar com pista de dança havia enchido; mulheres animadas, homens gargalhando, adolescentes e crianças perseguindo uns aos outros sob as mesas nas laterais da pista de dança.

Lothar começou a abrir caminho através da multidão. Ele ignorou os olhares lançados a seu terno formal com seis botões dourados. Seguiu a mulher com o vestido azul, cuja cor parecia mudar constantemente e refletia os risos das pessoas e as estrelas no céu. Quando ela se virou ao ser chamada por uma senhora com trajes sofisticados e de cigarrilha na mão que acenava, Lothar teve certeza: aquela de vestido azul era mesmo Marianne.

Ela parecia... maior. Mais bonita. Inacessível. Ele tomou um grande gole de cerveja. Quando deixou o copo de lado, tinha perdido sua mulher de vista. Sua visão fora bloqueada por uma falange de costas pretas. De novo aquelas freiras.

Geneviève subiu os degraus do palco com elegância, levantando de leve o vestido vermelho. Galante, um dos músicos de *gavotte* ajudou Marianne a se ajeitar no banco em que ela se sentaria. Geneviève pegou o microfone e disse:

— Que comece o *fest-noz*!

— Mi bemol — murmurou Marianne para os músicos.

Ela deixou o olhar pairar sobre a multidão, e ali, ao lado de Jeanremy, viu Yann com um bloco de desenho na mão. Ao lado, Grete, que ergueu para ela os dois polegares. E ao lado de Grete, Simon. No entanto, seus olhos estavam mais fixos em Grete do que no palco.

Paul havia levado Rozenn para o meio da pista de dança, como se os músicos tocassem só para os dois. As freiras olhavam para Marianne cheias de bondade e amizade. *Père* Ballack sorriu com os dentes arruinados. Marianne se sentiu relaxar sob os olhares benevolentes e viu o brilho nos olhos de Geneviève e o desejo no olhar de Yann. Avistou Pascale e Emile, que estava com as mãos unidas em oração, como se rezasse para que aquele acordeão monstrengo soltasse um som decente. E viu Colette, que segurava as netas de Paul uma em cada mão — e agradeceu às deusas dos tempos passados por aquele momento, por estar rodeada de tanto afeto.

Os tambores emprestaram à música um ritmo urgente, intenso. Então, Marianne fechou os olhos, imaginou-se ao lado do mar e começou a tocar os primeiros acordes de "Libertango". O baixo acompanhou o tom, e ela abriu os olhos. Os tambores seguiam velozes, o tango mais famoso de Piazzolla ficava cada vez mais poderoso e sonoro, como as ondas que se sucediam, cada vez mais altas, como o fogo que salta de coração para coração, incendiando um após o outro, como uma avalanche de pedras cantantes.

Logo a pista de dança estava cheia de casais girando, e, quando o violino assumiu a melodia, as ondas capturaram aqueles que estavam sentados às mesas sobre mexilhões e vinho. Eles balançavam enquanto o bandoneon conquistava acentos e síncopes apaixonados.

Paul e Rozenn atravessaram o salão de cabeça erguida e passos exatos de tango. Os dedos de Marianne voavam com precisão e leveza sobre as teclas, e, diante dela, o mar avançava.

Um mar de corpos — não havia ninguém que não estivesse em movimento. E, sob as luzes vermelhas, parecia que fadas e duendes dançavam para celebrar sua partida para Avalon. Tudo era como um rio correndo. Até mesmo Claudine balançava a barriga, sonhadora. Todos dançavam e comemoravam a sorte de estarem vivos naquele exato momento.

Exceto por um homem, que parecia estar preso ao chão.

43

Laurine tirou a jaqueta de Alain dos ombros.

— Tenho que ir até lá — disse ela.

A jovem foi ao quebra-mar, respirou fundo, lançou os braços para trás. Alain, dando um passo longo, chegou bem a tempo de impedir que saltasse de cabeça na água e atravessasse o Aven a nado para chegar ao outro lado.

Poitier puxou a garçonete para trás.

— Laurine! — sussurrou o homem, com urgência. — É ele! É ele quem deve vir até você! Deixe que ele dê o primeiro passo, e, se não der, vocês não precisam dar nenhum outro passo juntos!

Ele a segurou até que ela parou de se debater e se acalmou nos seus braços.

— Olha quem está falando? Aquele que não dá o primeiro passo. — Não havia mais hesitação na voz de Laurine.

Alain olhou para ela. Em seguida, soltou-a e desceu a alta escada do cais até os barcos.

Os aplausos quase arrancaram Marianne do chão, e se elevaram ainda mais quando o mestre de *gavotte* a segurou pela mão e a levou até a frente do palco para cumprimentar o público. Pegou o microfone.

— E esta, plateia tão encantadora e honrada, esta foi Marie-Anne, a sacerdotisa do tango, a encantadora do mar, que com sua doçura continuará incentivando todos vocês a se comportarem com saliência.

Ele se virou. O baterista respirou fundo e tocou um novo ritmo de tango, acompanhado pelo baixo, que pulava cada terceira batida.

O mestre de *gavotte* tocou em seu bandoneon os primeiros acordes de "Hijo de la luna", ré menor, sol menor, e a multidão gritou com entusiasmo. Marianne sentiu quando chegou o momento de acrescentar a segunda voz do acordeão ao ritmo e enriquecer a música.

O violino se curvou com ternura e deixou a melodia da canção da lua ecoar pela noite.

A lua cheia pairava sobre a festa. Os casais giravam, e Marianne observava o bandoneonista. Seus olhares se cruzavam e, a cada aceno de cabeça que ele dava, indicando a batida, todos os contornos desapareciam em volta dela, e Marianne era pura música.

Ele conduzia, ela seguia, e agora eram apenas seus instrumentos que flertavam um com o outro, assim como o mar, que se atirava sobre a terra e, em seguida, recuava. Paixão extática e emoção carinhosa se alternavam. O ar estava cheio do crepitar das meias de seda das mulheres, da respiração dos homens, dos passos no assoalho de madeira. Ninguém falava, todos dançavam, os corpos seguiam sua vontade e seu desejo. A alma de Marianne se elevou e ficou livre.

Aqueles que estiveram lá naquela noite juraram, por anos depois, que tinham percebido um brilho branco de luz ao redor de Marianne. O azul de seu vestido parecia se inflamar em chamas brancas e azuis. Ao redor dela, um vermelho se ergueu, e era como se uma sacerdotisa estivesse diante deles e invocasse a lua com sua canção.

Todos dançavam em um frenesi que poucos conheciam. Amavam a vida mais do que nunca, e sabiam que ela não acabaria jamais.

Ao fim da peça, Marianne fez uma reverência. Os aplausos não queriam terminar, continuavam sem cessar, e dentro dela a alegria borbulhava e inflamava seus olhos como duas chamas azuis. Quando saiu do palco, sentia como se flutuasse para o meio da multidão. Marianne procurou Yann.

Mas, em vez disso, viu Geneviève à beira do quebra-mar, longe da luz e do calor. Olhava para a escuridão fria e muda de Rozbras.

— Como eu te amo — sussurrou ela ao vento.

Alain desatou o nó dos cabos com os dedos ágeis. Ele não tomaria uma bronca de uma... pirralha por não se mover! Ele fez uma pausa. Algo aconteceu perto de seu ouvido. Algo quente, uma voz? Alain ergueu-se, confuso. Genoveva?!

E mais uma vez.

...amo...

Laurine ficou junto à parede de pedra, seu cabelo loiro brilhava ao vento da noite como uma chama brilhante.

— Por que o senhor não vai nadando? — gritou ela lá de cima.

— Porque não sei nadar! — respondeu Alain com raiva.

Ele se virou para Kerdruc, a música repuxando seus nervos, suas partes baixas, seu coração, arrancando-o de seu peito. O coração queria ter asas e voar até ela, até Geneviève.

...amo...

Finalmente, o nó se desfez, e Alain pegou os remos. Enquanto deslizava pelo rio, ele se pôs no meio do barco, tentando ignorar as sacudidas violentas, e pôs as mãos ao lado da boca para gritar.

— Genoveva. — E ainda mais alto: — Genoveva!

Nada se moveu, apenas o vento fazia o vestido se agitar.

— Eu! Te! Amo!

Alain colocou o barco em movimento. A cada remada, ele gritava:

— Genoveva. Eu! Te! Amo!

Me! Ame! Imploro seu amor!

A sombra vermelha fundiu-se com o preto e cinza rodopiante, e Alain ficou sozinho na corrente.

No meio do rio, ele parou.

Agora, ele também havia se transformado em sombra e continuava gritando a mesma coisa. Rouco. Desesperado.

— Genoveva. *Je t'aime. Je t'aime*, Genoveva! Me ame!

Madame Geneviève não se movia, encarando o rio, pasma. Quando Marianne tocou seu braço, ela quase não se virou, seus olhos cheios de um medo desesperado.

Marianne virou-se para o padre de Auray, que havia se juntado a elas. *Père* Ballack.

— Padre, o senhor sabe remar?

Confuso, ele olhou para Marianne.

— Claro.

— Poderia levar a madame até seu amor, por favor? Ela está esperando há trinta e cinco anos para retomar seu amor por ele.

O padre fez uma leve inclinação, que escondeu sua surpresa chocada.

Marianne pousou com suavidade a mão esquerda sobre o ombro de Geneviève.

— Chegou a hora.

Levada pela mão do sacerdote, Geneviève foi até um pequeno barco vermelho com velas prontas para serem infladas se necessário. O *Mariann*.

Ela ficou paralisada enquanto o religioso começava a remar para o meio do rio até onde Alain esperava. Seu corpo era uma chama erguida que deslizava sobre a água.

Alain tinha ficado vinte e oito anos diante da porta da mulher e trinta e cinco à espera de uma palavra. Realmente, já era hora. Sem que os dançarinos no quebra-mar percebessem, os barcos deslizaram um em direção ao outro. Alain aumentou suas remadas. Geneviève não tirava os olhos do amado enquanto ele deslizava até ela, remada após remada. Com delicadeza, as proas se tocaram. Geneviève estendeu a mão para Alain.

Enquanto isso, Yann tinha ido atrás de Marianne e a abraçou. Ela se apertou contra ele.

— Olhe para aquilo — disse Marianne com ternura.

Naquele momento, Alain estava se inclinando para a frente. Os dedos de Geneviève e os dele se tocaram.

Então, veio o choque. Uma corrente submarina sacudiu o barco embaixo dele, Alain cambaleou, as mãos se afastaram, Geneviève gritou.

— Alain!

Agora não. Por favor, agora não!

Diante de seus olhos, seu amado tombou de lado e caiu na água.

Por favor, não! Ele não sabia nadar! Se ele se afogasse naquele instante, diante de seus olhos, ela sabia que o seguiria e, com a mesma certeza, saberia que seu ódio teria sido em vão. Que envelheceria sem ele. As pontas de seus dedos queimavam. Elas ainda sabiam como era tocar seu único homem, mas sempre souberam e sempre sentiram saudades. Alain!

Geneviève saltou.

Marianne saiu do abraço de Yann e correu pelo cais.

O vestido vermelho de Geneviève flutuava na água escura, mas ela nadou em direção a Alain até conseguir segurá-lo. Agarrados, eles giraram para dentro do rio.

Quando Marianne se virou para buscar ajuda, chocou-se contra uma parede cinza.

Lothar?!

Ela passou por ele correndo até o prédio da capitania fluvial, puxou a boia de salvamento do suporte na parede e correu de volta ao longo do quebra-mar até chegar à margem mais externa.

Onde eles estavam? Lá! Duas faces brilhantes bem sobre as ondas. A maré estava baixa, e, se continuassem à deriva, o mar os sugaria para fora da desembocadura e os arrastaria.

Lothar tentou pegar a boia das mãos de Marianne.

— Deixe que eu faço isso — gritou ele. — Você não vai conseguir.

Por um momento, seus olhos se encontraram.

— Você não tem ideia do que eu sou capaz de fazer — chiou Marianne e arrancou a boia das mãos dele.

Com sua fúria gélida e impressionante, ela atirou longe a boia, que voou quase dez metros pelo ar como um disco e aterrissou exatamente ao lado da mancha vermelha cintilante.

Marianne tinha enrolado o cabo com firmeza em torno da cintura. Sentiu suas forças diminuírem conforme o rio ia puxando a boia. Ela cambaleou.

Lothar parou diante de Marianne e começou a puxar o cabo, centímetro a centímetro.

Parada ao seu lado, ela não conseguia explicar por que ficava mais paralisada e surda quanto mais tempo passava na presença do marido. Geneviève e Alain se agarraram à boia até *père* Ballack chegar remando aos dois e os ajudar a subir em segurança na borda mais baixa do *Mariann*.

Somente então jogaram a boia de volta ao rio, e Lothar a puxou para a margem.

— Obrigada — disse Marianne a seu marido e tocou brevemente seu braço. Erguer a boia teria lhe custado muita força.

Lothar assentiu com a cabeça, ríspido. O toque fluiu através dele como um choque elétrico. Então, sorriu com ternura para Marianne.

— Foi lindo você tocando — disse ele.

Sua mulher tinha um amante. Ela estava linda, era querida, até mesmo amada; isso ele vira nos rostos que se voltavam para ela como flores para o sol. Marianne se dera muito bem naquele país, era como se tivesse nascido ali, pensou ele, como se estivessem esperando por ela. Algo dentro dele começou a desmoronar.

Lothar ergueu a mão e percorreu os lábios de Marianne com o polegar. Em seguida, se inclinou e lhe deu um beijo rápido na boca, antes que ela tivesse a chance de se esquivar.

Por cima do ombro, Marianne viu Yann, e em seus olhos pairava um misto de dor e esperança.

— Lothar — disse ela. — Podemos conversar mais tarde?

— Tudo o que você quiser — respondeu o marido —, tirei três dias de folga. — Ele se virou e cumprimentou o homem que havia abraçado sua mulher no cais de um jeito tão familiar e carinhoso.

Lothar observou Marianne enquanto ela caminhava ao longo do cais, e foi como se visse uma estranha familiar, que por todas aquelas décadas havia se escondido dele com todo o cuidado.

Yann parou ao lado dele.

— Na melhor das hipóteses, logo conversaremos — começou a falar o pintor, devagar. — Ou prefere um duelo?

Lothar fez que não com a cabeça. Não. Ele queria sua esposa de volta. Não conseguia acreditar que Marianne tinha escondido dele que era tão bonita. *Père* Ballack chegou sozinho ao cais.

— Eles quiseram ficar sozinhos — disse ele em tom de desculpa.
— Uma experiência de quase-morte desperta... bem... os desejos da carne. — Ele abriu um sorrisinho.

Marianne olhou para o barquinho que desaparecia na escuridão rio acima.

Era como se Geneviève e Alain quisessem encontrar a fonte, a fonte da corrente de onde seu amor havia surgido. *Eles vão encontrá-la ainda antes do amanhecer*, estimou Marianne.

Então, a noite engoliu o vermelho.

Marianne desejou ficar invisível também.

Meia hora antes, tinha certeza de todos os aspectos de sua vida — tocar acordeão, ficar em Kerdruc, amar Yann —, e tudo se dissipou em cinzas grossas que entupiam seu nariz, orelhas e boca. E aquilo ocorrera em poucos instantes, quando Lothar pegou a boia salva-vidas de sua mão. Era como se ele a tivesse desmascarado, tivesse mostrado o que ela realmente era embaixo do vestido, embaixo da maquiagem e de todo aquele fingimento.

Uma mão com luva de couro pegou Marianne pelo braço. Colette! As duas se abraçaram com força e ternura. Então, Marianne procurou alguém atrás de Colette.

— Sidonie não está mais aqui — disse a galerista suavemente. — Ela soube que hoje à noite se encontraria com *Ankou*. Por isso, me mandou para cá. Disse que eu deveria celebrar a vida.

Dentro de Marianne, o mundo parou. Sua alma se encolheu.

— O que devo fazer? — sussurrou Colette.

A filha de Marieclaude, Claudine, entrou no meio das duas, ignorando o fato de estar incomodando.

— Me diga se é menino — exigiu ela de Marianne. — Minha mãe diz que você sabe. — E, decidida, pousou a mão da outra em sua barriga, que subia até quase embaixo dos seios.

— É menina — disse Marianne com uma voz que parecia ter saído de um túmulo.

44

Marianne se desvencilhou das mãos que tentaram tocá-la na pousada, no quebra-mar, no caminho até o carro; as mãos de Yann, as mãos de Lothar, as mãos das freiras. As mãos dos convidados do *fest-noz* que queriam lhe agradecer e se perguntavam por que seus olhos de lobo pareciam tão apagados e por que ela não falava, mas se apressava noite adentro.

Colette tentou contestar, falando apressadamente que deveria aceitar o último desejo de Sidonie, como era de costume.

Sem olhar para Colette, Marianne soltou:

— Eu vi quatrocentas e trinta e oito pessoas morrerem. Nenhuma delas quis ficar sozinha nesse momento.

As duas encontraram Sidonie em seu ateliê. Sua mão segurava um seixo que tinha trazido de Malta, dos templos mais velhos que as pirâmides. Sua respiração era visivelmente difícil, mas ela não fecharia os olhos enquanto pudesse, e encarou Colette. Seus olhos, sua boca. Sua alma.

— Obrigada — disse Sidonie. — Obrigada por você não me ouvir.

O rosto daquela mulher era o que Sidonie queria ver no último de todos os seus dias. Sempre quisera. Sempre, desde que tinha visto a galerista pela primeira vez. E Colette tinha voltado depois que Sidonie pedira que partisse.

— A vida inteira é morrer, desde a primeira respiração... na mesma direção, a morte... a morte — disse ela com uma voz que parecia vir de muito longe.

Agora, Marianne pegou a mão livre de Sidonie. As correntes frias que sentia nos braços, na nuca e até no coração não lhe causaram medo. Marianne as reconhecia.

Era o rio gélido da morte, que congelava tudo que fluía e sufocava o calor interno de um ser humano. O eu destruído.

217

As pálpebras de Sidonie tremeram, e ela se empertigou.

— As pedras — sussurrou ela para Colette, muito baixinho. — Estão cantando.

Colette não conseguia suportar. Estava desesperada. Chorou e agarrou a mão de Sidonie, mas a escultora tentou puxá-la para fechá-la ao redor da pedra.

Então, Colette colocou os dedos sobre os de Sidonie, a pedra entre a palma das mãos. Marianne pegou a mão livre de Colette, e as três mulheres avançaram juntas, de mãos dadas, até a fronteira. A partir daí, Sidonie precisava seguir sozinha, como todos antes dela seguiram e como todos depois dela seguiriam.

As duas ouviram a respiração superficial da escultora.

E então, como se já tivesse visto as brumas do lado de lá, ela sussurrou, surpresa, o nome de seu marido:

— Hervé?

Ela sorriu. Feliz, como se tivesse um vislumbre da eternidade: e o que vira lhe tirou todo o medo.

O arrepio gelado sob a mão de Marianne, ali, onde ela segurava Sidonie, terminou tão de repente como um penhasco à beira-mar. O seixo caiu com um estalo no chão. Sidonie se foi.

Já passava muito das quatro horas quando Marianne deixou Colette e o corpo vazio de Sidonie e voltou a pé para Kerdruc. Ela estava congelando no vestido de noite azul sem mangas; na mão, segurava o seixo da amiga.

Marianne cambaleou em direção ao horizonte preto. Relâmpagos cortavam o céu, mas sem o trovão que geralmente os seguia. Apenas um rosnar distante vinha das nuvens noturnas. Uma tranquilidade fantasmagórica pesava sobre a região, e os raios mudos iluminavam as campinas silenciosas, as ruas cinza e as casas. Em lugar nenhum havia luz. Somente sobre o porto de Kerdruc pairava um brilho vermelho.

Não se pode dizer ao amor: venha e fique para sempre.

Só podemos cumprimentá-lo quando ele vem, como o verão, como o outono, e, quando o tempo termina e ele se vai, ele se vai.

Os relâmpagos brilhavam ao redor dela. O céu queimava.

Como a vida. Ela vem e, quando chega a hora, se vai. Como a felicidade. Tudo tem seu tempo.

Marianne tinha conseguido o que merecia. Isso deveria bastar.

Tentou imaginar em quais braços poderia encontrar paz e segurança, mas não conseguiu fazê-lo. Lothar? Yann?

Lothar tinha olhado para ela da forma como havia ansiado por décadas. No fim das contas, ele era seu marido!

Yann, ah, Yann, o que devo fazer?

Quando estava chegando aos arredores de Kerdruc, uma pequena sombra se desgarrou de uma das árvores, saltou para a rua e a encarou. Era o gato. Estava esperando por ela. Max — o nome que ela lhe dera — enroscou-se em suas pernas, mas, quando Marianne quis pegá-lo no colo, ele se esquivou e caminhou uns passos à frente. Virou-se, encarou-a e caminhou mais um pouco adiante. Como se quisesse dizer: Vamos lá! Rápido! Caso contrário, vamos perder tudo!

O gato correu para o estacionamento, a primeira coisa que Marianne vira de Kerdruc, aquele com uma lata de lixo reciclável, própria para garrafas de vidro.

Sob as árvores, havia um Renault cor de framboesa. Marianne reconheceu a forma desfalecida no banco da frente. A filha de Marie-claude, Claudine!

O rosto pálido da jovem estava encharcado de suor, e no seu colo havia se formado uma mancha molhada. Na mão, ela segurava o celular: estava sem bateria. Marianne segurou as mãos da moça e sentiu o pulso acelerado no dedo médio de Claudine. Batia como louco. Ela estava em trabalho de parto!

Marianne empurrou o assento para trás com toda a força, sentou-se entre as pernas abertas de Claudine, pegou o gato e o colocou no banco do carona. Ligou o carro e partiu a toda velocidade, com os pneus cantando.

— O bebê... — gemeu Claudine. — O bebê está vindo. É cedo demais... duas semanas antes! — Uma contração violenta atravessou novamente seu corpo. — Você... você chamou o bebê? Mais cedo, quando pôs a mão na minha barriga... — De novo, Claudine gemeu em agonia.

— Pare com esse absurdo — ordenou Marianne.

Ela enfiou a mão na buzina enquanto corria até o porto e subia a rampa pela pista de dança até parar bem diante da porta do Ar Mor. Marianne buzinou de novo, três buzinadas curtas, três longas, três curtas. O sinal internacional de SOS.

Três figuras correram para fora do restaurante: Yann, Jeanremy... e Lothar. Estavam bêbados. Marianne ordenou que tirassem Claudine, quase inconsciente de dor, do carro.

— Para a cozinha! Sobre a mesa! — gritou Marianne e, por impulso, agarrou o seixo de Sidonie. Parecia quente, como se o calor vivo da escultora tivesse sido conservado nele. Marianne fechou os olhos e buscou na memória as lembranças de como ajudava sua avó Nane em partos domésticos. Bem, desta vez ela não ajudaria. Precisaria fazer tudo sozinha. Esperava que suas mãos se lembrassem. Então, ela abriu a tampa do porta-malas e encontrou o kit de primeiros socorros.

O rosto dos três homens congelou como máscaras depois de terem colocado Claudine, que gemia, sobre a mesa de aço frio. Jeanremy saltou para o telefone e pediu linha direta com a emergência.

— Temos que levá-la para a clínica em Concarneau — disse ele de pronto e esperou para ver o que Marianne decidiria.

Marianne virou uma grande panela, na qual colocou ataduras, tesouras, algodão e a pedra. Em seguida, deixou as mãos sob a água quente para aquecê-la e calçou as luvas esterilizadas.

— Lothar, segure-a — disse Marianne e deslizou a mão pela vagina de Claudine.

Ela gritou.

— *Nom de Dieu de putain de bordel...*

— O colo do útero está aberto, o períneo está estufado, e ela xinga igual a um pescador.

Jeanremy repassou essa informação.

— Eles disseram que então é melhor não levar ela para lá

As contrações vinham cada vez mais rápido, Claudine gritava cada vez mais alto.

— ...*de merde de saloperie*...

— Agora disseram que estão a caminho.

Jeanremy saiu depressa de lá.

— Homens! Querem estar presentes no início, mas não na hora do resultado — murmurou Marianne. — Ela precisa respirar com regularidade — disse a Yann, que se levantou e observava Marianne com olhos insondáveis. — Diga a ela que está tudo normal. Que está tudo bem.

— Você não precisa de água quente? — perguntou o pintor.

— As parteiras só precisam de água quente para fazer café e para manter os homens ocupados — rosnou Marianne. — Traga um conhaque. E toalhas, panos de prato limpos. E o aquecedor. Lothar, pare de esfregar a mulher, ela está ficando doida com isso, balançando para lá e para cá. Empurre-a para mais perto da borda.

Yann se inclinou sobre Claudine e pediu que respirasse com regularidade.

— ...*de connard d'enculé de ta mère!*

Quando Yann saiu para buscar as toalhas, Lothar perguntou:

— Por que você me abandonou?

— Você quer mesmo falar sobre isso agora, Lothar?

— Só quero entender você!

Yann voltou e virou o aquecedor de ar para o corpo de Claudine.

— Jeanremy! — gritou Marianne. — Onde está Grete?

— Está... em seu quarto. Com o pescador. Simon.

— Ele pode ficar lá, mas busque Grete. Ainda tem alguma mulher aqui?

— Algumas convidadas do *fest-noz* ficaram e... *Mon Dieu!*

Um topo de cabeça surgiu entre os lábios da vagina de Claudine. Jeanremy virou-se e vomitou na pia.

— *Ta gueule!* — gritou Claudine.

— Não empurre mais! — disse Marianne em voz alta. — Respire! Jeanremy, Grete!

Ela ofegou para fazer Claudine entender o que queria dela, sentou-se em outra panela, empurrou algumas toalhas embaixo das coxas da mulher e estendeu com delicadeza uma das mãos para a cabecinha que deslizava, para conduzi-la.

Claudine enterrou os pés nos ombros de Marianne e deixou pegadas sujas em sua pele.

Jeanremy saiu cambaleando da cozinha.

— O que eu fiz de errado, Marianne?

— Lothar. Tudo! Nada! Você é como é, eu sou como sou, nós não nos encaixamos, é isso.

— Não nos encaixamos?! Do que você está falando?

Claudine gritou e empurrou, mas a criança não queria deslizar mais.

Marianne deixou suas mãos agirem sem pensar. Levou um pouco a cabeça para baixo, pegou-a com as duas mãos até um ombro sair. O períneo parecia estar para se romper.

Ela olhou rapidamente para cima; Lothar sofria de olhos fechados, Yann, com o conhaque na mão, fazia uma cara estranhamente distraída. Então ela voltou a fitar o corpinho, que agora deslizou para fora completamente.

Marianne a segurou pelo peitinho para que a criança não ficasse pendurada de cabeça para baixo no ar. O restante do líquido amniótico espalhou-se no chão.

— Yann, tire a camisa — disse ela com calma.

— Victor! — gritou Claudine. E de novo: — Viiiictooor!

Então, caiu para trás com todos os músculos relaxados.

Aconteceu: Marianne estava segurando o bebê nas mãos. Olhou rapidamente para o relógio: cinco horas e cinco minutos. A criança estava ensanguentada, escorregadia e coberta por uma camada amarela. Ela a limpou com as toalhas estéreis, pegou a camisa de Yann com o calor de seu corpo para embrulhar o bebê.

— É uma *fille jeune*, uma menina — sussurrou no ouvido de Claudine. Que se deixou cair pesadamente contra Lothar.

— A criança não está chorando... — murmurou Yann.

Marianne acarinhou a coluna da menina, esfregou seus pés. Nada. Nenhum som.

Vamos lá, chore. Respire!

— O que foi? — perguntou Marianne baixinho para a menina. — Você não quer? Vai ser uma vida boa, você vai amar, ser amada, rir...

— Cheguei tarde demais?

Grete chegou afogueada à cozinha com um *négligé* sobre o qual jogara uma camisa de pescador e o casaco de Simon.

— A criança não está chorando, e eu não tenho nenhuma mão livre para amarrar o cordão umbilical.

— O que aconteceu com minha filha? O QUE ACONTECEU COM MINHA FILHA?

Claudine mordeu a mão de Lothar, e ele a soltou, assustado.

— Ora, temos alguns heróis por aqui — murmurou Grete e beliscou delicadamente a orelha da menina.

A criança não chorava.

Claudine encarou Marianne com um olhar selvagem. Ela se ergueu, e uma torrente de sangue e líquido amniótico irrompeu de seu útero.

Grete ergueu de pronto o cordão umbilical e apertou a mão na região do umbigo de Claudine.

O olhar de Marianne recaiu sobre o seixo de Sidonie. Ela o pegou, abriu um dos punhos pequeninos da recém-nascida e empurrou de leve a pedra para dentro dele. Marianne sentiu como se algo descarregasse no corpinho como os relâmpagos no céu mais cedo: silencioso, mas poderoso.

Sidonie?, perguntou Marianne, apenas em sua mente. *É você?*

A menina encheu os pulmões de ar, as bochechas se avermelharam e, de repente, começou a chorar com um grito forte.

Diante das janelas, ressoou um imenso estrondo de trovão. Os homens riram aliviados, e Marianne deixou a criança sobre o peito de Claudine. A jovem francesa abraçou-a com ternura, e seus olhos se encheram de assombro, gratidão e vergonha.

Grete tirou a faixa de sua camisola e amarrou o cordão umbilical com ela em dois pontos, Marianne cortou o canal entre mãe e filha com a tesoura do kit de primeiros socorros. Ela enterraria o cordão umbilical pela manhã embaixo de uma roseira. Por segurança, claro.

O rosto de Claudine recuperou a cor, e Marianne se levantou para buscar um copo de água fria para ela enquanto Grete continuava estancando o sangramento do cordão.

De repente, Marianne se sentiu muito cansada. Os eventos daquele dia poderiam facilmente preencher alguns anos. As deusas tinham lhe mostrado que a vida e a morte se encaixavam em um dia e, às vezes, eram indistinguíveis.

Um grupo de paramédicos irrompeu cozinha adentro. Finalmente!

Marianne pegou o conhaque, bebeu metade e passou o copo para Grete, que bebeu o restante. Ela olhou para Lothar, e dele para Yann. Os dois estavam ali, parados, como se esperassem algo.

Yann moveu-se primeiro, puxou o casaco sobre a camisa regata, beijou Marianne com suavidade na testa e sussurrou:

— *Je t'aime.*

Lothar tirou a gravata, desabotoou o colarinho e perguntou:

— Devo ir embora também? E nunca mais voltar?

— Como se isso tivesse alguma importância neste momento... — rosnou Grete tão baixo que quase ninguém ouviu.

— Lothar. Vá dormir — disse Marianne, esgotada.

— Eu não te reconheço mais — disse Lothar.

Eu também não, ela pensou.

— Mas gostaria muito de conhecê-la — disse ele baixinho. Suplicante.

Como Marianne não respondeu, o marido acariciou de leve seu rosto e saiu.

— Eu queria saber quem é Victor — disse Marianne um tempo depois.

O nome fez com que Claudine se assustasse.

Marianne flagrou um apelo silencioso que se formou no olhar da jovem.

Depois de atender à paciente, o médico foi até Marianne e apertou sua mão.

— *Bon travail, madame.*

Então, pegou um formulário para anotar todos os dados: local e horário de nascimento, as testemunhas. Pai?

— Desconhecido — disse Marianne com firmeza.

O médico virou-se para Claudine.

— Isso é verdade?

Ela fez que sim com a cabeça, os olhos arregalados.

— A senhorita já escolheu um nome, mademoiselle?

— Anna-Marie — sussurrou Claudine e sorriu para Marianne.

O seixo de Sidonie descansava entre os seios pesados de Claudine, junto ao rosto da menina.

A pedra foi a primeira coisa que Anna-Marie viu quando abriu os olhos.

Em Rozbras, uma jovem ainda estava em pé, recostada a uma parede de pedra.

Sentia-se sozinha, mas não solitária. Laurine percebeu que ela nunca seria solitária enquanto fosse capaz de dar um passo. Mas não queria dar esse passo antes de descobrir na direção de quem deveria seguir. Embora a vida pudesse muitas vezes decidir por ela, não podia tomar o controle por completo.

Quando Padrig aproximou-se dela com o Peugeot, ela ainda estava olhando para Kerdruc. Ele a fez entrar no carro e a levou a um lugar cheio de flores não enviadas e cartas não lidas.

45

A tempestade tinha dado à luz um dia radiante.

Quando Marianne, depois de poucas horas de sono, foi até a janela e a abriu para o sol de agosto, viu lá embaixo, no quebra-mar, como Geneviève, Alain, Jeanremy e algumas das freiras cobriam uma mesa longa com toalhas brancas. Geneviève e Alain provocavam-se como crianças brincalhonas e se tocavam o tempo todo, como se quisessem se certificar de que o outro não era apenas um sonho.

Os convidados do *fest-noz* que haviam ficado saíam da pousada para se sentar à imensa mesa de café da manhã.

Nas árvores verdejantes, os pássaros cantavam, uma brisa leve carregava o aroma do mar. No Aven reluzente, os barcos brancos balançavam. *Père* Ballack saiu porta afora com uma braçada de baguetes. No terraço, sob o toldo vermelho, protegidos do sol da manhã, estavam sentados de mãos dadas Emile e Pascale Goichon, a seus pés Madame Pompadour e Merline. Ao lado estava Paul, que já mergulhava um croissant num copo de vinho tinto e o levava aos lábios de Rozenn. No *Gwen II*, que se aproximava vindo do Atlântico, parando no cais, Marianne viu Simon e, ao lado dele, uma mulher com chapeuzinho atrevido de marinheiro e uma camiseta listrada: Grete. No banco da Vespa, Max tomava sol. Nenhum sinal de Yann.

E nada de Sidonie. Nunca mais.

Marianne levou as mãos diante dos olhos. Os outros ainda não sabiam. Ainda não sabiam que nunca mais haveria uma segunda-feira de aposentados em Kerdruc com Sidonie.

Quando tirou as mãos do rosto, ela viu Geneviève acenando, agarrada a Alain, que apertava sua Genoveva para bem pertinho dele.

Geneviève apontou para uma cadeira vazia no meio da longa mesa. Todos os outros já haviam se sentado. As freiras. Os aposentados de Kerdruc. O cozinheiro apaixonado. Grete. Os veranistas que pensavam que nunca mais tirariam férias sem visitar aquele porto. Só Yann, Marieclaude e a garota mais bonita da aldeia não estavam lá. E Marianne. Mais uma vez, Geneviève apontou para a cadeira e fez sinal para que ela descesse.

É este o meu lugar?

Ela olhou para todas aquelas pessoas maravilhosas.

Alguém bateu à porta. Lothar entrou e se pôs atrás dela.

— Marianne — disse ele. — Eu... gostaria de pedir o seu perdão. Por favor, me dê outra chance. Ou... você quer ficar aqui?

Marianne olhou para baixo, para o cais. Quem deveria se sentar naquela cadeira cercada de pessoas extraordinárias e queridas não era ela. Não era Marianne Lanz, sobrenome de casada Messmann, de Celle. A mulher que lia revistas de segunda mão e se alimentava de comida vencida. Que não tinha feito nada na vida. Que era puro fingimento.

Ela só havia imaginado ser especial, mas não tinha nada de diferente daquela dos últimos sessenta anos.

Lothar era sua vida. E, quando ele chegou, lembrou Marianne de quem ela realmente era, de onde tinha vindo e do que sempre seria por dentro, independentemente do quanto se maquiasse ou se enfeitasse nos palcos. O que aconteceu ali foi apenas um espetáculo.

Marianne teve sua parcela de felicidade, não merecia muito mais que aquilo. Não merecia aquela terra, não merecia aquele homem com olhos de mar nem aquele lugar entre pessoas grandiosas que eram muito maiores e mais maravilhosas que ela.

— Venha! Senão não começaremos nunca e morreremos de fome! — gritou Alain.

Marianne penteou os cabelos com desânimo, pôs um vestido branco, lavou a boca e apertou as bochechas em vez de passar ruge e batom, como tinha feito com tanto prazer nas últimas semanas. A mulher estranha, cujos olhos via naquele momento no espelho, não sorria. Ela era cinza, e seus olhos, vazios.

— Eu não sou você. E você está morta — disse Marianne.

Eu vivi apenas o quanto você quis, parecia dizer à desconhecida que ela tomava por si mesma.

Atrás dela, Lothar disse, fitando diretamente seus olhos no espelho:

— Eu te amo. Case-se comigo de novo.

Quando se aproximaram da mesa, Jeanremy estava com uma taça de Crémant na mão.

— A Marianne. Que sabe tocar acordeão, fazer partos na cozinha e tirar o sal das sopas.

— E transformar pessoas estúpidas em inteligentes — exclamou Geneviève, e todos riram.

— E as normais em loucas — acrescentou Pascale. — Ou foi o contrário? — perguntou ao marido.

Como Jeanremy, todos se levantaram, Emile apoiado em Pascale, e ergueram as taças e os *bols*.

— A Mariann — disseram em uníssono.

Marianne não sabia para onde olhar. Era quase insuportável que eles gostassem dela e a admirassem. Ela se contorceu de vergonha.

Eu sou uma impostora. Não sou nem mesmo uma sombra do que eles veem em mim. Eu menti para todos. Sou uma fraude.

Ela não ousou olhar nenhum deles nos olhos, como se toda a sua coragem tivesse sido consumida na noite anterior.

Eu só fingi ser uma pessoa especial. Mas nada disso é verdade.

Lothar conhecia muito bem esse nada e havia viajado atrás desse nada. Ele conhecia Marianne e mesmo assim a amava.

Ele a amava. Como jogar esse amor fora?

— Por que você não se senta? — perguntou Geneviève.

Marianne engoliu em seco.

Eu te amo. Case-se comigo de novo.

— Vou voltar com o meu marido para a Alemanha — disse ela baixinho.

Com o susto, Pascale derrubou sua taça.

— Por favor, sente-se imediatamente — sussurrou Jeanremy. — Rápido.

Agora, todos a olhavam com desconfiança, desapontados e inquiridores.

— Não sou a pessoa certa para este lugar — disse ela um pouco mais alto. — Me desculpem, por favor.

Ela se virou e fugiu dali.

Enquanto Marianne fazia a mala, Grete abriu a porta com tudo.

— Você ficou maluca? O que foi que aconteceu?

Marianne apertou os lábios e continuou a empilhar suas roupas.

— Oi? Acorde! Se você está aí dentro em lugar, presa, Marianne, me dê um sinal!

Marianne fez uma pausa.

— É isso mesmo! — gritou ela para a vizinha com voz rouca pelo choro. — Eu sou o que sou! Não mais que isso! Não aquela... aquela musicista. Nem um furacão sexual para... Yann. — Doeu falar o nome dele. — Eu não tenho o dom da cura e não sou uma encantadora do mar, e não transformo nenhum louco em gente normal! Eu não tenho a menor ideia do que é a vida! Eu não sou nada! Entendeu? Nada! As pessoas lá embaixo veem uma ilusão!

Ela se deixou cair na cama e chorou.

— Ah, mas que coitadinha! — Grete não conseguiu evitar.

— É verdade — sussurrou Marianne, depois que os soluços profundos cederam. — Não posso viver esta vida aqui. Não fui feita para isso. E por mais que eu queira... não consigo ser aquela que eu gostaria de ser. Que vive livre, determinada, que não tem medo da morte: simplesmente não sou eu. O que vou fazer aqui? Ser para sempre a bruxa alemã da mansarda? Tenho medo desta vida! De sempre ser mais do que sou! Não consigo me reinventar. Você conseguiria?

Grete deu de ombros. Se conseguisse, não teria ficado vinte e oito anos com o fiel cabeleireiro infiel.

— Você pode fazer tudo o que quiser — tentou ela.

— Eu quero ir para casa — murmurou Marianne.

O táxi estava esperando com o motor ligado. Marianne se despediu de todos ao redor com um aperto de mão. Paul. Rozenn. Simon. Pascale. Emile. Alain. Jeanremy. E Madame Geneviève.

— Nós nunca mudamos — despediu-se a mulher. — Você disse isso, Marianne. Que nós nos esquecemos de nós mesmos. Não se esqueça de você mesma, Madame Lance. — Ela lhe entregou um envelope com seu salário.

Marianne virou-se para Jeanremy e o abraçou. Aproveitou para lhe sussurrar:

— Laurine te ama, *triñschin* estúpido. E eu sei exatamente o que tem na despensa.

Jeanremy não a soltava.

— Eu não consegui. Assim como você não consegue. Nós dois somos *triñschins*... estúpidos.

Emile jogou a mala do acordeão no táxi, sem olhar para ela. Marianne acenou para ele com a cabeça e entrou no carro.

Ela não olhou para trás. Respirar ficava cada vez mais difícil para ela.

Quando passaram pelo cruzamento para Concarneau, onde ela ficara parada com o polegar erguido, e viraram à direita em direção a Pont-Aven, Lothar falou:

— Eu... não achava que você viria comigo.

— Eu quis assim.

— Porque você me ama?

— Alguma vez isso foi importante para você?

— Não o suficiente, eu suponho. Senão, você não teria partido.

Ela ficou em silêncio até chegarem a Pont-Aven, onde bateu à porta de Colette, que morava acima da galeria. Quando a amiga compreendeu por que Marianne tinha ido até lá, fechou a cara.

— Então você vai embora quando as coisas ficam difíceis.

— Eu sinto muito...

— Não, você não sente. Não o bastante. É óbvio que você não sente o bastante por si mesma. Ainda não! — E Colette bateu a porta na cara dela.

Marianne encarou a madeira. Como deveria entender aquilo?

Então, a porta se abriu novamente.

— Yann inaugura sua exposição em Paris no dia 1º de setembro. Na Galeria Rohan, minha antiga loja. Vai ser uma surpresa. Para você. Pois a exposição é sobre você. São os primeiros grandes quadros dele em trinta anos. Mas, agora, ele vai poder pendurar os quadros no museu, na seção "Decepções do Século XXI".

A porta se fechou.

Quando Marianne já estava na escada, Colette a chamou mais uma vez:

— Você está morta para mim, Mariann!

Para Marianne, aquela era mais uma prova de que apenas acreditou ter encontrado um lugar ali.

— O que ela disse? — perguntou Lothar.

— Ela nos desejou uma boa viagem — respondeu Marianne.

Diante do ateliê de Yann, Lothar pegou a mão dela.

— Você precisa mesmo fazer isso? — perguntou ele.

— É uma questão de decência — respondeu Marianne e se afastou.

A decência estranha de dizer a um homem: "Eu te amo." *Mas eu não sou quem você pensa que sou. E quero ir para casa.* De repente, Marianne se encheu de uma esperança louca que Yann não a deixaria partir.

Quando passou pelas janelas altas e largas do ateliê, ocorreu a ela que nunca tinha visto as imagens que Yann tinha feito dela. Marianne respirou fundo. Aquela foi a coisa certa a fazer, ir embora?

Quando entrou no corredor que leva à sala grande e iluminada, ela ouviu um soluço. Quando chegou ao ateliê, nem Yann nem Marie-claude notaram sua presença. A cabeleireira envelhecida soluçava, e

Yann a abraçava. Diante de uma imagem que mostrava a silhueta de uma mulher nua. Uma mulher nua, maravilhosa.

Mas, em seguida, o choro de Marieclaude se transformou em uma risada. Na verdade, ela estava rindo o tempo todo. Ela abraçou Yann e cobriu o rosto dele com vários beijinhos.

Eles riem de você. E de como você é estúpida.

Marianne fugiu. Não era mais questão de perguntar se estava certo ou errado.

— E então? — perguntou Lothar, quando ela se sentou ao seu lado, respirando com dificuldade e segurando as lágrimas. — Como ele reagiu?

— Como um homem — arfou Marianne.

— Incrível... — disse Lothar. — Sabe, quando você estava longe e aquilo aconteceu com Simone, Yann e eu conversamos... ele elogiou tanto você que pensei, no meio da conversa: "De quem esse camarada está falando?" Ele nunca teria abandonado a mulher que viu em você.

— O nome dela não é Simone, é Sidonie, e não foi algo que aconteceu com ela, ela morreu. Sidonie morreu.

— Claro. Desculpe. — Lothar se calou. E depois: — Vamos ficar alguns dias em Paris? — sugeriu ele. — Mas só se você não fugir de mim — acrescentou, meio rindo, meio preocupado.

Quando o motor de um carro soou lá fora, Marieclaude se soltou do abraço de Yann. Ela riu muito depois de lhe contar que tinha passado ao lado da vitrine de uma loja e não tinha se reconhecido. Ficou pensando "Quem é essa vaca antipática", até se dar conta de que era ela mesma.

Claudine tinha acabado de contar à mãe sobre seu parto dramático no Ar Mor. E também que tinha sido Victor que a engravidara. Ele era casado. A jovem tinha decidido não contar nada para ele sobre a criança. Ele deveria amá-la e optar por ela porque queria, não por se sentir obrigado.

E Marieclaude agora era avó, e correu imediatamente até Yann para que o amigo a levasse a Kerdruc para que pudesse dizer obrigada a Marianne.

— Os quadros são maravilhosos. Marianne já viu?

Ele fez que não com a cabeça.

46

Para Marianne, era como se estivesse refazendo passo a passo suas pegadas desde o TGV de Brest, passando por Quimper, onde Lothar e ela entraram no trem, continuando por Auray a toda velocidade até Paris.

Ela era uma pessoa diferente, e ao mesmo tempo não era. Era Anninha, que tinha vivido sua maior aventura. Pelo menos a sua excursão para um outro mundo provara uma coisa: que seu lugar mesmo era aquele onde ela estivera desde sempre. Não tinha nenhuma opção de uma nova vida; aquilo tinha sido um equívoco.

— Acabamos de passar por Brocéliande — começou a dizer Marianne e apontou para as sombras de uma floresta no horizonte. — É a floresta dos nossos sonhos. Lá, Merlin, o mago, está enterrado.

— Aquele que não existiu — murmurou Lothar, folheando uma revista *AutoSport*.

— Quem disse isso?

— O bom senso.

Marianne ficou em silêncio e pensou na fonte ao lado do túmulo de Merlin e em como ela ficava ao lado das pedras que cercavam sua prisão de amor. Inúmeros bilhetes enfiados nas frestas, nas quais as pessoas, claramente sem bom senso, haviam colocado seus desejos. Inclusive Marianne tinha feito um desejo: "Deixe-me amar e ser amada."

— Você não quer saber o que eu fiz em Kerdruc? — perguntou ela a Lothar.

Ele deu de ombros.

— Dirigi um Jaguar e uma Vespa, cozinhei lagosta, alimentei cães e gatos em pratos da dinastia Ming, salvei uma freira, servi de modelo, toquei acordeão na praia e tentei algumas vezes a cura pela sobreposição de mãos.

Lothar olhou para ela, espantado:

— Como você conseguiria fazer tudo isso?

— Não acredita em mim?

Ele a encarou, então seu olhar se voltou para a revista.

— Claro. Sim, é claro.

— Lothar.

— O quê?

— Você sabe o que é um clitóris?

O rosto dele ficou vermelho-escuro.

— Por favor!

— Então, sabe?

Ele fez que sim com a cabeça e olhou ao redor para ver se alguém estava ouvindo.

— Por que você nunca se importou com o meu?

— Seu amante provavelmente era melhor nisso.

— Devemos conversar agora sobre Sybille ou depois?

— Já conversamos sobre Sybille. Acabou.

— A conversa sobre Sybille não durou nem cinco minutos, e depois você não quis que eu falasse disso novamente.

— Porque já tinha acabado. Eu queria só você!

— Precisamos começar a conversar, Lothar. Conversar de verdade.

— Falar demais sobre as coisas é exagero! O tempo cura todas as feridas, sempre é a melhor solução.

— Não temos muito mais tempo, Lothar. Talvez vinte anos, se tudo correr bem.

— Você é sempre tão dramática!

Marianne respirou fundo.

— Esqueça a coisa com o clitóris. Vou contar o que eu quero fazer. Quero trabalhar. Quero um quarto só para mim. E quero tocar acordeão.

— Qual é o problema? Faça o que você quiser!

— Tudo isso sempre foi um problema para você!

— Ah, isso é coisa da sua cabeça.

Marianne estacou. Podia ser verdade? As lembranças de seu marido eram piores do que ele de fato era? Será que tinha imaginado tudo aquilo apenas para poder odiá-lo mais? Insegura, ela olhou para fora; fazia uma hora tinham deixado Rennes para trás. Logo estariam na Gare du Montparnasse.

— Diga alguma coisa bonita para mim — pediu ela.

Relutante, ele fechou a revista.

— Marianne! Eu vim para a França, pedi para você voltar para casa e para se casar comigo de novo! Não é bonito o suficiente que eu queria viver com você? O que mais devo fazer?

Seja romântico. Amoroso. Carinhoso. Interessado. Fique feliz em me ver! Olhe para mim como se eu fosse a pessoa mais importante do mundo. Me deseje. Preste atenção em mim. Para variar, esteja disposto a acreditar no que eu digo. Fique do meu lado. Pare de ler essa droga de revista e fale comigo!

— Eu te amo — disse Lothar. — Era isso o que você queria ouvir?

Marianne continuou o diálogo dentro da sua cabeça.

Era isso o que você queria falar?

Mas eu disse!

Sim, mas você realmente queria dizer isso?

Marianne, eu vou descer do trem. Se todas as mulheres fizessem isso e perguntassem aos maridos o tempo todo o que eles quiseram dizer... mas nem todas as mulheres fazem isso.

Ainda bem, não é? Como nossa sociedade sobreviveria assim? É preciso ver o todo, não apenas a si mesmo! Isso é o que chamam de "crescer"!

Sempre é preciso olhar o indivíduo. Cada um é, de fato, único, e cada indivíduo tem razões únicas. E cada indivíduo conta. É isso que eu chamo de "crescer".

Marianne concluiu que suas lembranças de Lothar não a tinham enganado. Mas talvez ela precisasse começar a fazer por ele tudo que desejava que ele fizesse por ela. Talvez devesse ser mais feminina, sedutora, confiante, interessante...

"AI, MEU DEUS, PARE. ESTOU FICANDO ENJOADA!", gritou a voz em sua cabeça. Parecia a voz de Colette.

— Sim, era isso o que eu queria ouvir — respondeu Marianne depois de um tempo.

Então, sentiu como a mão de Lothar pousou sobre a dela.

— Temos que comprar alianças novas — sussurrou o marido enquanto acariciava o dedo anelar nu de Marianne. — O que as pessoas vão pensar? — murmurou ele, e ela afastou a mão.

Paris, Montparnasse. Na frente das barracas, as pessoas caminhavam como sempre, e, quando Marianne passou por uma venda de sapatos, olhou para o vendedor.

— *Ma chère madame!* — gritou o homem. — A senhora é encantadora!

— Obrigada. O senhor também vende sapatos que levam uma pessoa ao lugar ao qual ela pertence?

— Ora! Claro! — Ele puxou um par de saltos vermelhos com bolinhas brancas. — A senhora quer encontrar o amor lá? — O vendedor piscou para Lothar, que os observava com desconfiança.

Sim. Eu quero.

Marianne caminhou rapidamente até o próximo táxi.

— Podemos pegar o ônibus para o centro, é mais barato — disse Lothar.

— Eu tenho sessenta anos e não estou com vontade de andar de ônibus — disse Marianne e entrou.

Lothar entrou do outro lado.

Quando o táxi começou a corrida, o marido segurou a mão dela.

— Me perdoe — sussurrou ele e pressionou os dedos da esposa, rígidos pelo choque, em seu rosto bem barbeado, aninhando-se todo nela, fechando os olhos.

Marianne não sabia o que fazer.

Ele beijou a palma da mão dela.

— Me perdoe — repetiu ele com mais fervor. — Me perdoe, Marianne, por eu não ter te amado do jeito que você precisa. — Ele correu a mão dela por seu rosto, como se desejasse que a esposa finalmente o acariciasse por conta própria.

E então Marianne se deu conta de uma coisa: desde que tinham se reencontrado, ela não havia abraçado nem beijado Lothar. E também não queria fazê-lo.

— Será que não podemos aprender a nos amar como deveríamos? — perguntou ele. Suplicante. E tentou puxar Marianne para si, acariciar seus cabelos.

Ela se afastou.

— Eu vivi sua vida, Lothar. Não a minha. Metade da culpa é sua, e a outra metade é minha. Eu estava muito confortável, e você também. Isso não tem nada a ver com amor.

Ele abaixou a cabeça.

— E se eu... se eu viver a sua vida a partir de hoje? Do jeito que você quiser?

Ele não entendia. Ninguém deveria viver a vida do outro. Eu não deveria. Ele não deveria.

— Com seu quarto. Seu acordeão. E, quando eu entrar na aposentadoria antecipada, tudo vai mudar. Podemos tirar férias em Kerdruc também, se você quiser.

Férias em Kerdruc. Lothar em aposentadoria antecipada. Viver em Celle.

O táxi freou.

— Houve um acidente mais adiante — disse o motorista, mal-humorado

Marianne percebeu que haviam parado bem em cima da Pont Neuf. Quase na altura da curva de onde ela havia saltado no Sena, disposta a dar um fim em sua vida.

Será que Lothar sempre tivera cheiro de parede molhada? Marianne tirou o cinto de segurança, abriu a porta e desembarcou.

— Aonde você vai? — perguntou ele, alarmado. — Marianne!

Marianne foi até o local onde havia buscado um fim e encontrado um começo. Um lugar que teria lhe passado despercebido se dois motoristas não tivessem deixado seus carros baterem um no outro.

A vida era tão aleatória em suas possibilidades? Ou era simplesmente uma questão de compreendê-las? E, com uma clareza que permeou seu coração e fluiu através de sua mente, Marianne teve certeza: aquilo não acontecia sempre, toda hora. Só nas horas de tomar as próprias decisões. Nas horas de liberdade.

Uma grande paz espalhou-se dentro dela.

Agora entendia a raiva que a galerista havia lançado sobre ela de forma tão furiosa: para Colette, aquela Marianne, que tinha se dado uma chance na vida, morrera.

Capitulara.

Ela se virou para ver como Lothar havia ficado lá no banco de trás do táxi e a observava através do vidro.

Não sei por que nós, mulheres, acreditamos que abdicar de nossos desejos nos tornará pessoas mais dignas do amor dos homens. O que temos na cabeça? Quem abdica de seus desejos merece mais amor do que aquelas que perseguem seus sonhos?

— Marianne! Temos que continuar!

E então Marianne entendeu o que havia acontecido com ela.

Era exatamente isso o que eu pensava. Quanto mais eu sofria, mais feliz ficava. Quanto mais eu desistia, mais forte ficava minha esperança de que Lothar me daria aquilo de que eu precisava. Eu pensava que, se não quisesse nada, não fizesse nenhuma acusação, não exigisse meu próprio quarto, meu próprio dinheiro, não provocasse nenhuma briga, um milagre aconteceria. Que ele diria: Ah!

Quantas coisas você abandonou! Como meu amor cresceu por você ter se sacrificado por mim!

O congestionamento começou a melhorar.

Que louca eu fui. Estava tão orgulhosa de mim mesma e da minha capacidade de sofrer; queria ser perfeita nisso. Quanto maior minha aceitação resignada, maior seria o amor dele um dia. E a maior renúncia, a renúncia à minha vida, me garantiria o amor imortal do meu marido.

Marianne começou a rir.

— Infelizmente, ninguém nunca combinou um reembolso de amor pelo sofrimento — disse ela, e os transeuntes a encararam, confusos. — Para vocês, funciona do mesmo jeito! — gritou para eles.

A pessoa deve ganhar o amor com sofrimento?

Lágrimas de riso escorriam de seus olhos. Ela esperava de todo coração que as gerações de mulheres que viessem depois dela fossem melhores. Mulheres educadas por mulheres que não igualavam *renúncia e amor.*

— Marianne! Vamos para casa! — Lothar havia desembarcado.

Ela nunca tinha ouvido essa insegurança na voz do marido. Essa súplica. Esse desejo de se diminuir. Quis brigar com ele: "Pare com isso! Quem se diminui não é amado, é desprezado." Ninguém agradece quando uma pessoa renuncia pelo outro. Essa é a natureza cruel da raça humana. Ela foi até o táxi, abriu o porta-malas, tirou a mala e o acordeão.

— Marianne! Aonde você vai?

— Eu não sei — disse ela, fechando o porta-malas.

Marianne sabia apenas que precisava de muito mais do que jamais quisera de Lothar. Ele a agarrou pelo braço.

— Marianne. Não me abandone. Eu imploro, não vá embora. Marianne! Estou falando com você! Marianne, se você for embora agora, não precisa mais voltar para casa! — Sua voz vacilou.

Marianne puxou o braço para se soltar.

Depois, virou-se uma última vez para Lothar Messmann.

— Lothar. Você não é meu lar.

E pegou as malas com as duas mãos e saiu para encontrar seu lar, em algum lugar do mundo.

Quando começou a chorar, chorou pelo amor que não sentia mais por Lothar; e também pelo amor do qual ela mesma havia se privado.

47

Paris em agosto. Dias silenciosos, os mais silenciosos do ano, quando os parisienses estão no sul com seus carros. Ruas vazias, ar quase puro. Paris havia viajado, e, por trás das persianas abaixadas das casas, pequenos quiosques e padarias, o calor se acumulava.

Marianne estava sentada à beira do Canal Saint-Martin e comia um brioche. A proximidade da água resfriava a camada de calor sobre a pele. Do outro lado do canal, sob o passadiço, quatro músicos tocavam uma *musette* à luz suave da noite que se aproximava. Um barco do canal passava fazendo barulho.

Quatro dias antes, Marianne havia abandonado seu marido na Pont Neuf. Não sabia aonde queria ir e confiara em seus pés para levá-la a algum lugar onde pudesse deixar a bagagem e fechar uma porta atrás de si.

O envelope que Geneviève lhe deu na despedida tinha mais do ela ganhava pelo trabalho na pousada e no Ar Mor. Madame Ecollier havia pagado Mariane também por sua apresentação.

Suas posses compreendiam dois mil, seiscentos e sessenta e dois euros, uma mala emprestada com roupas simples e um roupão azul, um batom Chanel, um dicionário, um azulejo, um acordeão.

Marianne estava com sessenta anos, não tinha profissão, nenhuma economia, nenhuma joia — e ainda se sentia mais rica do que nunca. Ela decidira ficar em Paris até que soubesse aonde queria ir.

Mas teria que ser um querer tão desesperado que não esperaria nem um segundo a mais. E Kerdruc não parecia estar em seus planos.

Ela encontrou uma pensão chamada Babette no bairro do Marais. Todos os quartos eram minúsculos, mas claros e decorados com cuidado, nos quais cabiam uma cama, uma mesa, uma cadeira e uma cômoda, davam para um pátio com bastante verde. Marianne observava a vida das pessoas nos prédios da frente. Janelas claras, iluminadas — e cada uma mostrava um sonho diferente. Um homem que conduzia, com fones de ouvido e uma batuta, sinfonias inaudíveis; uma mulher que deixava um coração em um frasco com tampa de rosca na mesa de cabeceira e o beijava antes de ir dormir; um casal que brandia vasos de plantas enquanto brigavam, ela dava um tapa nele, ele a beijava, e depois comiam peras e sentavam-se perto da janela aberta, deixando uma perna pendurada para fora.

Ao lado da pensão ficava uma pequena cafeteria, onde os vizinhos que não tinham viajado se cumprimentavam, bebiam *pastis*, pediam um *café crème* e liam jornais. Na segunda manhã, começaram a cumprimentar Marianne enquanto ela tomava café.

Ela atravessou a cidade, primeiro a pé, em seguida de metrô, de um lado para o outro, ora descia ali, ora lá adiante, até encontrar uma dessas estações de aluguel de bicicletas, que saía mais barato do que um bilhete diário do metrô. E então passeou com uma *vélo* prateada por Paris, por uma Paris que respirava com seus muitos estacionamentos vazios. Saint Germain, Quartier Latin, passando por Sorbonne, o Marais e, em seguida, atravessar para oeste até a Torre Eiffel, tocando a sineta pelo Champs-Elysées. Nos parques e nas *playas* do Sena, os estudantes tomavam banho de sol; nos canais, os pescadores pescavam; nas casas flutuantes, os pintores dormiam sobre seus esboços; e turistas se beijavam ao pôr do sol na Pont des Arts, com vista para a Torre Eiffel.

Marianne procurava. Procurava o lugar que era previsto para ela; e, se não fosse para ser encontrado ali, ela precisaria seguir viagem. Mas, antes, queria ter certeza de que seu lugar não era em Paris, o lugar que lhe daria um final e um começo. Tinha certeza de que a cidade lhe daria um sinal.

Quase sempre ela seguia até a ilha de estacionamentos na Île de la Cité, na esperança de encontrar o *clochard* que a retirara do Sena.

Marianne limpou as migalhas dos dedos e se levantou. O *Arletty*, como chamava o barco do canal, foi embora, e em algum lugar, nas ruas parecidas com fiordes, uma Vespa ecoava o barulho do motor. Esse ruído se sobrepunha em camadas aos tons de "Libertango".

De repente, com essa canção, voltou aos borbotões tudo o que ela havia conseguido reprimir enquanto fugia pela cidade e não deixava seus pensamentos voarem muito longe pelo país, para o oeste, até um porto à beira de um rio e a um quarto, no qual um gato cheirava seu travesseiro, miando como se lamentasse.

Seu coração não estava mais preparado para ignorar Kerdruc.

Enquanto a Vespa se afastava, as imagens rolavam na direção de Marianne, irrefreáveis.

O mar. Yann sobre ela. Os pés de Jeanremy, que dançavam. O olhar de Geneviève para Rozbras, sempre à procura. Rosas brancas em um vaso preto. Uma multidão de gatos sobre a porcelana chinesa mais fina e a agulha do velocímetro do Jaguar subindo. A mão de Sidonie agarrando o seixo. O jardim florido atrás da casa de Emile na floresta. O vestido vermelho de Geneviève. Algo estremeceu dentro de Marianne. O dia seguinte era 1º de setembro.

48

Ninguém atrapalharia seus planos. Do nada, Jeanremy declarou fechada a cozinha no último dia de agosto. E naquele dia, 1º de setembro, de fato ninguém fora até lá. Nem mesmo os *habitués*. Nem Paul, nem Simon, tampouco Marieclaude ou Colette. Até mesmo Geneviève estava fora. Aonde iriam era problema deles; Jeanremy não dava a mínima.

Agora, ele também resolveria a outra parte de sua vida.

Jeanremy estendeu a mão, puxou uma de suas cartas a Laurine de um envelope e a leu inteira:

— Amada, *mon cœur*, meu sol, minha luz. Sabia que você é meu primeiro amor? Isso é o que parece, exatamente assim. Fico perdido, é como se eu estivesse encontrando esse sentimento pela primeira vez. A saudade que abre os buracos na minha alma quando você não está por perto. O alívio quando você me olha, e esse desejo de entregar a você tudo que sou. Meu coração, minhas esperanças, para você eu daria até mesmo minhas mãos e meus olhos. Quero entregar a você meu futuro e meu passado, como se apenas em suas mãos eles tivessem algum valor. Laurine, eu falo seu nome, e para mim ele significa o mesmo que amor.

Ele dobrou a carta até virar um barquinho e a deixou ao lado dos barcos de papel que tinha feito com as outras cartas.

Então, pegou a próxima.

— Minha flor, como você é excitante e elegante, pura e grandiosa. Eu poderia morrer mais tranquilo só por tê-la conhecido. Amar você faz com que minha vida não se esvaia no vazio sem sentido, quer você me ame, quer não. Sim, você tem liberdade para aceitar meu amor ou rechaçá-lo, não muda nada o fato de que eu enfrentaria a morte com um sorrisinho no rosto e diria: E daí? Eu conheci Laurine. Eu a vi andar, eu a vi sorrir, eu a vi dançar e ouvi sua voz.

Essa, ele dobrou com especial cuidado.

Foi a última das setenta e três cartas de amor para Laurine.

Setenta e três barquinhos brancos e setenta e três flores jaziam ao seu lado, e Jeanremy jogou a primeira no Aven, uma rosa seca que ameaçava desmanchar como pergaminho.

Quando deixou a primeira de todas as cartas de amor que havia escrito a Laurine singrar o rio, um tênis voou em sua cabeça.

— Isso é roubo! — gritou Laurine.

Ela estava de pé a poucos metros do quebra-mar, ao lado de Padrig. Jeanremy sentiu um ciúme desmedido.

— Essas cartas são para mim, certo? Padrig me mostrou! Você nunca me deu essas cartas!

Agora, Laurine tinha tirado o segundo tênis e também o jogava na direção de Jeanremy. Ele se esquivou, e o tênis bateu na ponta da cauda de Max. Chiando, o gato saltou e correu um pouco para o lado, onde ele se sentou, ofendido, e começou a se limpar.

— Mas elas são minhas! As cartas são da destinatária!

— Só quando são enviadas — retrucou Jeanremy. — E eu acabei de começar o envio!

— Aaaaaah, seu... cabeça de bagre! — Laurine avançou pisando duro, raivosa.

E por que precisavam falar aos berros, e por que Laurine tirou os tênis? Em seguida, tirou também a camiseta, puxando-a sobre a cabeça. Jeanremy engasgou. Era uma beleza que não acabava. Sua pele. A curva da cintura. A barriga delicada. O quadril, que agora deslizava para fora dos jeans.

— O que você está fazendo?

— Vou buscar minha carta! Nenhuma palavra sua deve se perder!

Laurine jogou o sutiã longe e, por fim, até mesmo a calcinha branca. Seus pelos brilhavam dourados, e suas pernas eram de bailarina. *Ela é a garota mais bonita do mundo*, pensou Jeanremy, *a mais corajosa, a mais nobre, a melhor de todas.*

E Laurine caminhou até o cais para salvar a primeira de todas as cartas de amor.

Tinha esquecido que havia decidido dar um passo na direção de Jeanremy, só um passo. Mentira, ela estava pronta para um salto completo.

Jeanremy se levantou e correu até Laurine.

— Não! — gritou ele. — Eu sei de cor!

O barquinho já tinha chegado ao meio do rio, girando cada vez mais rápido e, em seguida, foi capturado pela corrente.

Havia lágrimas nos olhos de Laurine.

— Mas era a primeira, Jeanremy. A primeira é a mais importante.

Eu escrevo quantas você quiser, pensou ele. *Centenas, milhares, ano após ano, você terá uma biblioteca com as minhas palavras, e eu vou sempre errar o sal na cozinha, porque sempre vou estar apaixonado por você, inclusive quando formos marido e mulher, pai e mãe, avô e avó.*

Mas ele não disse isso.

Ela queria aquela carta? Ela teria aquela carta. Jeanremy tirou os sapatos, a camisa e saltou. Enquanto nadava, braçada a braçada, e as correntes e os redemoinhos o agarravam e lutavam com ele, cada frase que estava na primeira carta de amor a Laurine vinha à sua mente.

Jeanremy nadou, levantando sempre a cabeça para não perder o barquinho de vista. Seus braços queimavam, a água ficava cada vez mais fria, e ele mal conseguia sentir os dedos dos pés, mas continuou nadando, o mais rápido que podia, mesmo que tivesse que seguir o barquinho até o mar e afundar nele!

As fadas do rio pareciam se divertir com aquele nadador que perseguia as próprias palavras. Elas fizeram o barquinho de papel dançar, lançando pequenas ondas contra ele, que fizeram Jeanremy tossir, e balançavam a carta de amor para lá e para cá como se jogassem futebol com ela.

Então, empurraram-na para um afluente do Aven, e Jeanremy, que sentia suas forças pedindo que ele desistisse e simplesmente desse meia-volta e retornasse, continuou perseguindo a carta com lágrimas de raiva e impotência.

Nimue, a rainha do mar, se apiedou e fez a carta chegar a Jeanremy. Ele a pegou!

Jeanremy virou-se para Laurine, que ainda estava parada no cais. Ele havia nadado para muito longe. Agora, tinha que voltar contra o fluxo. Quando a respiração se acalmou, Jeanremy pôs a carta entre os dentes e começou a dar braçadas de volta.

Quando ele estava subindo a escada na parede do porto de Ker-druc, Laurine primeiro tirou a carta de sua boca e se curvou, nua como estava, sobre Jeanremy, que estava sem fôlego.

Ela pegou a cabeça dele entre as mãos, tirou os cabelos pretos molhados da testa, aquecendo-o em todos os lugares onde o tocava.

— Jeanremy — sussurrou ela.

E então o beijou; com ternura, seus lábios tocaram os dele.

Jeanremy ficou tão arrebatado pelo beijo da amada, por sua pro-ximidade, sua pele, seu cheiro, seu rosto, seu sorriso, que quase caiu de costas na água de novo.

Ela deu um passo para trás e abriu com cuidado o barquinho molhado.

Laurine. Você é tudo para mim. Você é a minha manhã. Meu sorriso. Você é o meu medo e a minha coragem. Você é meu sonho e meu dia. Você é minha noite e minha respiração, você é minha maior lição. Eu imploro, permita-me te amar. E não peço nada me-nos que uma vida ao seu lado.

Ela leu devagar, desfrutando, deixando as linhas ecoarem na alma.

Quando olhou para cima, havia muita dignidade em sua expressão.

— Sim — disse Laurine.

Sim. A mais bela palavra do mundo.

49

— Amor? Como assim, amor?

— Um artista precisa amar se quiser ser bom.

— Bobagem, ele precisa ser livre, caso contrário não é um artista. Livre de amor, livre de ódio, livre de todas as emoções definidas...

Paul passou de braço dado com Rozenn pelos dois homens e sus-surrou baixinho em seu ouvido:

— A primeira ceninha de críticos de arte de Paris.

— Os vernissages são assim, Paul — sussurrou ela de volta.

Ele passou a mão no traseiro dela.

— Vamos procurar o porão — resmungou Paul.

Ninguém saberia dizer quem exatamente teve a ideia de fazer uma excursão a Paris para o vernissage de Yann Gamé depois que Jeanremy entrou numa greve repentina. Yann teria cancelado a exposição, quisera até mesmo queimar, destruir, picar os quadros, mas Colette os armazenara em um contêiner selado. Ela sabia o que os artistas sentiam às vezes, pouco antes do lançamento de suas obras: ficavam tão apavorados de que alguém pudesse levar embora seus trabalhos e com isso também todos os sentimentos e pensamentos que depositaram nos quadros. Temiam o roubo de sua alma.

Colette escolhera bem o dia 1º de setembro, o início da *rentrée*. Toda Paris estava de volta e queria logo se recuperar dos ares da província, alimentar-se de muita cultura e novidade até voltar ao ritmo da capital.

Pascale passou pelos quadros como uma criança espantada. Emile tinha posto uma perna para cima e se sentou em um nicho ao lado de uma janela que dava para a Rue Lepic.

Simon ficou ao lado dele. Ele segurava firme a mão de Grete.

— É estranho vê-la sem que ela esteja aqui — disse o pescador.

— Ela está aqui — murmurou Emile.

Então, ele se virou e fez um grande movimento circular de braço para Paul e Rozenn, Madame Geneviève e Alain, Colette e Marie-claude, que estava um pouco barulhenta e entusiasmada, tentando esconder o nervosismo e a sensação estranha de ser uma nova avó.

Todos passavam devagar pelos quadros de Marianne, como se quisessem memorizar cada detalhe. Muitos pararam diante da pintura na qual ela estava no palco, com um brilho reluzente. *A acordeonista da lua* era seu título.

— Veja só, ela está no coração deles. Em seus sorrisos, quando a veem agora e pensam nela. E especialmente ali.

Os dois olharam para Yann Gamé, que observava o retrato de Marianne na janela do Quarto da Concha. O vermelho de sua tríscele, a marca de nascença, o brilho do céu atrás dela, a espuma do mar ao fundo, seus olhos. Era um quadro com incontáveis tons de vermelho, e o mar ondejava no olhar da mulher. Yann o batizara de *L'amour de Marianne*, o amor de Marianne.

— O que ela tem de tão especial? — perguntou Simon.

— Ela lembra dos sonhos que você tinha quando ainda sonhava — disse Emile devagar.

O pescador assentiu com a cabeça.

— Olha só. De repente, todos se lembram de seus sonhos.

Colette acompanhava alguns visitantes até os quadros, aqui e ali colava adesivos amarelos nas placas com o título da imagem, como sinal de que haviam sido escolhidas e seriam vendidas depois da exposição.

Os dois observaram os parisienses que apareciam na porta da galeria, em parte também para rever Colette, muito magra, muito pálida, toda de preto; seu amor por Sidonie deixara seu rosto flácido, a tristeza que a envolvia tornara seus movimentos duros e angulares, como se não sentisse mais os limites do próprio corpo sem a companheira.

Nesse momento, um homem de terno de *tweed* e com uma pasta de aparência oficial foi até Yann e tirou-o de seus devaneios. Eles foram até o quadro *O amor de Marianne*. O homem apontou para a marca de nascença, que Yann conheceu tão viva quanto o fogo. O pintor deu de ombros, e Emile se apoiou em Simon para se esgueirar até mais perto e escutar a conversa.

— ...e a pesquisa da genealogia genética pode, em parte, através de problemas de pigmentação como esta forma marcante, tirar conclusões sobre o pertencimento de descendentes de druidas celtas...

Mas Yann não estava mais ouvindo o homem, que tentava explicar de forma cada vez mais animada o que significava o formato particular da marca de chamas de Marianne, ou seja, uma indicação daquele povo que nascera no tempo de magos e cavaleiros do rei Artur, de mulheres druidas e curandeiras.

Yann olhou para a mulher de vestido vermelho que havia acabado de entrar na Galeria Rohan e lentamente tirado os sofisticados óculos de sol pretos. Atordoada, olhando para os lados. Para as vinte e sete pinturas a óleo, dezoito desenhos em bico de pena e trinta aquarelas. E todos mostravam a mesma mulher.

— Mariann!

Marianne não ouviu Alain chamá-la. Apenas olhava. Olhava para si mesma, como nunca tinha se visto.

Estava cheia de palpitações e timidez quando atravessou a cidade com o vestido vermelho de decote generoso a caminho da Galeria Rohan. O vestido chegava até os joelhos, era de seda, um vermelho quente, e ela o havia encontrado em um alfaiate; a pessoa que o encomendara se esquecera de pegá-lo dois anos antes; por isso, havia parado na vitrine empoeirada como peça de exposição.

Marianne agradecera à desconhecida que não tivera a coragem de enfrentar aquele vestido e o deixara esperando até ela encontrá-lo.

Nicolas, da recepção da pensão Babette, não só procurara o endereço da Galeria Rohan, como também fora com ela até a rua para vê-la melhor sob a luz do sol poente.

— De tirar o fôlego — dissera ele.

E agora Marianne estava ali, diante daqueles quadros, que revelavam uma mulher que ela não teria reconhecido como si mesma à primeira vista.

Uma Marianne que mantinha o rosto sob o sol poente. Uma Marianne adormecida. Uma que tinha acabado de ser beijada, uma com um sorriso, uma distraída, uma perdida em pensamentos. Uma mulher que tocava acordeão à beira-mar. Uma Marianne nua.

Ela olhava através dos olhos do homem que a amava.

E Marianne descobriu que era linda. Tinha a beleza das mulheres amadas. Sua alma havia se transformado. Ela viu que possuía dezoito, não, dezenove faces diferentes: de tristeza e satisfação, de ternura e orgulho, de sonho e música. E havia uma imagem que ela soube de pronto no que pensava: em um beco sem saída. Havia uma desolação sem limites em seu olhar, os olhos apagados, a boca desanimada, as rugas fundas e grosseiras.

Sem que se desse conta, as pessoas se puseram ao seu redor, e ela foi de quadro a quadro, sendo espiada pelos convidados.

— Aquela não é...

— É muito igual...

— Eles são um casal?

Finalmente, chegou diante do quadro *O amor de Marianne*. E aquele rosto a mostrava quando amava. Dizia a ela tudo sobre sua força e seus pontos fortes, tudo sobre seus desejos e suas vontades, era a essência do seu ser. Havia liberdade ali, uma sensualidade selvagem, um brilho.

Ela amava como um mar em chamas.

Yann parou às suas costas; Marianne não precisou se virar para senti-lo. E não precisou perguntar se ele teria feito de tudo para que ela não fosse embora; os quadros haviam respondido com sua força àquela pergunta desnecessária.

— É assim que você me vê? — perguntou ela em voz baixa.

— É assim que você é — respondeu o pintor.

É assim que você é; em sua alma, brincam todas as cores.

Marianne virou-se para Yann.

— Este é um rosto novo. Como posso chamá-lo? — perguntou o pintor.

Ela o encarou e sentiu, de um jeito muito intenso, que poderia fazer muitas coisas com aquele homem nos vários dias que ainda lhe restavam, e que nunca mais se permitiria abandonar esse sentimento. Em um mar de possibilidades que se espalhavam diante dela, a escolha por este homem foi uma das mais fáceis. Claro, ela poderia sair pelo mundo e amar ainda mais homens, diferentes, maiores, menores, com outras linhas de expressão no sorriso e com outros olhos, nos quais brilhavam estrelas ou lagos montanhosos, ou até biscoitos de chocolate. Poderia ir até outro fim do mundo, com outros amigos, outros rios e quartos onde ela e seu azulejo dormiriam sozinhos, onde com certeza também encontraria um gato que a visitaria.

Mas não era necessário. Ela se decidiu por aquele que estava à sua frente. Não renunciaria a ele. Os detalhes podiam ser negociados depois.

— Marianne vive — respondeu ela. — É esse o nome do rosto.

Felicidade é quando amamos o que precisamos e quando precisamos do que amamos. E conseguimos, pensou Yann.

— Você vai voltar com a gente para Kerdruc? — perguntou ele.

— Vou — disse Marianne.

Kerdruc. Lá era tudo que ela esperava da vida.

E então, como se não conseguissem mais suportar se olhar sem sentir um ao outro, os dois se abraçaram com tanto ardor que, durante o beijo, seus dentes se bateram; eles riram, beijaram-se mais devagar, mas o riso foi mais forte, e assim Yann e Marianne ficaram enroscados e riram até o som preencher o salão inteiro.

Epílogo

Dizem que é apenas uma lenda. *La nuit de samhain.* O fim do verão, o início dos meses escuros. É a noite em que os antepassados e os vivos se reúnem, quando o tempo e o espaço são sobrepostos e, em doze horas sem nome, passado, presente e futuro são indistinguíveis.

O além surge das névoas para trazer nossos mortos até nós por uma noite. Pedimos a eles que perguntem sobre nosso destino para deuses, demônios e fadas.

Mas, quando os humanos encontram o elemental, e os heróis encontram os algozes, cada um deve ficar com os seus e na luz — apenas poucas almas conseguem sobreviver à luta entre os mundos que se unem. Quem se perde em ruas escuras ou às portas marinhas do além encontrará espíritos que apenas druidas e sacerdotisas podem derrotar; quem ousar sair será sugado para dentro do reino dos mortos e precisará ficar entre eles por um ano. Ao retornar, ninguém mais será capaz de vê-lo.

No entanto, Marianne foi até o mar naquela noite para encontrar seus mortos.

Ela saiu sozinha da festa em honra aos falecidos na noite de 31 de outubro.

No entanto, não celebravam apenas os mortos nessa festa — Marianne e Geneviève fizeram dela uma celebração das mulheres.

Assim como exigiam no passado as esquecidas lendas celtas e bretãs: o amor das mulheres suspende todas as fronteiras, ultrapassa a morte e o tempo.

As mulheres deste e do outro mundo recebiam agradecimentos com feixes de talos de grãos em chamas como oferenda, que depois de um minuto de silêncio eram cobertos e apagados. Aquele era o sinal de que o tempo de verão havia passado e um novo ciclo se iniciava, quando os próximos feixes seriam incendiados. Sobre as mesas havia um lugar com talheres e pratos a mais, e uma cadeira era mantida vazia. Aquele era o lugar para os convidados que vinham do além. Todas as luzes se apagavam por um minuto para que os mortos pudessem subir invisíveis em seus barcos e vir para este mundo. As velas nas janelas lhes mostravam o caminho.

Cada um dos convivas tinha a tarefa de se justificar por atos proibidos ou pedir perdão aos outros, e cada um se incumbia de fazer uma lista sobre o que desejava viver até o *samhuin* do próximo ano.

Essas listas de vida também tinham sido ideia de Marianne. Ela sinalizara apenas a Yann que não precisava lhe esperar naquela noite de mundos se fundindo.

Yann. Houve noites com ele e noites sem ele. Houve dias cheios de música e dias cheios de tristeza, quando levaram as cinzas de Sidonie às pedras e as enterraram entre elas. Houve horas de deslumbramento, quando Simon e Grete percorreram as destilarias de *calvados* da Normandia e voltaram como casal, e quando Paul e Rozenn trocaram votos pela segunda vez, e somente lá, no cartório, Marianne soube do local de nascimento do homem: Frankfurt. Paul era alemão e, ainda assim, muito diferente dos alemães. Quando virara legionário, fora despojado de tudo o que não queria mais: ser o filho de um oficial da SS. Esse era o segredo que tinha ofuscado sua vida. Marianne continuou sem falar uma palavra em alemão com ele; essa era a vontade do amigo, e o respeito dela pela vontade alheia tinha aumentado desde que começara a ter os próprios desejos.

Houve minutos de plena felicidade, quando Jeanremy e Laurine pediram sugestões de nomes de bebê, e segundos cheios de gratidão, quando Marianne olhava pela janela de seu quarto para o Aven, colorido com um laranja róseo, onde o céu e o sol se refletiam.

E sempre havia aquelas segundas-feiras no porto de Kerdruc, quando ela passava um tempo com os amigos que amava; com eles, conversava sobre Deus, deusas, o mundo, os pequenos e grandes sonhos. Agora, ela estava sentada à beira-mar, na noite de todas as noites. Ao seu lado, tinha colocado um banquinho dobrável. Apenas no caso de um dos seus mortos querer se sentar. Se eles viessem.

Tinham vindo até ela em todos os anos que passaram. De olhos fechados, Marianne tocou uma música para os mortos, para as mulheres e para o mar. A canção não tinha título, seus dedos se decidiam sobre a melodia.

— *Sa-un* — sussurrou ela, como os bretões chamavam este momento sem tempo, *sa-un*, e as ondas murmuravam de volta: *Você está pronta para a viagem até a impermanência?*

Marianne pensou ouvir passos, risadas; pensou sentir rajadas de vento quando os mortos caminhavam pela areia e deixavam marcas.

Você está feliz?, perguntou seu pai. Ele estava sentado ao lado dela, de mãos cruzadas, e olhava para o Atlântico negro.

Sim.

Minha teimosinha.

Eu te amo, disse Marianne. *Tenho saudades.*

Ele tinha seus olhos, disse a avó, que saiu das ondas e foi até Marianne. *Eu amei seu avô e, depois dele, nenhum outro. É uma felicidade tão rara quando um homem a satisfaz tanto na vida que, depois dele, você não precisa de mais nenhum outro.*

Ele era um feiticeiro?

Todo homem que ama uma mulher como ela merece é um feiticeiro.

Marianne abriu os olhos. Seus dedos pararam.

A praia estava vazia. Nenhuma pegada na areia. E, no entanto... estavam todos lá. Os mortos, a noite e o mar. O mar lhe deu uma canção de coragem e de amor que vinha de longe; como se em algum lugar do mundo, muitos anos antes, alguém a tivesse cantado para aqueles que estavam à beira-mar, que não se atreviam a mergulhar.

FIM

Dicas úteis
sobre a Bretanha

Abastecer o carro

Os bretões abastecem seus carros tradicionalmente nas bombas de gasolina dos estacionamentos de supermercado e pagam na saída aos sempre bem-humorados senhores do caixa. A partir das sete ou oito horas da noite, as bombas de gasolina dos supermercados são fechadas, e são incrivelmente poucos os postos de gasolina livres que aceitam cartão. Por experiência própria, essas coisas idiotas não funcionam nem com cartão de débito nem com crédito. Conclusão: abasteça o carro logo depois de fazer as compras de mercado. E pague em dinheiro vivo.

Armórica

Armórica, a terra ao mar, funde-se ao Atlântico inclemente como a garra de um dragão. Dois mil e quatrocentos quilômetros de litoral hostil, por trás de uma terra cinza de granito com florestas e capelas — não, isso aqui não é mais a França, é a Bretanha, a terra de *Ankou*, dos menires e das florestas mágicas, das *galettes*, das gaitas de fole e das raízes celtas. Primeiramente conquistada por irlandeses e gregos, mais tarde por celtas e anglo-saxões da Grã-Bretanha, e por fim habitada por marinheiros, agricultores e druidas como reino independente, essa extensão de terra mais a oeste da França possui uma história própria, que até hoje é marcada por peculiaridades às vezes nada francesas em termos de território, povo e vida.

Bar Tabac

São cafés, bares, casas de loteria e apostas, lojas de cigarros e revistas, bares de esportes e serviço de notícias da comunidade reunidos em um lugar: os *bar tabacs*, os pequenos bistrôs misturados a bares que mantêm o monopólio da venda de cigarros. A melhor maneira de se tornar impopular como recém-chegado em um vilarejo ou bairro é *não* visitar regularmente o *bar tabac* para tomar um *petit coup* de rosé ou evitar um alto *Bonjour* assim que entra no lugar.

Bolo amanteigado — o Kouign Aman

O "pão amanteigado" é um ato de rebelião bretão contra a proibição da Igreja cristã de assar bolos durante a Quaresma. Sem dar a mínima para esse tipo de bobagem, os padeiros de Douarnanez criaram os primeiros *kouign aman* bretões (pronúncia: quiên-aman). Feita (na receita original em partes iguais!) de farinha de trigo, ovos, manteiga com sal (*demisel*) e açúcar cristal (*semoule*), a massa é repetidamente dobrada em camadas. Cada padaria protege sua receita pessoalmente refinada como um tesouro nacional.

Bretão (brezhoneg)

Soa como uma dança de sílabas tossidas: O bretão (*ar brezhoneg*) é considerado a última variante falada na Europa do celta e tem relação com a língua galesa. A partir de 1900, foi suprimida com a introdução do novo currículo escolar por ser uma "linguagem bárbara"; quem a falasse recebia uma placa para ser pendurada no pescoço e era considerado idiota. Hoje, cerca de cento e setenta mil bretões ainda falam a língua britófona de seus antepassados. Desde 1985, as chamadas "escolas *Diwan*" ensinam cada vez mais às crianças o idioma bretão. No norte da Bretanha, as placas bilíngues das cidades (por exemplo Concarneau: *Konk Kerne*) mostram o orgulho dos bretões por suas raízes.

Alguns termos em bretão:

Armor:	terra à beira-mar
Argoat:	terra da floresta
Kenavo:	até logo
Ker:	aldeia, grupo de casas, vilarejo
Lan:	lugar consagrado, eremitério, convento
Loc:	eremitério, lugar ermo
Salud:	olá
Ty:	casa
Yec'hed mat:	Saúde! (ao brindar)

Camisas listradas

Pablo Picasso e Coco Chanel posaram no passado com as camisas listradas de azul e branco da fábrica bretã de vestuário "Saint James" e transformaram a camisa dos pescadores em um objeto cobiçado da moda. Nos cabides de roupas das lojas de cidades costeiras, o *look* listrado balança ao vento em inúmeras variações sedutoras; nove entre dez pessoas usando essa moda ali são turistas. Para reconhecer uma camisa de pescador bretão autêntica: a fileira de botões fica voltada para dentro (para que a rede não se prenda nela), as mangas são um pouco mais curtas (para não se sujar quando erguem o peixe), e no bolso interno cabe um maço de cigarros Gauloises. Ah, e é de uma cor só.

Comidas e bebidas

Sopa de peixe, vieiras, ostras (especialmente as *Belon plates*), lagosta, mexilhões com batatas fritas, tamboril e outros frutos do mar são as especialidades da terra, acompanhadas de bebidas de maçã (*cidre* ou *lambig*, um *calvados* bretão), cerveja bretã e até mesmo uísque! A Bretanha não é um *terroir* clássico de vinhos, mas o Muscadet Sèvre--et-Maine, que é cultivado na Loire bretã, merece uma recomendação incondicional. Durante o dia, o bretão prefere um copo de vinho *rosé*. Os salares das costas emprestam aos cordeiros e também aos legumes e ao leite de vaca, que é utilizado para fazer a grandiosa manteiga bretã, um gosto básico incomparável. O sal das salinas em Guérande (*Guten Ran*), por sua vez, é considerado um dos melhores sais do mundo. Os supermercados oferecem uma gama exuberante de produtos locais, e em nenhum lugar na França você vai encontrar matérias-primas de maior qualidade. Caso você fique em um hotel com café da manhã, tenha cuidado com os ovos. Eles vêm crus — o recipiente de cozinhar ovos para hóspedes em geral fica ao lado da torradeira.

Crenças e superstições

Os túmulos, *tumuli*, são considerados portas para o reino dos duendes, espelhos das fadas, e nas capelas ficam a Virgem Maria e o santo padroeiro local em harmonia, ao lado da morte dançante: os descendentes pagãos de imigrantes celtas da Britânia resistiram à cristianização de uma forma bastante engenhosa — e combinaram a vida que lhes convinha a partir de dois mundos religiosos. Além da fé católica, os sete mil, setecentos e setenta e sete santos e padroeiros exercem suas atividades contra dor de dente, solteirice ou naufrágio; além disso, por exemplo, há cerca de trinta mil druidas *freelancers*, como bruxas de magia negra e *magnetiseure* — os curandeiros espirituais.

Existe o *pardon* anual em quase todas as aldeias — uma procissão ao ar livre para as pessoas expiarem os pecados do ano; é uma missa ao ar livre seguida de um piquenique nos *Calvaires*: ossuários com relevos e esculturas de cenas bíblicas. Os maiores perdões, em 19 de maio, são dedicados a Santo Ivo, o santo padroeiro da Bretanha e dos advogados. Que certamente têm muito a expiar.

Fest-noz

Desde os anos sessenta, as festas noturnas das aldeias são os programas de verão mais amados em julho e agosto: nelas se come, se canta e se dança (com frequência danças de roda) com gaitas de fole e oboé, harpas e guitarras elétricas. Toda quinta-feira, o semanário *Le Tregor* anuncia o *fest-noz* da região.

Galette

A *galette* ou *crepe de blé noir* é como o arroz com feijão da Bretanha. A panqueca nacional ultrafina e dobrada como envelope não é feita de farinha de trigo, mas de farinha de trigo-sarraceno (*blé noir*), assada em pedra quente ou placas de ferro, coberta com manteiga salgada e com recheio salgado. A clássica é a *galette compléte*: queijo ralado, presunto cozido e ovo frito, acompanhado com um copo de barro com *cidre doux* (docinha; a variação *brut* sacode as obturações dos dentes!).

Uma *galette* arremessada no armário da cozinha traz boa sorte quando a pessoa se muda para uma nova casa. Só que sem ovo frito, por favor.

Hora do almoço

Entre meio-dia e duas da tarde se almoça, o que leva a restaurantes muito lotados (reserve uma mesa!), ruas vazias como se fosse o apocalipse e lojas fechadas. Aliás, os bretões não veem com bons olhos contas separadas, nem clientes que procuram uma mesa sem solicitar.

Lenda do Graal

Na atual floresta de Paimport, nas cercanias de Rennes, os Cavaleiros da Távola Redonda devem ter passado pela densa vegetação rasteira na busca do Santo Graal. Tanto os bretões como as elites do rei Arthur o reivindicam para si, mas quem escreveu o primeiro romance arturiano sem dúvida foi um francês, levando a história de Lancelot, Excalibur e Merlin para a Bretanha. Nela, Arthur desapareceu também na ilha de Avalon, a "Ilha da Maçã" além da vida e da morte, dominada pela fada Morgana. Lá, maçãs rejuvenescedoras aguardam cada morto que um dia poderá retornar...

Marés

Em nenhum outro lugar além da costa atlântica da Bretanha as amplitudes de maré são tão grandes — o nível da água pode variar em até quatorze metros (Mont St. Michel), e a maré alta e baixa avança diariamente entre vinte e trinta minutos. Por isso, os bretões acompanham as tabelas de marés no jornal: para não precisar caminhar duas vezes mais para tomar um banho de mar, para não ser surpreendido pela cheia durante um churrasco na praia ou para não ficar sentado à toa nas baías secas durante a pesca amadora.

Megálitos

Um culto ao sol? Soldados fossilizados? Ou túmulos? Os cinco mil menires (pedra vertical) e os milhares de dolmens (mesa de pedra, túmulos dos hunos) da Bretanha, os dedos de pedra gigantes que se projetam do chão desde 4500 a. C. são mais velhos que as pirâmides. Seja lá quem tenha erguido esses menires, quando e por quê (e não foram os celtas, que vieram mais tarde), eles dão origem a mitos, enigmas e uma abundância de atividades noturnas nos afloramentos; dizem que a maioria das pedras tem poder de curar a infertilidade.

Orgulho

O bretão mantém um orgulho regional que se opõe à França, a Paris e a todos os políticos, mas que recebe o restante do mundo com muita hospitalidade.

Ali, tudo é motivo de orgulho: o litoral e a comida, a bandeira preta e branca, as praias compridas, os produtos regionais, a música e a arte (pintura e cerâmica), a habilidade dos marinheiros, até a própria atitude sem frescuras e mesmo suas rotatórias.

Parisienses

A Bretanha é tida como a roça da França: até hoje o bretão é considerado o contrário absoluto do parisiense culto e intelectual. No entanto, os cidadãos da capital não só consideram os bretões broncos, roceiros e um tanto lentos; ao mesmo tempo, eles admiram o mundo pleno e primitivo (e utópico, claro) em meio à natureza e à tradição. Os bretões falam da arrogância elitista e inépcia artesanal dos parisienses. Nunca fale bem de Paris para um bretão. Mas, se você falar mal de lá, vai ganhar um novo amigo.

Segunda-feira

Quem não tem nada na geladeira da casa de veraneio passa apertado. Pois o domingo dos bretões é a segunda-feira: os museus e centros de informação turística ficam fechados, os bancos também, pois abrem no sábado, e a maioria dos supermercados, pois deixam seus produtos à venda no domingo de manhã! O bretão abastece sua despensa nos brilhantes supermercados Le Clerc ou em feiras semanais. Ali, além de alimentos, dominam principalmente as ofertas de vestuário (inclusive lingerie!). Domingo à noite e segunda-feira também são de folga para muitos restaurantes.

Entrevista com
Nina George

Quando você percebeu que tinha talento para a escrita?

Quando uma revista masculina politicamente incorreta apresentou um cheque de quatro dígitos em marcos alemães para publicar um dos meus contos de inspiração feminista, furioso, meio erótico, que, para variar, eu não havia confiado à gaveta, mas aos correios. Eu tinha dezenove anos quando digitei loucamente aquela história em forma de monólogo chamada "Mann, sei doch einfach still" (Cara, fica quieto) em duas noites. Em retrospecto, aquilo foi uma ruptura interna: o clamor de uma jovem contra qualquer tipo de sistema dominado pelos homens, derramado em uma narrativa literária. Daí me veio pelo menos uma ideia do que é escrever — é descarregar, expressar, formar imagens com palavras, uma maneira de levar coisas inéditas e incríveis ao mundo.

Mas, em última análise, não existe um alarme, um despertar com uma sensação absoluta que diz: eu tenho talento. É muito mais uma questão permanente: eu tenho talento? E o vivenciar dessa resposta por anos. Em suma, o talento é apenas o impulso para querer escrever, mas o trabalho ocupa o maior espaço. Sem o trabalho, qualquer talento é apenas um anseio difuso e uma força não utilizada.

Meus bisavôs eram marceneiros franceses. Antes de poder fazer uma moldura ornamental, um aprendiz talentoso tinha que ir ao liceu de artes e ofícios e serrar zilhões de toras até ficarem retas. Apenas quando aprendi, tanto com a formação jornalística, pela leitura de quilos de literatura de todos os gêneros e qualidades, quanto com uma abundância de autoexperimentos, a direcionar minhas forças, meu talento se transformou em capacidade, o meu serrar de toras se transformou em arte de esculpir palavras. E continuo praticando.

Como é o dia a dia de escritora? Você escreve em tempo integral ou tem um "ganha-pão" além da escrita? Escreve à mão ou no computador?

É um dia a dia de imprevistos constantes, e o tempo integral da escrita dura vinte e quatro horas por dia, pois, antes do escrever puramente físico (diário literário: lápis e papel resistente; anotações: o eterno Moleskine, guardanapos ou a margem do jornal; tudo que é "para publicar": no computador), vem a observação, a reflexão. A empatia, a vida. Os fracassos, os sonhos. A leitura. O ouvir. Como sementes que são cuspidas em um jardim selvagem, tudo se planta na minha vida naqueles lugares desconhecidos, dos quais eu desenterro em algum momento histórias, heróis, imagens. Para permanecer na metáfora: limpo e organizado este jardim não é! Aqui, uma pilha de esterco com chateações passadas apodrece, ao lado dela pesa uma árvore de Natal decorada com rostos trágicos vindos do metrô, ali floresce uma flor perfumada, selvagem, de fantasias sensuais. E o que está lá agachado, ao lado do poço? Ah, só o Minotauro com sapatos de salto Manolo Blahnik, uma personagem dúbia como Jano dos mitos já lidos e mulheres modernas de contos de fadas vindas do jornal.

Trabalho desde 1992 com a dupla função jornalista e escritora. Após os anos de faculdade e estágio em redações de várias revistas e jornais diários, trabalho desde 1999 como jornalista *freelancer*, colunista, ensaísta, repórter — criei uma programação semanal para atender a todos os meus clientes regulares. Mas, enquanto o lado jornalístico deve ser criado de um jeito limpo quanto ao trabalho, gerenciável quanto ao tamanho e em geral isento de qualquer ficção, a escrita de romances é outro universo. Mais sensual, emocional, difusa, sanguínea. Existe mais "eu" nisso.

E aí a coisa fica emocionante.

Existe uma frase, que é: o escritor é capaz de uma coisa na quarta-feira, mas na quinta-feira ele já esqueceu. É uma referência à falta de confiabilidade das musas (muitos chamam de "flow" ou "fluxo da escrita"), mesmo com escritores experientes: tem horas que tudo corre como louco, os diálogos, as imagens, a intuição, quando, o que e como deve acontecer a história. As personagens ficam tão claras diante dos olhos, como se estivessem sentadas comigo à mesa do café da manhã, se transformam em pessoas (prefiro chamar minhas personagens de heróis. Por isso elas são tão vivas).

Quando a própria alma está totalmente animada, corajosa, o censor interno ("Quem vai querer ler isso?") fica em silêncio. A pessoa está inteiramente dentro da história e não se interessa pelos parentes, por roupas a passar nem pelas manchetes do dia. É inebriante Parece que tem alguma coisa ditando dentro da gente, tudo flui, é livre. Eu sou usada ou uso algo que está dentro de mim?

Independentemente disso, a questão é não pensar, e sim escrever!

Nos outros vinte e cinco dias do mês, o rio parece minguar. *No flow.* "Escreva algo agradável. Algo engraçado. Como aquele *best--seller* lá. E pense na questão da mulher." Pensamentos em demasia. Tantos que perturbam! Então, a vida real se rompe na cabeça e, principalmente, os sentimentos.

Um quarto do que eu escrevo vem com a razão, o restante é com o sentimento. Mas o que fazer com as dores da vida quando se escreve uma cena alegre? E com as preocupações do dia a dia quando se está diante de um final feliz? E o que fazer com a conta--corrente, a geladeira vazia? Não é preferível escrever um romance vampiresco fácil a uma história "difícil"?! ("Não", o talento se intromete, "você não vai conseguir, você só consegue fazer o que você é. Se desistir, eu sumo!") Frases que vinham ontem tão rápido, mais rápido do que eu conseguia digitar, hoje são arrancadas com esforço.

Nesses dias, surge um lado nada romântico do trabalho de escrita. São dias de cavar, capinar, arrancar as plantas murchas. E de eliminar esses pensamentos perturbadores de alguma forma. Às vezes, nada ajuda mais do que uma volta até um café judaico ou português. Até agora, todos os romances ou uma solução de como uma cena deve continuar me ocorreram em mesas de cafés. E em um café eu reencontro a crença de que aquela embriaguez voltará e a partir daí eu poderei seduzi-la a ficar com trabalho e disciplina.

Você é conhecida pelo pseudônimo de Anne West, especialista de sucesso em erotismo. O maravilhoso bistrô francês é uma obra completamente diferente — como ela surgiu?

O maravilhoso bistrô francês é meu romance número "quatro e meio" (esse meio é um romance policial de sessenta páginas, os outros três são um *thriller*, um *thriller* científico e um romance sobre o lado escuro da beleza) e para mim o mais importante. Não foi fácil, nos últimos anos desde o nascimento de Anne West, criar um contrapeso literário, porque simplesmente faltava tempo para pensar em uma grande história estando entre o ganha-pão e o próximo livro de não ficção de Anne West. E faltava também o vive(ncia)r para dar a este livro o peso e a profundidade que *O maravilhoso bistrô francês* tem! Talvez eu só precisasse ficar mais velha primeiro? Sentir na pele o que é começar de novo sem nada? Simplesmente virar "eu mesma" primeiro?

A protagonista de O maravilhoso bistrô francês é uma mulher de sessenta anos — como você, que é uma mulher muito mais jovem, conseguiu compreender um mundo emocional tão mais velho?

Sentimentos não envelhecem. Dúvidas, esperanças, desejos, complexos, devoções, inseguranças, o medo da morte: eles simplesmente não envelhecem e também são conhecidos de pessoas mais jovens, como eu. Mas, no que toca às coisas que uma mulher pode realmente experimentar no próprio corpo quando passou dos quarenta, cinquenta, sessenta, isso eu ouvi. Eu sentia como uma garotinha aquilo que as mulheres mais velhas precisaram me explicar, e também aquilo sobre o que elas calavam, mas falavam muito com gestos, com o rosto e os olhos, coisas muito mais interessantes do que eu ouvia de pessoas da minha idade. Tinha vida ali! Zilhões de horas de vidas, pensamentos, sonhos, conhecimentos.

Eu me sinto mais próxima de pessoas mais velhas, às vezes mais próxima delas do que de mim mesma.

Existem modelos reais para as personagens deste livro?

Sim — e não. Marianne carrega o rosto de todas as mulheres que não são tão jovens e que eu vi em minha vida, com quem conversei, que abracei ou apenas percebi em um pequeno momento a distância. Nela está a mulher de idade da região de Horn, em Hamburgo, que puxa uma revista do lixo e arranca uma amostra de perfume. Nela estão as mulheres que ainda trabalham como garçonetes e cujos sorrisos ficam cada vez mais bonitos quanto mais eu lido com elas. Ela é a mulher que não sabe de onde vem, que eu massageava em uma cama de hospital de uma estância com unguento alcoólico e cuja mão buscava a minha. É minha avó e as mulheres que estão por trás de uma empresa familiar. E as outras? São a mesma coisa: não há modelos únicos. Mas sempre tem alguma coisa de muitos encontros: Pascale, por exemplo, a artista; ela existe de verdade, em um castelo pouco antes de Concarneau, mas vinte anos mais jovem e não tocada pela demência, tampouco pela bruxaria. Ou Colette — peguei sua aparência de uma transeunte graciosa em Paris, sua voz de uma mesa ao lado, seu mundo interior de... bem, isso pode permanecer em segredo. E os homens? O modelo para Emile eu conheci na floresta atrás de Kerdruc, em uma bela propriedade, calado e misterioso. Quem sabe? Talvez seja na verdade um espião aposentado.

Existe um lugar que seja pessoalmente um "lugar do destino" para você?

Qualquer mesa de cafeteria. Hamburgo, a cidade dos meus sonhos de infância, em especial o bairro de Grindel. E Kerdruc, de alguma forma: precisei percorrer muitos desvios para encontrar esse lugar. Não apenas desvios em termos de estradas, mas também desvios de vida. O fato de Kerdruc ser o cenário para *O maravilhoso bistrô francês*, que para mim, como escritora, talvez tenha sido o livro mais revolucionário, tem algo de destino em si.

Que dom você gostaria de ter?

Eu gostaria de poder ficar invisível para espionar conversas e observar as pessoas como elas são quando não se sentem observadas.

Sua heroína rompe com a vida anterior e se reinventa. Se você pudesse levar uma outra vida, como ela seria? Existe alguém, talvez, com quem você gostaria (mesmo que apenas por uma semana) de trocar de vida?

Não, não gostaria de trocar. Mesmo quando eu olho para trás e vejo todas as burrices que fiz, e para as três, quatro eras de minha vida que não poderiam ter sido mais distintas, ainda assim não haveria alternativa hoje. Talvez porque apenas em algumas noites eu anseie por uma "redenção", uma vida mais simples, talvez financeiramente mais plena. Ou uma com mais determinação — eu teria algumas coisas a mudar no mundo! Quando essas noites passam, permanece um sentimento: no final, a gente se arrepende apenas pelo que não fez. Eu já me reinventei três vezes, ou melhor, me reencontrei. Mas quantas coisas eu ainda não fiz? Ainda tem algumas coisas na lista, eu vivo enfrentando esses feitos.

Qual pergunta ainda não lhe fizeram em uma entrevista, mas que você gostaria de responder?

Como se chama sua musa?

Apolo, e ele é um amante ciumento, demoníaco, faminto, rigoroso, que ninguém suportaria ter do lado. Uma vez, nós fizemos um pacto, eu pedi liberdade de pensamento, e ele exigiu devoção. Se eu precisasse me decidir entre o amor pelo ser humano e o amor pela escrita, no fim das contas minha escolha seria pela escrita. Felizmente eu não preciso tomar essa decisão.

Agradecimentos

Merci bien a Reinhard Vogt e seu "moinho de férias", *Moulin de Kerouzic*, onde grande parte de *O maravilhoso bistrô francês* foi escrito.

E agradeço a meu mais brilhante parceiro de duelos literários: o meu marido.

Nina George

Este livro foi composto na tipografia ITC Souvenir
Std, em corpo 11/16, e impresso em
papel off-white no Sistema Cameron da
Divisão Gráfica da Distribuidora Record.